Presque Morte

Presque Morte

(La Fille Au Pair – Livre Trois)

Blake Pierce

Blake Pierce

Blake Pierce a été couronné meilleur auteur et bestseller d'après USA Today pour Les Enquêtes de RILEY PAIGE – seize tomes (à suivre), la Série Mystère MACKENZIE WHITE – treize tomes (à suivre) ; Les Enquêtes d'AVERY BLACK – six tomes ; Les Enquêtes de KERI LOCKE – cinq tomes ; LES ORIGINES DE RILEY PAIGE – cinq tomes (à suivre) ; la Série Mystère KATE WISE – six tomes (à suivre) ; la Série Thriller Psychologique CHLOE FINE – cinq tomes (à suivre) ; la Série Thriller Psychologique JESSIE HUNT – cinq tomes (à suivre) ; la Série Thriller Psychologique FILLE AU PAIR – deux tomes (à suivre) et Les Enquêtes de ZOE PRIME – deux tomes (à suivre).

Lecteur passionné, fan de thriller et romans à suspense depuis son plus jeune âge, Blake adore vous lire, rendez-vous sur www.blakepierceauthor.com – Restons en contact !

LIVRES PAR BLAKE PIERCE

LES MYSTÈRES DE ADÈLE SHARP

LAISSÈ POUR MORT (Volume 1)

CONDAMNÈ À FUIR (Volume 2)

CONDAMNÈ À SE CACHER (Volume 3)

LA FILLE AU PAIR

PRESQUE DISPARUE (Livre 1)

PRESQUE PERDUE (Livre 2)

PRESQUE MORTE (Livre 3)

LES MYSTÈRES DE ZOE PRIME

LE VISAGE DE LA MORT (Tome 1)

LE VISAGE DU MEURTRE (Tome 2)

LE VISAGE DE LA PEUR (Tome 3)

SÉRIE SUSPENSE PSYCHOLOGIQUE JESSIE HUNT

LA FEMME PARFAITE (Volume 1)

LE QUARTIER IDÉAL (Volume 2)

LA MAISON IDÉALE (Volume 3)

LE SOURIRE IDÉALE (Volume 4)

LE MENSONGE IDÉALE (Volume 5)

LE LOOK IDEAL (Volume 6)

SÉRIE SUSPENSE PSYCHOLOGIQUE CHLOE FINE

LA MAISON D'À CÔTÉ (Volume 1)

LE MENSONGE D'UN VOISIN (Volume 2)

VOIE SANS ISSUE (Volume 3)

LE VOISIN SILENCIEUX (Volume 4)

DE RETOUR À LA MAISON (Volume 5)

VITRES TEINTÉES (Volume 6)

SÉRIE MYSTÈRE KATE WISE

SI ELLE SAVAIT (Volume 1)

SI ELLE VOYAIT (Volume 2)

SI ELLE COURAIT (Volume 3)

SI ELLE SE CACHAIT (Volume 4)

SI ELLE S'ENFUYAIT (Volume 5)

SI ELLE CRAIGNAIT (Volume 6)

LES ORIGINES DE RILEY PAIGE

SOUS SURVEILLANCE (Tome 1)

ATTENDRE (Tome 2)

PIEGE MORTEL (Tome 3)

ESCAPADE MEURTRIERE (Tome 4)

LA TRAQUE (Tome 5)

LES ENQUÊTES DE RILEY PAIGE

SANS LAISSER DE TRACES (Tome 1)

RÉACTION EN CHAÎNE (Tome 2)

LA QUEUE ENTRE LES JAMBES (Tome 3)

LES PENDULES À L'HEURE (Tome 4)

QUI VA À LA CHASSE (Tome 5)

À VOTRE SANTÉ (Tome 6)

DE SAC ET DE CORDE (Tome 7)

UN PLAT QUI SE MANGE FROID (Tome 8)

SANS COUP FÉRIR (Tome 9)

À TOUT JAMAIS (Tome 10)

LE GRAIN DE SABLE (Tome 11)

LE TRAIN EN MARCHE (Tome 12)

PIÉGÉE (Tome 13)

LE RÉVEIL (Tome 14)

BANNI (Tome 15)

MANQUE (Tome 16)

CHOISI (Tome 17)

UNE NOUVELLE DE LA SÉRIE RILEY PAIGE
RÉSOLU

SÉRIE MYSTÈRE MACKENZIE WHITE
AVANT QU'IL NE TUE (Volume 1)
AVANT QU'IL NE VOIE (Volume 2)
AVANT QU'IL NE CONVOITE (Volume 3)
AVANT QU'IL NE PRENNE (Volume 4)
AVANT QU'IL N'AIT BESOIN (Volume 5)
AVANT QU'IL NE RESSENTE (Volume 6)
AVANT QU'IL NE PÈCHE (Volume 7)
AVANT QU'IL NE CHASSE (Volume 8)
AVANT QU'IL NE TRAQUE (Volume 9)
AVANT QU'IL NE LANGUISSE (Volume 10)
AVANT QU'IL NE FAILLISSE (Volume 11)
AVANT QU'IL NE JALOUSE (Volume 12)
AVANT QU'IL NE HARCÈLE (Volume 13)

LES ENQUÊTES D'AVERY BLACK
RAISON DE TUER (Tome 1)
RAISON DE COURIR (Tome2)
RAISON DE SE CACHER (Tome 3)
RAISON DE CRAINDRE (Tome 4)
RAISON DE SAUVER (Tome 5)
RAISON DE REDOUTER (Tome 6)

LES ENQUETES DE KERI LOCKE
UN MAUVAIS PRESSENTIMENT (Tome 1)
DE MAUVAIS AUGURE (Tome 2)
L'OMBRE DU MAL (Tome 3)
JEUX MACABRES (Tome 4)
LUEUR D'ESPOIR (Tome 5)

Table des Matieres

Chapitre Un

Cassandra Vale pressait le pas sur les pavés. La pluie glaciale fouettait son visage, l'obligeant à cligner des yeux. La nuit était tombée, elle craignait s'être perdue. Ce quartier de Milan était des plus surprenant, elle se trouvait sur l'un des principaux axes commerçants. Les passants, emmitouflés dans d'élégants manteaux sombres, se pressaient sur le large trottoir, sac à la main.

Cassie jeta un œil aux devantures tout en se dirigeant vers le croisement, elle pourrait entrer et demander son chemin. Les boutiques bien éclairées étaient un havre douillet et chaleureux, elle doutait fort pouvoir franchir les portes avec sa veste minable et ses baskets mouillées. Les marques incarnaient la quintessence de la mode ; Emilio Pucci, Dolce & Gabbana, Moschino, des articles hors de prix, inaccessibles.

Elle aurait dû se fier à son plan qui se délitait sous la pluie. Elle s'arrêta au carrefour pour le déplier, les lèvres et joues engourdies. Le papier humide se déchira alors qu'elle l'ouvrait, elle essaya de regrouper les morceaux déchirés et déchiffrer le tracé complexe des rues aux noms inconnus, désormais illisibles pour la plupart.

Elle était allée trop loin. Elle aurait dû tourner voilà quatre pâtés de maison. Désorientée dans ce lieu étrange, elle ne s'était pas arrêtée pour se repérer. Elle retourna le plan les mains tremblantes, essayant de retrouver son chemin. Tourner à gauche, trois pâtés en arrière — non, cinq — encore à gauche, jusqu'à un dédale de rues sinueuses. C'était là.

Cassie replia le plan en lambeaux et le rangea dans sa poche, la carte ne survivrait pas au prochain dépliage. Elle devait se concentrer, réprimer sa panique avant qu'il ne soit trop tard, que l'endroit où elle doive se rendre ne ferme, voire, que son voyage se termine par une immense déception.

C'était sa seule chance de retrouver sa sœur, Jacqui. La seule piste en sa possession.

Elle courait presque, fit un effort pour retenir le parcours, laissa le quartier de la mode derrière elle, les trottoirs se firent plus étroits et les vitrines moins imposantes. Les magasins d'articles à bas prix et contrefaçons se succédaient, les prix en euro baissaient à chaque coin de rue, les vitrines délabrées affichaient *Soldes*, on était au mois de janvier.

Elle aperçut son reflet dans une vitrine sombre. Visage pâle aux joues rougies par le froid. Ses cheveux auburn aux épaules étaient dissimulés sous un bonnet vert citron bien chaud, bien pratique pour dompter sa chevelure ondulée. Blottie dans sa veste bleue à la fermeture éclair cassée, elle faisait tache dans la capitale de la mode. Elle avait l'air d'une marginale comparée aux Milanaises avec leurs tenues et brushings impeccables, leurs bottes hors de prix, leur classe naturelle.

Lorsqu'elle et Jacqui étaient petites, elles avaient bien souvent dû porter des vêtements usés, déchirés ou défraîchis pour aller à l'école, leur père veuf répétait avec agacement n'avoir pas suffisamment d'argent pour en acheter des neufs. Cassie acceptait mieux son sort que Jacqui, qui détestait être habillée comme une misérable.

Sa sœur avait été logiquement attirée par l'une des capitales de la mode, le moindre article était à la mode, beau et neuf.

Cassie reprit son souffle, le nom de la rue ne lui était pas inconnu.

Elle était au bon endroit. Il ne lui restait plus qu'à trouver la boutique nommée Cartoleria, elle ignorait s'il s'agissait du nom ou d'une description.

La barrière de la langue ne facilitait pas les choses. Cassie avait réussi à obtenir le nom de la rue que la femme impatiente avait répété à plusieurs reprises – son anglais se bornant à "We are closing" – avant de lâcher un "Addio" et raccrocher.

Cassie avait décrété que le meilleur moyen de le découvrir consistait à se rendre directement au magasin. Elle avait mis une semaine à tout organiser, elle avait fait la route depuis Édimbourg, où elle habitait, jusqu'à Milan. Elle comptait arriver beaucoup plus tôt mais s'était retrouvée bloquée dans les embouteillages et s'était trompée de route à plusieurs reprises, avant de trouver un parking abordable. Son GPS plantait et elle n'avait presque plus de batterie. Heureusement qu'elle avait pensé à imprimer la carte routière. À quelle heure fermaient les magasins ici ? Dix-huit heures ? Plus tard ?

L'angoisse s'empara d'elle en constatant que le magasin fermait, le commerçant avait retourné la pancarte "ouvert" sur "fermé" et éteint les lumières.

"Excusez-moi. Cartoleria. Vous savez où ça se trouve ?" demanda-t-elle, tendue, chaque seconde comptait.

Il la regarda d'un drôle d'air, lui indiqua la rue et dit quelque chose en italien qu'elle ne comprit pas. Il lui avait heureusement indiqué la bonne direction, elle serait partie dans l'autre sens.

"Merci."

"Signorina !" cria-t-il, mais Cassie fonça sans se retourner.

Elle était excitée au possible. Il y avait une petite chance que Jacqui travaille toujours dans ce magasin. Cassie se voyait entrer et se retrouver nez à nez avec sa sœur. Elle se demandait quelle serait la réaction de Jacqui. Se connaissant, elle pousserait un cri de joie et la serrerait étroitement dans ses bras. Elles pourraient enfin discuter, découvrir ce qui s'était passé, pourquoi Jacqui avait disparu si longtemps sans donner de nouvelles.

C'était très peu probable mais Cassie ne pouvait s'empêcher de rêver.

Elle y était, elle se mit à courir en voyant l'enseigne Cartoleria. Ils devaient encore être ouverts — obligatoirement. C'était sa dernière chance, la seule possibilité de renouer avec la seule famille qui lui restait.

Elle courut sur les pavés détrempés par la pluie, slalomant parmi les piétons qui avançaient, abrités sous d'encombrants parapluies.

Elle s'arrêta net et contempla la devanture, incrédule.

Cartoleria était fermé.

Pas pour la journée, définitivement.

Les fenêtres étaient condamnées, elle apercevait à travers un interstice le magasin vide. L'enseigne au-dessus de la porte pendait, en piteux état, seul indice que ce magasin fut jadis ouvert.

En contemplant la boutique sombre et vide, Cassie compris après coup qu'elle avait mal interprété l'employée impatiente de la boutique lorsqu'elle avait appelé voilà une semaine. La femme avait essayé de lui faire comprendre qu'ils fermaient boutique définitivement. Si elle s'en s'était rendu compte, elle aurait rappelé sur le champ, posé des questions, se serait montrée plus persuasive.

Elle avait conduit des centaines de kilomètres pour tomber dans une sacrée impasse.

Sa piste, ses rêves et ses espoirs s'achevaient ici. Sa seule et unique chance de retrouver sa sœur s'évanouissait.

Chapitre Deux

Cassie était écrasée par la déception, seule devant ce magasin vide. Elle ne pouvait se résoudre à tourner les talons et faire le chemin en sens inverse jusqu'à sa voiture, par cette froide soirée pluvieuse.

Vu sous cet angle, partir maintenant équivaudrait à baisser les bras, ses pieds étaient littéralement rivés au sol. Elle était persuadée qu'un indice, aussi infime soit-il, le mènerait jusqu'à Jacqui.

Elle regarda alentour, un des magasins voisins était encore ouvert, une trattoria. Ils sauraient peut-être qui était le propriétaire de Cartoleria, où il – ou elle – était parti.

Cassie entra au bistrot, soulagée de s'abriter de la pluie battante. Ça sentait délicieusement bon le café et le pain, elle n'avait rien mangé de la journée. Un énorme percolateur chromé trônait sur le comptoir en bois.

L'intérieur ne comptait que quatre tables, toutes occupées. Elle s'installa au bar, sur l'unique tabouret vacant.

Un serveur débordé se précipita vers elle.

"*Cosa prendi ?*"

Il venait certainement prendre sa commande.

"Désolée, je ne parle pas italien," s'excusa-t-elle, en espérant qu'il ait compris. "Vous connaissez les propriétaires du magasin d'à côté ?"

Le jeune homme haussa les épaules, visiblement perplexe.

"Je vous sers à manger ?" demanda-t-il dans un anglais très approximatif.

La barrière de la langue ne lui ayant pas permis d'obtenir la réponse à sa question, Cassie lut rapidement le menu griffonné à la craie sur l'ardoise.

"Un café et un panini, s'il vous plait."

Elle extirpa des billets du fin fond de son portefeuille. Les tarifs à Milan étaient plus élevés que prévu mais il était tard et elle mourrait de faim.

"Vous êtes *Americana* ?" demanda l'homme assis à côté.

Cassie acquiesça, impressionnée.

"Oui."

"Je m'appelle Vadim."

Il n'avait pas l'air italien mais reconnaître les accents n'était pas son fort, contrairement à lui. Il était vraisemblablement originaire d'Europe de l'Est, ou de Russie.

"Cassie Vale."

Il avait quelques années de plus qu'elle, la trentaine, portait un blouson en cuir et un jean, un verre de vin rouge à moitié plein devant lui.

"Vous êtes en vacances ? Vous travaillez, vous faites des études ?"

"Je suis à la recherche de quelqu'un," avoua péniblement Cassie, elle se demandait si elle n'avait pas parlé trop vite.

Il fronça ses épais sourcils.

"Comment ça, *à la recherche* ? Vous recherchez quelqu'un en particulier ?"

"Oui. Ma sœur."

"Elle a disparu ?"

"Oui. J'ai suivi une piste qui, je l'espérais, me conduirait jusqu'à elle. Elle a contacté mon ami aux États-Unis voilà quelque temps, on l'a retrouvée grâce à son numéro."

"Vous avez réussi à la retrouver et êtes venue jusqu'ici ? Un vrai boulot de détective," Vadim était admiratif, le serveur déposa son café sur le comptoir.

"Non, j'ai mis un temps fou. Elle a appelé deux fois, elle voulait me parler. Le premier numéro n'a rien donné. J'ai réalisé la semaine dernière seulement que le second appel avait été passé d'un autre numéro."

Vadim me coula un regard sympathique.

"Et maintenant, la Cartoleria est fermée," dit Cassie.

"Le magasin d'à côté ?"

"Oui. C'est de là qu'elle a téléphoné. J'espérais trouver le propriétaire."

Il fronça les sourcils.

“La Cartoleria est une chaîne de magasins. Il y en a d’autres à Milan. C’est un cybercafé, on y trouve des stylos, des crayons, ce genre de trucs.”

“De la papeterie,” suggéra Cassie.

“Oui, voilà. Si vous contactez un autre magasin, ils vous aideront peut-être à retrouver le gérant.”

Cassie se jeta sur l’assiette que le serveur venait de déposer.

“Vous voyagez seule ?”

“Oui, je suis seule, j’espérais trouver Jacqui.”

“Vous êtes à sa recherche mais elle pas, pourquoi ?”

“Nous avons eu une enfance difficile. Ma mère est morte quand elle était jeune et mon père ne s’en sortait pas. Il était très coléreux, il en voulait au monde entier.”

Vadim compatit.

“Jacqui était plus âgée que moi, un jour, elle est partie. Je pense qu’elle ne pouvait plus le supporter. Sa colère, les cris, les assiettes cassées, presque chaque jour. Il a eu plusieurs petites amies, il y avait souvent des étrangers à la maison.”

Un souvenir désagréable lui revint en mémoire, elle se cachait sous le lit tard le soir, elle dressait l’oreille, écoutant les pas pesants monter les escaliers et chercher la porte à tâtons. Jacqui l’avait sauvée. Elle avait crié si fort que les voisins avaient accouru, l’homme avait redescendu les escaliers à la hâte. Cassie se souvint de la terreur qu’elle avait éprouvée en l’entendant gratter à la porte de sa chambre. Jacqui avait été sa protectrice, jusqu’à ce qu’elle s’enfuie.

“Après son départ, j’ai déménagé, mon père a été expulsé et a dû trouver un nouveau logement. J’avais un nouveau téléphone. Lui aussi. Elle avait plus aucun moyen de nous contacter. Je crois qu’elle essaie de nous joindre mais elle a peur, je ne sais pas pourquoi. Elle me croit peut-être en colère parce qu’elle s’est enfuie.”

Vadim secoua la tête.

“Alors vous êtes seule au monde ?”

Cassie acquiesça, elle se sentait triste.

“Je vous offre un verre ?”

Cassie refusa.

“Merci beaucoup, mais je conduis.”

Sa voiture était à quarante-cinq minutes de marche. Elle ne savait où aller ni où dormir. Elle espérait arriver plus tôt, que le magasin lui fournirait un indice sur l'endroit où se trouvait Jacqui, qu'elle passerait à l'étape suivante dans ses recherches. Il faisait nuit et ignorait où trouver un hôtel ou une auberge de jeunesse. Elle risquait de dormir dans sa voiture, dans le parking.

"Vous savez où dormir ce soir ?" demanda Vadim, comme s'il lisait dans ses pensées.

Cassie secoua la tête.

"Pas encore."

"Il y a une auberge de jeunesse pas loin. Ça s'appelle une *pensione* en Italie. Ça peut-être une idée. C'est sur mon chemin ; je peux vous montrer si vous voulez."

Cassie sourit timidement, inquiète à propos du tarif, sa valise était restée dans sa voiture. Un hôtel à proximité lui paraissait tout de même plus pratique que refaire ce long trajet à pied jusqu'au parking. Jacqui était peut-être descendue dans cette auberge, vérifier ne coûtait rien.

Elle but son café et termina son panini jusqu'à la dernière miette, Vadim finissait son vin tout en envoyant des messages.

"Venez. C'est par ici."

Il pleuvait toujours, Vadim ouvrit un grand parapluie sous lequel Cassie se réfugia, reconnaissante. Il marchait d'un pas pressé, Cassie devait dépêchait pour le suivre. Elle était contente de ne pas traîner mais se demandait si cette auberge était sur son chemin, s'il ne faisait pas un détour pour elle.

Elle apercevait les bâtiments environnants, essayant de se faire une idée de l'endroit où ils se trouvaient. Les noms des restaurants, des magasins et des entreprises scintillaient sous la bruine et dans la brume ; la langue étrangère donnait le tournis à Cassie.

Ils traversèrent une rue, les embouteillages avaient cessé. Elle n'avait pas regardé l'heure depuis un moment, il devait être bien plus de dix-neuf heures. Elle était épuisée et se demandait où se trouvait l'auberge, ce qu'elle ferait s'ils étaient complet.

L'enseigne sur leur droite était celle d'un supermarché. Sur la gauche, une discothèque vraisemblablement. Le néon clignotait. Il ne s'agissait pas du quartier chaud – si tant est qu'un tel quartier existe à Milan – mais ça y ressemblait.

Elle réalisa soudainement qu'ils étaient allés trop loin, trop vite, sans échanger un mot.

Ils devaient marcher depuis près de deux kilomètres, une personne sensée n'aurait jamais considéré pareille distance comme 'à proximité'.

La mémoire lui revint.

Au premier carrefour, elle avait regardé sur sa gauche. Distraite et aveuglée par la pluie, elle n'avait pas prêté attention aux enseignes, elle s'imaginait une grande enseigne clignotante, mais vit alors une pancarte de dimension modeste avec des lettres noir sur blanc.

"*Pensione.*"

Le terme employé par Vadim. Le mot italien pour auberge de jeunesse où son équivalent.

"Pourquoi vous ralentissez ?" demanda-t-il, d'une voix coupante.

Devant, Cassie vit les phares d'un véhicule qui l'attendait. Une camionnette blanche était stationnée de l'autre côté de la rue. Vadim se dirigeait vers elle.

Il tendit la main vers elle, Cassie comprit, en une fraction de seconde de pure terreur, qu'il avait senti son hésitation, qu'il allait l'attraper.

Chapitre Trois

Cassie comprit après coup qu'elle s'était montrée stupide, bavarde et trop confiante. Dans un moment de solitude, elle avait avoué à cet étranger être seule au monde, que personne ne savait où elle se trouvait.

Des scénarios d'enlèvement, de trafic et de viol lui traversèrent l'esprit. Elle devait fuir.

La main de Vadim se referma sur son poignet, elle tira dessus mais il agrippa la manche de sa veste.

Le tissu fragile et usé se déchira, il resta avec un bout de doublure en polyester en main. Elle était libre.

Cassie se retourna et prit ses jambes à son cou dans la direction d'où elle venait.

Tête baissée sous la pluie, elle courait en beau milieu de la route, la lumière changeait. Des cris et des jurons derrière elle lui firent prendre conscience que le grand parapluie était plus une gêne qu'une aide pour Vadim. Elle plongea dans une rue latérale sur sa gauche tandis qu'un bus passait derrière elle, priant pour qu'il ne l'ait pas vue, un autre cri retentit, il l'avait aperçue et la suivait.

Elle prit à droite dans une rue plus fréquentée, se faufila parmi les piétons qui marchaient lentement, retira sa veste et son bonnet en couleur afin de ne pas se faire repérer. Elle fourra les vêtements sous son bras, atteignit un autre croisement, jeta un coup d'œil derrière elle et prit de nouveau à gauche.

Elle n'avait pas été suivie mais il pouvait toujours la rattraper — pire, deviner où elle irait et l'attendre.

Une lueur d'espoir, un refuge, elle se trouvait devant la fameuse "*Pensione*" repérée précédemment. Nulle trace de Vadim.

Cassie s'y précipita, priant pour entrer et se mettre à l'abri, juste à temps.

⚜ ⚜ ⚜

La musique de l'auberge s'entendait depuis la rue, un portillon blanc peu robuste était entrouvert.

Cassie le poussa, un bruit sourd retentissait dans l'étroit escalier de bois. Des voix, des rires, de la fumée de cigarette montaient jusqu'à elle.

Elle jeta un coup d'œil derrière elle mais personne.

Il avait peut-être laissé tomber. Désormais en lieu sûr, elle se demandait si elle n'avait pas un peu exagéré. Cette camionnette n'était peut-être qu'une coïncidence. Vadim comptait peut-être simplement la ramener chez lui.

Quoiqu'il en soit, il n'avait pas tenu promesse, il avait essayé de l'enlever en la voyant hésiter. La peur s'empara d'elle, il s'en était fallu de peu.

Quelle idiote de tout déballer au premier venu, dire qu'elle était seule, que personne ne savait où elle était, qu'elle recherchait quelqu'un en pure perte. Cassie reprit son souffle, elle s'en voulait pour son épouvantable stupidité. Raconter l'histoire de Jacqui à un parfait inconnu qui ne la jugeait pas s'était avéré un réel soulagement. Elle n'avait pas réalisé ce qu'elle risquait de partager d'autre.

Le portillon de sécurité en haut des escaliers était fermé. Il donnait accès à un petit hall d'entrée inoccupé, un bouton sur le mur indiquait, en plusieurs langues, dont l'anglais "Sonnez."

Cassie sonna, elle espérait qu'on entendrait la sonnette malgré la musique assourdissante.

Répondez, je vous en supplie.

La porte donnant sur le hall s'ouvrit, une rousse vénitienne de l'âge de Cassie s'avança, surprise de la voir.

"*Buona sera.*"

"Vous parlez anglais ?" demanda Cassie, elle priait pour que la femme soit bilingue et comprenne qu'elle doive entrer au plus vite.

Au grand soulagement de Cassie, elle lui répondit en anglais avec un accent allemand.

"Que puis-je pour vous ?"

"J'ai besoin d'une chambre à tout prix. Vous avez de la place ?"

La rousse réfléchit un moment.

"Non," dit-elle en secouant la tête, Cassie était déçue au possible. Elle regarda derrière elle, elle craignait d'avoir entendu des pas dans l'escalier, il s'agissait certainement du martèlement de la musique provenant de la pension.

"Je peux entrer s'il vous plaît ?"

"Bien sûr. Ça va ?"

La femme ouvrit la porte. Cassie sentit le métal froid vibrer sous ses mains lors du déverrouillage, elle s'assura de bien refermer la porte derrière elle.

Elle était enfin en lieu sûr.

"J'ai fait une mauvaise rencontre. Un homme m'a proposé de m'accompagner jusqu'ici mais nous avons fini par prendre une autre direction. Il m'a attrapée par le bras quand je me suis rendu compte que quelque chose clochait, j'ai réussi à me libérer."

La femme était stupéfaite, visiblement sous le choc.

"Heureusement que vous vous en soyez sortie. Ce quartier de Milan n'est pas sûr le soir. Entrez au bureau. Je vous ai mal compris. Toutes les chambres individuelles sont réservées, je peux vous proposer un dortoir, si ça vous va."

"Merci infiniment. Ça ira."

Soulagée de ne pas devoir arpenter les rues sombres, Cassie suivit la femme dans le hall jusqu'à un petit bureau dont la porte indiquait "Direction."

Cassie régla sa chambre. Elle réalisa, une fois encore, que le tarif était horriblement élevé. Milan était une ville chère, vivre ici coûtait une blinde.

"Vous avez des bagages ?"

Cassie secoua la tête. "Je les ai laissés dans ma voiture, à des kilomètres."

À son grand étonnement la femme opina du chef, comme si c'était banal.

"Vous aurez besoin d'un nécessaire de toilette au dortoir."

La brosse à dents, le dentifrice, le savon et le t-shirt en coton lui sauvaient la vie, Cassie dû débourser quelques euros supplémentaires.

"Votre chambre est au bout du couloir. Votre lit est près de la porte, vous avez un casier."

"Merci."

"Le bar est par ici. Nous proposons à nos clients la bière la moins chère de Milan." Elle posa la clé du casier sur le comptoir en souriant.

"Je m'appelle Gretchen."

"Et moi Cassie."

Cassie se rappela la raison de sa présence et demanda "Vous avez un téléphone ? Internet ?"

Elle retint son souffle en attendant la réponse de Gretchen.

"Les clients peuvent téléphoner du bureau en cas d'urgence. Vous pouvez appeler et avoir accès à un ordinateur de plusieurs magasins à proximité. Ils sont indiqués sur le tableau d'affichage à côté de l'étagère, vous y trouverez également un plan."

"Merci."

Cassie jeta un coup d'œil derrière elle. Elle avait repéré le panneau d'affichage en entrant, près de l'étagère. Un grand tableau couvert de bouts de papier.

"Nous affichons également les offres d'emploi. Nous visitons les sites tous les jours et imprimons les annonces. Les gens nous contactent parfois directement quand ils ont besoin d'une aide à temps partiel, serveur, rangement, ménage par exemple. Ces emplois sont en général payés cash, à la journée."

Elle adressa un sourire compatissant à Cassie, comme si elle savait ce que ça faisait de se retrouver à l'étranger sans argent.

"La plupart des clients trouvent facilement du travail, si vous cherchez un emploi, dites-le-moi."

"Merci infiniment."

Elle fila droit vers le panneau d'affichage.

Une liste recensait cinq lieux à proximité avec téléphone et internet, Cassie retint son souffle en voyant indiqué *Cartoleria*, fraîchement barré d'un "Fermé".

Il y avait de l'espoir, Cassie décida de demander à Gretchen si elle pouvait vérifier le registre des clients. Elle se rendit au salon, la directrice venait d'ouvrir une bière et s'était assise sur un canapé parmi un groupe hilare.

"Tiens, une cliente."

Un homme grand et mince à l'accent anglais, plus jeune que Cassie, se leva et ouvrit le réfrigérateur.

"Je m'appelle Tim. Qu'est-ce que je te sers ?"

La voyant hésiter "Y'a une promo sur la Heineken."

"Merci."

Elle paya, il lui passa la bouteille glacée. Deux brunes, visiblement des jumelles, s'installèrent sur un des canapés pour lui faire de la place.

"Je suis venue dans l'espoir de retrouver ma sœur," dit-elle, légèrement nerveuse.

"L'un d'entre vous l'a peut-être connue, elle est peut-être descendue ici. Elle est blonde — du moins elle l'était la dernière fois que je l'ai vue. Elle s'appelle Jacqui Vale."

"Ça fait longtemps que vous ne vous êtes pas vues ?" demanda la brune sympathique.

Cassie hocha la tête. "C'est triste. J'espère que vous la retrouverez."

Cassie but une gorgée de sa bière ambrée glacée.

La directrice scrollait son téléphone.

"On n'a pas eu de cliente du nom de Jacqui en décembre, ni en novembre d'ailleurs," Cassie était perplexe.

"Attends," dit Tim. "Je crois me rappeler de quelqu'un."

Il ferma les yeux pour se souvenir, Cassie le regardait anxieusement.

"Peu d'Américains descendent ici, je me souviens de son accent. Elle n'avait pas réservé, elle est venue avec un ami qui logeait ici. Elle a pris un verre et est repartie. Elle n'était pas blonde mais brune, très jolie, elle te ressemble un peu. Elle doit avoir quelques années de plus que toi."

Cassie lui adressa un signe de tête encourageant. "Jacqui est l'aînée."

"Son ami l'appelait Jax. On a bavardé pendant que je la servais, elle m'a dit qu'elle habitait dans une petite ville, à une ou deux heures d'ici. Mais impossible de me souvenir du nom"

Cassie était sous le choc, sa sœur était venue ici. Elle rendait visite à un ami, elle vivait sa vie. Elle n'était pas fauchée, dépressive, droguée ou maltraitée, une relation abusive, ni aucun des scénarios catastrophes imaginés par Cassie dès qu'elle pensait à Jacqui, se demandant pourquoi elle n'avait jamais cherché à la contacter.

Peut-être que sa famille ne comptait pas tant que ça, qu'elle n'avait pas ressenti le besoin de renouer. Elles étaient proches par la force de l'adversité, unies face aux crises de colère de leur père, cette vie de famille instable. Jacqui avait voulu oublier ces mauvais souvenirs.

"J'ignorais que tu avais la mémoire des visages, Tim," le taquina Gretchen. "Ça marche uniquement avec les jolies filles ?"

Tim sourit, confus. "Hé, elle était superbe. Je voulais l'inviter mais j'ai appris qu'elle n'habitait pas Milan, elle ne se serait pas intéressée à moi, de toute façon".

Les filles protestèrent à l'unisson.

"Imbécile ! T'aurais dû," insista la fille assise à côté de Cassie.

"Je n'ai pas su y faire, elle aurait refusé. Bref, donne-moi ton numéro Cassie, j'essaierai de me rappeler du nom de la ville. Je t'enverrai un message."

"Merci."

Elle donna son numéro à Tim et termina sa bière. Les autres étaient partants pour une nouvelle tournée, ils discuteraient certainement jusqu'à minuit passé, elle était épuisée.

Elle se leva, souhaita bonne nuit et prit une douche chaude avant de se coucher.

Ce n'est qu'en remontant les couvertures qu'elle se souvint, sous le choc, que ses médicaments contre l'anxiété étaient restés dans sa valise.

Elle avait déjà fait les frais de l'oubli des comprimés. Elle dormait mal si elle ne les prenait pas, elle risquerait de faire de vilains cauchemars. Cassie craignait que ses crises de somnambulisme se produisent au dortoir.

Elle espérait que l'épuisement et la bière éloigneraient les mauvais rêves.

Chapitre Quatre

"Vite. Lève-toi. On doit y aller."

On tapait sur l'épaule de Cassie, mais elle était fatiguée — si fatiguée qu'elle avait du mal à ouvrir les yeux. Elle se fit violence et se réveilla.

Jacqui se tenait près de son lit, cheveux bruns soyeux, veste noire élégante.

"C'est toi ?" Cassie se redressa, toute contente, prête à embrasser sa sœur.

Mais Jacqui se détourna.

"Dépêche-toi," murmura-t-elle. "Ils viennent nous chercher."

"Qui ça ?" demanda Cassie.

Elle songea immédiatement à Vadim.

Il avait attrapé sa manche, déchiré sa veste. Il lui voulait du mal. Elle avait réussi à s'échapper, mais il l'avait retrouvée. Elle aurait dû s'en douter.

"Je ne sais pas par où passer," elle était angoissée. "Il n'y a qu'une seule issue."

"Il y a une sortie de secours. Suis-moi."

Jacqui l'entraîna dans un long couloir sombre. Elle portait un jean déchiré et des sandales rouges à talons hauts très mode. Cassie la suivit avec ses baskets usées, espérant que Jacqui ait raison et qu'il y ait bien une issue de secours.

"Par ici," dit Jacqui.

Elle ouvrit une porte en acier, Cassie recula devant l'escalier de secours branlant. Les marches étaient rouillées et cassées. Pire, l'escalier s'arrêtait à mi-course. Ce serait la chute, avec la rue en contrebas.

"On ne peut pas sortir par-là."

"On va y arriver. Il le faut."

Le rire de Jacqui était strident, Cassie s'aperçut avec horreur que son visage avait changé. Ce n'était plus celui de sa sœur mais celui d'Elaine, une des petites amies de son père, celle qu'elle détestait et craignait le plus.

"Descend," cria la méchante blonde. "Toi d'abord. Passe devant. Je t'ai toujours détestée."

Cassie cria en sentant le métal rouillé s'effriter sous ses doigts.

"Non ! Pitié, non. A l'aide !"

Le rire perçant retentit, l'escalier de secours céda, se brisant sous ses pieds.

On la secouait.

"Réveille-toi je t'en supplie ! Réveille-toi !"

Elle ouvrit les yeux.

La lumière du dortoir était allumée, elle dévisagea les jumelles brunes, visiblement inquiètes et désemparées.

"Tu criais dans ton cauchemar. Ça va ?"

"Oui, ça va. Pardon. Ça m'arrive de temps en temps."

"C'est chiant," décréta l'autre jumelle. "Y'a rien à faire pour y remédier ? C'est pas cool pour nous ; on se tape une journée de douze heures aujourd'hui."

Cassie était rongée par la culpabilité. Elle aurait dû prévoir que ses cauchemars gêneraient, faisant chambre commune.

"Quelle heure est-il ?"

"Quatre heures du matin."

"Je vais me lever," décida Cassie.

"T'es sûre ?" les jumelles se regardaient.

"Sûre certaine. Désolée de vous avoir réveillé."

Elle se leva, étourdie et désorientée par le manque de sommeil, et enfila son haut dans le noir. Elle prit son sac, sortit de la chambre et referma la porte sans bruit.

Le salon était vide, Cassie s'installa sur un canapé, pelotonnée sur le coussin. Elle ne savait que faire, où aller.

Elle ne pouvait pas courir le risque de perturber le sommeil de ses colocataires la nuit prochaine ni se payer une chambre particulière lorsqu'elle se libèrerait.

A moins de trouver un boulot. Elle n'avait pas de visa de travail, mais d'après les dires des autres hier soir, si le travail n'excédait pas trois mois, personne ne s'y opposerait en Italie avec un visa touristique.

Travailler lui permettrait d'habiter ici à un tarif décent et lui laisserait du temps. Sa sœur la contacterait peut-être de nouveau, même si Tim ne se rappelait pas où vivait Jacqui.

Cassie consulta le tableau d'affichage en quête de postes disponibles.

Elle espérait postuler et trouver un emploi de serveuse, elle avait de l'expérience, était sûre d'elle. A son grand désarroi, les emplois exigeaient italien courant aux candidats. D'autres langues étaient un plus, mais pas indispensable.

Elle abandonna l'idée d'être serveuse en poussant un soupir de frustration.

Faire la plonge ? Le ménage ?

Aucun emploi de ce type ne figurait au tableau. Des emplois de vendeuses, mais là encore, l'italien était obligatoire. Un job de coursier à vélo semblait intéressant et bien payé, mais il fallait avoir son propre vélo et son casque, ce qui n'était pas le cas.

Elle n'avait pas les qualités requises pour les seuls postes disponibles.

Découragée, Cassie se rassit sur le canapé et mit son téléphone en charge. Elle regarderait sur internet s'il y avait d'autres postes disponibles. Il était encore très tôt, elle était fatiguée après sa courte nuit. Elle dormit d'un sommeil léger sur le canapé, avant d'être réveillée quelques heures plus tard par le départ des jumelles.

On s'affairait, ça sentait le café. Cassie débrancha son téléphone et bondit du canapé, elle ne voulait pas qu'on sache qu'elle avait dormi ici et pas dans son lit.

Elle suivit l'odeur du café et tomba sur Gretchen, enveloppée dans sa robe de chambre, qui épinglait deux nouveaux postes au tableau d'affichage.

"Ça vient d'arriver", dit-elle en souriant. "Y'a du café dans la kitchenette en bas."

Cassie prit connaissance des deux nouveaux postes. Une annonce de serveuse, inutile, et une autre, qui excita sa curiosité.

“Recherche Fille Au Pair. Divorcée, deux enfants, CDD trois mois, prise de poste immédiate, deux filles, 8 et 9 ans. Anglais souhaité. Hébergement luxe. Contacter Ottavia Rossi.”

Cassie ferma les yeux, elle avait la chair de poule.

Elle ne se sentait pas capable de travailler à nouveau comme fille au pair. Ses deux premiers postes s’étaient soldés par un échec.

La première fois, c’était pour le compte d’un riche propriétaire immobilier en France. Elle s’aperçut, en arrivant au château, que lui et sa fiancée ne savaient pas s’y prendre pour éduquer les trois pauvres enfants traumatisés. Chacun se rebellait à sa manière contre son autorité, Cassie avait fait les frais de leur comportement.

Ce poste était devenu un vrai cauchemar, sa fiancée était morte dans des circonstances étranges, Cassie avait failli être arrêtée en tant que suspect.

Le propriétaire —Pierre Dubois — avait fini par être inculpé de meurtre, son procès était en cours. Cassie lisait toujours les articles attentivement. Les avocats se livraient une bataille acharnée, le dernier article en date indiquait que le verdict serait rendu en février.

Elle était rentrée en Angleterre, elle ferait profil bas au cas où l’avocat de la partie adverse l’assignerait à comparaître en tant que témoin— voire, aurait fabriqué suffisamment de preuves prouvant sa culpabilité.

Une fois en Angleterre, elle avait jeté son dévolu sur un homme charmant et séduisant, soi-disant père divorcé ayant un besoin d’aide urgent pour ses enfants. Cassie était tombée raide dingue amoureuse de Ryan Ellis, elle buvait ses paroles. Elle était vite redescendue de son petit nuage, il débitait mensonge sur mensonge, la situation avait dégénéré en horreur totale.

Cassie paniquait au souvenir de cette expérience. Elle faillit percuter Gretchen en se retournant, occupée à mettre à jour le tableau d’affichage et supprimer les anciennes offres.

“Désolée.”

“Vous avez repéré quelque chose d’intéressant ?”

“Je ne sais pas. Le job au pair a l’air intéressant,” déclara Cassie par politesse.

“C’est dans la banlieue de Milan, un quartier aisé. Logée, en plus.”

"Merci." Elle prit l'annonce en photo, au cas où, elle ne comptait pas accepter le poste.

Elle jeta un œil aux livres en vente. Un mélange éclectique de fiction et de romans, deux ouvrages sur l'étagère pourraient lui être utiles. Un manuel d'expressions italiennes et un guide pour apprendre la langue. Les livres avaient vu des jours meilleurs mais ils étaient bon marché. Ravie de pouvoir commencer à maîtriser l'italien, Cassie se rendit au bureau pour payer.

Elle partit chercher sa voiture après avoir payé les livres et un café. La ville était complètement différente au grand jour, elle parvint à retrouver le chemin de sa voiture en s'égarant presque pas.

Tout en réfléchissant à ce job de fille au pair.

Elle ne pouvait pas se permettre de faire la fine bouche, elle resterait forcément en ville un certain temps. Tim le barman se souviendrait peut-être du nom de la ville où travaillait Jacqui.

Etant logée, elle ne dérangerait pas d'autres voyageurs, elle ne risquerait pas de vivre une autre mauvaise expérience, comme celle d'hier soir avec Vadim.

Elle travaillerait pour une femme divorcée. Cassie voulait s'en assurer avant de prendre sa décision. Elle ne voulait plus travailler pour un homme. Cette femme élevait apparemment ses deux filles seule.

Elle pouvait toujours poser la question. Où était le mal ?

Cassie composa le numéro, mal à l'aise, perturbée par ses mauvaises expériences précédentes.

La connexion s'établit, ça sonnait, la nervosité de Cassie allait crescendo.

On décrocha enfin.

"*Buongiorno*," la femme était essoufflée.

Cassie répondit, nerveuse, elle n'avait pas eu le temps de potasser ses expressions.

"Bonjour."

"Vous êtes bien chez la Signora Rossi, Abigail au téléphone. Que puis-je pour vous ?" poursuivit la femme en anglais. Du moins, Cassie le croyait.

Elle se reprit et s'exprima avec assurance.

“J’appelle pour le poste. Ottavia Rossi est là ?”

“Le poste ? Un instant s’il vous plait. Mme Rossi est en réunion.”

Cassie entendit la femme parler à quelqu’un, ce ne fut pas long.

“Je suis sincèrement désolée mais le poste a été pourvu.”

“Oh.” Cassie fut désagréablement surprise. Elle ne savait pas quoi dire, la femme prit les devants.

“Au revoir.” Elle avait raccroché.

Chapitre Cinq

Cassie ne comprenait pas pourquoi le poste n'était plus disponible, l'annonce était récente. Elle était déçue que l'offre soit tombée à l'eau avant même d'avoir obtenu un entretien.

Elle ne savait plus que faire, partagée entre prendre sa voiture, rouler au hasard une heure ou deux, dans l'espoir de se rapprocher de sa sœur, ou tomber sur elle en ville par miracle.

Une mission non seulement improbable mais impossible, dans ce pays densément peuplé comptant de nombreux villes et villages.

Cassie ouvrit le coffre de sa voiture, fouilla dans sa valise, prit les comprimés oubliés hier soir et sa dose du matin.

Elle les avala assise au volant et contacta son ami Jess.

Cassie avait passé la semaine entre Noël et Nouvel An avec Jess. Le patron de Jess lui avait donné du congé et de l'argent pour voyager, Jess avait invité Cassie à la rejoindre à Édimbourg.

Jess se chargeait de l'hébergement, Cassie conduisait. Elles avaient loué un appartement en périphérie, fait du tourisme et la fiesta tous les soirs, en avaient profité pour discuter. Jess savait ce que Cassie avait enduré, connaissait tout de ses deux derniers postes pour le moins compliqués.

"Salut la touriste !" Jess décrocha presque immédiatement. "T'as retrouvé ta sœur ?"

"Pas encore. J'ai trouvé quelqu'un qui lui a parlé récemment. Elle habite dans une ville située à une ou deux heures de Milan, mais il ne se rappelle pas du nom."

"Oh, non." Jess était abasourdie. "T'es tout près du but—tu y es presque. Qu'est-ce que tu vas faire ?"

"Je vais rester ici quelques semaines, il m'enverra un message s'il s'en souvient. J'ai téléphoné pour un job de fille au pair mais il était déjà pourvu. Tu connais quelqu'un à Milan, ou en Italie, qui aurait besoin d'aide ?"

Cassie était admirative face au réseau des connaissances de Jess. Cette grande blonde sympathique avait un don pour repérer les bons plans. C'est grâce à elle que Cassie avait obtenu son dernier emploi, même s'il avait mal tourné ; son réseau leur avait permis de louer l'appartement et passer des vacances à un prix abordable.

"À Milan ?" Jess réfléchissait.

"Ou à proximité," suggéra Cassie, afin d'élargir le périmètre.

Jess soupira.

"Je ne vois pas, comme ça, de but en blanc. Milan, c'est bien au nord de l'Italie ?"

"Oui."

"Un poste en Suisse ou dans le sud de l'Allemagne serait jouable ? Je suppose que t'as pas très envie de retourner en France."

Plus jamais, songea Cassie.

"Je préfèrerais éviter."

"Laisse-moi réfléchir. On est en pleine saison de ski, mes patrons connaissent des propriétaires des chalets. Tu pourrais travailler comme femme de ménage dans un chalet. C'est pas super bien payé mais tu pourras skier gratuitement."

"Demande-leur, s'il te plaît."

"Entre temps, relance le gars qui a parlé à ta sœur. Ne fais pas ta timide. Fais-le asseoir devant un plan, qu'il passe toutes les villes en revue jusqu'à ce que le nom lui revienne en mémoire."

Son rire redonna le sourire à Cassie.

"Je dois y aller," dit Jess. "J'ai rendez-vous chez le dentiste pour les enfants. On se rappelle plus tard, bonne chance Cassie !"

Cassie raccrocha mais son téléphone sonna de nouveau. C'était Abigail, la femme qui lui avait répondu lorsqu'elle avait appelé pour le poste de fille au pair.

"Bonjour, j'appelle de la part de Mme Rossi. Vous avez bien téléphoné pour un poste ?"

"Oui, c'est exact."

"Lequel ? Styliste junior ou fille au pair ?"

"Fille au pair."

"Un instant je vous prie."

La femme paraissait tendue, Cassie entendait chuchoter au bout du fil.

Elle poursuivit, au bout de quelques instants.

"Je suis sincèrement désolée. Je vous présente mes excuses. Je n'étais pas au courant pour le poste de fille au pair. Mme Rossi me confirme que ce poste est toujours vacant, celui de designer a été pourvu. Etes-vous toujours intéressée ?"

"Oui. Oui bien sûr."

"Mme Rossi fait passer les entretiens à partir de quatorze heures trente à son domicile. Le candidat retenu commencera immédiatement. Puis-je vous envoyer l'adresse par sms ?"

"Avec plaisir," Cassie était inquiète. Elle devrait décider sur le champ si ce poste lui convenait ou pas. Elle se demandait comment seraient les enfants, elle angoissait d'avance.

Elle n'accepterait pas le poste sans avoir vu les enfants. Elle passerait le plus clair de ses journées en leur compagnie. Leur mère était une femme aisée, malgré son peu d'expérience, Cassie les imaginait gâtés pourris ou délaissés.

Son téléphone bipa, elle venait de recevoir l'adresse, elle décida de s'y rendre sur le champ en voiture.

Si elle n'arrivait pas la première à l'entretien, le problème serait réglé d'emblée.

⚜ ⚜ ⚜

Cassie arriva dans le quartier avant midi. Les rues calmes et impeccables étaient bordées de grandes maisons aux jardins arborés, légèrement en retrait. En plein été les arbres étaient bien verts, on ne voyait pas les maisons depuis la route.

Elle était étonnée devant l'ampleur des mesures de sécurité. Chaque maison était clôturée, dissimulée derrière des murs, sécurisée par des portails automatiques. Cassie ignorait si les riches tenaient à ce point à leur sécurité et leur intimité, ou si le taux de criminalité était élevé dans ce quartier. Elle penchait pour la première solution.

Cassie remarqua, en parcourant les rues au volant de sa vieille guimbarde, que certains habitants la regardaient bizarrement, dans leurs coupés sport aux couleurs vives et leurs SUV sombres. Elle n'était pas à sa place et ne passait pas inaperçue avec sa voiture dans ce quartier.

Elle tomba sur un café au bout de quelque pâtés de maison. Elle était trop tendue pour avoir faim, mais s'efforça de manger un cornetto et boire de d'eau.

Cette femme travaillait dans le milieu de la mode, le quartier était huppé, Cassie tenait à faire bonne impression. Elle se rendit aux toilettes, lissa ses cheveux et vérifia que son haut était exempt de miettes après avoir mangé un dessert feuilleté au mascarpone.

Elle se dirigea vers la maison et s'arrêta devant le portail en fer forgé, à deux heures moins deux exactement.

Elle tremblait de peur, elle aurait aimé avoir plus confiance en elle et décider si ce poste lui convenait ou pas. Elle devrait se faire rapidement une idée, prendre de multiples facteurs en compte, et si elle passait à côté de l'essentiel ?

Il fallait avoir la foi pour oser reprendre un boulot de fille au pair après ses mauvaises expériences. Elle n'aurait jamais postulé si elle n'était pas déterminée à rester dans le coin et découvrir ce qu'il était advenu de Jacqui.

Elle se força à respirer profondément et garder son calme, Cassie se pencha par la fenêtre et appuya sur la sonnette.

Le portail s'ouvrit au bout d'un moment, elle s'engagea sur l'allée pavée serpentant parmi le jardin.

Elle se gara sous un olivier, à côté d'un triple garage, heureuse de constater qu'il n'y aucune autre voiture à proximité. Elle espérait être la première candidate sur les lieux.

Cassie arpenta le chemin jusqu'à l'énorme porte d'entrée en bois. Elle sonna à la porte et entendit le carillon retentir dans la maison.

Elle s'attendait à ce qu'une gouvernante ou une assistante lui ouvre, entendit des talons hauts claquer, la porte s'ouvrit en grand quelques instants plus tard sur une femme d'une quarantaine d'années, à l'air autoritaire.

Elle mesurait quinze centimètres de plus que Cassie, grâce à une paire de magnifiques bottes en cuir bleu paon à talons. Ses cheveux bruns cascadaient joliment sur ses épaules. Elle portait un gros collier et des bracelets en or.

"*Buongiorno*," dit-elle d'un ton autoritaire. "C'est pour le poste de fille au pair ?"

"Bonjour. Oui, je m'appelle Cassie Vale. Je suis en avance. La personne m'avait dit quatorze heures trente mais je craignais d'être en retard."

Cassie s'empressa de se taire, la nervosité la faisait bafouiller.

La femme semblait satisfaite qu'elle soit en avance. Ses lèvres parfaitement maquillées esquissèrent un sourire.

"La ponctualité est la moindre des politesses. J'insiste sur ce point, pour moi et mes employés. Je vous remercie de votre courtoisie. Ottavia Rossi. Entrez, je vous prie."

Elle lui emboîta le pas, touchée à l'idée d'avoir fait bonne impression, cette femme l'intimidait.

Cassie remarqua de nombreux objets d'art très colorés dans l'immense entrée. Les tableaux aux couleurs vives, les vases et superbes tapis chatoyants, la maison ressemblait à une galerie d'art moderne, mais accueillante.

Un grand escalier de marbre blanc menait à l'étage.

Un stiletto rouge vif d'un mètre de haut, au design audacieux, trônait à droite de l'escalier.

Mme Rossi sourit devant le regard de Cassie.

"Notre modèle "Nina", grâce auquel Rossi Shoes a acquis une renommée internationale dans les années 70. Le design était très avant-gardiste pour l'époque, la couleur avait fait scandale—mais pas suffisamment pour dissuader les acheteurs."

"C'est magnifique," déclara Cassie.

Ottavia Rossi était à la tête de cette entreprise internationale fondée dans les années 70, probablement une entreprise familiale pérenne.

Mme Rossi monta l'escalier et prit un couloir. Cassie se pencha et aperçut, sous un plafond voûté, un grand salon moderne et une cuisine étincelante où s'affairait une cuisinière.

Le couloir donnait sur une porte fermée. Elle l'ouvrit et fit entrer Cassie.

Cette pièce élégante était le bureau de Mme Rossi. Elle s'assit à la table blanche incurvée et fit signe à Cassie de s'installer en face.

Cassie se rendit soudainement compte qu'elle était arrivée les mains vides. Elle n'avait pas préparé de CV, imprimé ses coordonnées ni fait de photocopie de son passeport et son permis de conduire. Elle les lui demanderait certainement. Cassie était pétrifiée, elle avait complètement oublié.

"Je suis sincèrement désolée. Je suis arrivée en Italie depuis peu et n'ai pas encore mis mon CV à jour. Cette offre d'emploi était inespérée, je suis venue afin d'en savoir plus."

À son grand soulagement, Mme Rossi opina du chef.

"Je comprends. Je voyageais énormément à vingt ans—c'est bien votre âge, je me trompe ?"

Cassie acquiesça. "Oui. Je peux vous montrer mon passeport si vous voulez."

"S'il vous plaît."

Mme Rossi feuilleta brièvement le passeport et le rendit à Cassie.

"J'aimerais avoir un résumé de vos précédents postes."

Cassie était au plus mal, elle ne pouvait fournir aucune référence pour les postes qu'elle prétendait avoir exercé en Europe. Son premier patron, inculpé de meurtre, ne risquait pas de lui faire de la publicité— Cassie était persuadée qu'il essaierait de lui faire porter le chapeau, insisterait sur le fait d'avoir été accusé à tort.

Son deuxième employeur était mort assassiné, alors que Cassie était à son service. Personne dans cette famille ne lui donnerait de références. Ce n'était pas un désastre, mais une catastrophe.

Chapitre Six

Cassie prit place en silence, elle cogitait à toute allure. Elle savait que Mme Rossi s'attendait à ce qu'elle se présente, que toute hésitation soulèverait des questions, mais ne savait quoi dire.

Le mot "meurtre" découragerait tout employeur potentiel. Quelles que soient les circonstances, ils décideraient que le jeu n'en valait pas la chandelle.

Cassie ne pouvait pas leur en vouloir. Elle se demandait si elle portait la poisse—ou si ses décisions n'étaient pas la cause de ces terribles accidents.

Sa seule chance était de passer sous silence sa récente expérience et se concentrer sur son travail aux États-Unis.

Elle s'éclaircit la gorge et se lança.

"Je suis partie de chez moi à l'âge seize ans et suis entrée à l'université, je travaillais en tant que serveuse."

Elle ne s'étendit pas sur les raisons de son départ, elle espérait que son indépendance et son autonomie impressionnerait Mme Rossi. À son grand soulagement, la chef d'entreprise opina du chef.

"J'ai donné des cours pendant cette période, j'aidais de jeunes enfants dans leurs études, j'ai travaillé dans une crèche un temps, un remplacement de congé maternité. J'ai mon permis de travail en règle, je peux vous le montrer sur mon téléphone. J'ai une lettre de recommandation du restaurant dans lequel j'ai travaillé deux ans, je suis fiable, assidue et fais tout pour satisfaire le client."

Ces documents faisaient partie de sa première candidature en tant que fille au pair, elle avait heureusement gardé des traces. Son job au restaurant n'était pas très significatif mais constituait sa seule véritable référence.

"Excellent," déclara Mme Rossi.

"J'ai beaucoup voyagé depuis mon arrivée en Europe. J'ai travaillé au pair pour une famille à Paris. Les enfants ont déménagé dans le sud de la France, je suis retournée au Royaume-Uni en décembre."

Cassie avait chaud. Son expérience était lacunaire. Mme Rossi découvrirait rapidement que Cassie ne lui avait pas dit toute la vérité si elle lui posait des questions. A sa grande surprise, la femme d'affaires parut satisfaite, et prit la parole.

"Je vais vous expliquer ma situation. J'ai divorcé il y a quelques mois, j'ai travaillé chez moi un certain temps mais la croissance de l'entreprise ne le permet plus. Nous avons conquis de nouvelles parts de marché et racheté d'autres marques. Cette croissance, bien que prévue, s'est subitement accélérée. Ma mère va s'installer ici pour s'occuper des enfants, mais elle a besoin de temps pour se préparer et faire ses valises. J'aurai besoin de vous pendant trois mois, logée, bien entendu. Les enfants sont sages, nous avons une cuisinière et un chauffeur, la charge ne sera pas trop importante."

Cassie déglutit.

"Pourriez-vous me parler des enfants, s'il vous plaît ?"

"Deux filles, huit et neuf ans. Nina est l'aînée, Venetia la benjamine. Des enfants sages."

Mme Rossi n'avait pas grand-chose à ajouter, Cassie prit son courage à deux mains.

"Je pourrais peut-être les rencontrer ? Voir si on s'entend bien, avant que je prenne ma décision ?"

Mme Rossi trouverait peut-être sa demande déplacée, elle soutenait que ses filles étaient bien élevées.

La femme d'affaires acquiesça.

"Bien sûr. Elles doivent être rentrées de l'école. Suivez-moi."

Elle se leva, Cassie lui emboîta le pas.

Cassie était impressionnée par son caractère autoritaire. Elle n'en serait jamais capable, si telle était la qualité requise pour diriger une multinationale prospère. Même pour tout l'or du monde. Elle n'avait pas la carrure pour, n'aurait jamais l'étoffe nécessaire.

Mme Rossi semblait l'apprécier. Elle ne la détestait pas du moins, pas comme ses patrons français.

Elles montèrent l'escalier de marbre et parvinrent à l'étage. La maison, en forme de U, comportait deux ailes. Les chambres des enfants étaient situées à l'étage, dans l'aile droite.

Le claquement des talons d'Ottavia Rossi sur le sol dallé était suffisamment fort pour signaler sa présence aux enfants, Cassie fut surprise de voir deux fillettes brunes sortir de leurs chambres et se placer sagement côte à côte, tandis qu'elles approchaient.

Elles portaient de jolies robes manches longues identiques, seule la couleur changeait : jaune et bleue. Cassie se demanda, en voyant leurs ballerines aux couleurs vives, si Rossi Shoes commercialisait également une gamme enfants.

"Les enfants, je vous présente Cassie," déclara Mme Rossi. "Elle est venue pour un entretien, elle s'occupera peut-être de vous prochainement. Vous voulez bien lui dire bonjour et répondre à ses questions ?"

"Bonjour, ravies de vous rencontrer," dirent les enfants en chœur, Cassie constata à son grand étonnement que leur anglais était excellent.

La plus grande s'avança.

"Je m'appelle Nina."

Elle tendit la main à Cassie, surprise par ce salut formel.

"Et moi Venetia," dit la plus jeune.

Cassie serra sa petite main chaude. Les présentations étaient quelques peu gênantes, le couloir n'était pas l'endroit idéal pour bavarder et faire connaissance, elle allait devoir prouver qu'elle était sympathique et agréable.

Elle leur sourit.

"Quels beaux prénoms."

"Merci," dit Nina.

"Tu es allée à l'école aujourd'hui ?"

Venetia s'empressa de répondre.

"Oui. On a des devoirs l'après-midi. On était en train de les faire."

"C'est bien les enfants. Quelle est votre matière préférée ?"

Les deux filles échangèrent un regard.

"Anglais," répondit Nina.

Venetia réfléchissait.

"Et moi les maths."

Cassie était stupéfaite. Elles avaient tout pour réussir – bien élevées et studieuses malgré leur jeune âge. Ces fillettes suivraient les traces de leur mère, leur avenir était tout tracé.

Les filles bénéficieraient d'opportunités dont elle n'aurait jamais rêvé. L'espace d'un instant, Cassie se demanda l'impression que ça faisait d'adorer étudier, d'être les héritières d'un empire de la mode.

"Et quels sont vos loisirs ? Qu'aimez-vous faire en dehors de l'école ?"

Les filles échangèrent un nouveau regard.

"J'aime le chant," dit Nina.

"Et moi l'équitation. On prend toutes les deux des cours le dimanche," précisa Venetia.

"C'est génial," déclara Cassie, elle imaginait leur cadre de vie. Non seulement ces jeunes filles étaient motivées et douées pour les études, mais elles exerçaient des activités que Cassie n'avait jamais pu se permettre.

Cette famille, avec sa ravissante maison moderne, ressemblait pile poil à celles des magazines de luxe qu'on trouvait chez le coiffeur. L'élite, les côtoyer était passionnant et impressionnant à la fois.

Le seul défaut de leur vie parfaite était ce divorce, Cassie se demandait à quoi ressemblait le mari de Mme Rossi. L'empire Rossi était aux mains de sa famille, elle avait vraisemblablement repris son nom de jeune fille après le divorce, à moins qu'elle ne l'ait jamais quitté. Elle se demandait si les enfants avaient été traumatisées par le divorce, si elles voyaient leur père. Elle poserait ces questions à Mme Rossi ou aux enfants en temps voulu.

Cassie réalisa, à sa grande stupéfaction, qu'elle envisageait déjà l'avenir, comme si elle avait accepté le poste.

Les enfants la regardaient avec impatience. Elles n'avaient pas bougé d'un pouce, comme attendant la permission, Cassie était impressionnée par leur self-control.

"Merci beaucoup de m'avoir accordé de votre temps. Je suis ravie d'avoir fait votre connaissance. Il vous reste des devoirs, je suppose ?"

"Allez, les enfants," dit Mme Rossi, elles disparurent dans leurs chambres.

Cassie ne put s'empêcher de la féliciter tandis qu'elles rebroussaient chemin.

"Elles sont incroyables. Je n'ai jamais vu d'enfants si obéissantes et bien élevées. Et douées pour les études, vous pouvez être fière."

Mme Rossi déclara, visiblement satisfaite "Elles sont en plein apprentissage, comme tout enfant, d'ailleurs. Elles hériteront de l'entreprise un jour, je m'efforce de leur inculquer le sens des valeurs."

Elles descendirent le grand escalier et regagnèrent son bureau.

"Vous avez rencontré la famille, nous allons discuter du poste. Vous êtes la première—Abigail s'est emmêlé les pinceaux, nous n'avons pas pu contacter les autres candidats. Vous semblez convenir, les enfants vous ont apprécié. Le poste est à vous s'il vous intéresse. Vous devrez passer du temps avec elles après l'école et le dimanche. Elles ont classe de huit heures à treize heures trente, sauf lors des activités l'après-midi."

Cassie prit une profonde inspiration. Elle reprenait confiance, Mme Rossi estimait qu'elle avait les épaules suffisamment larges pour s'occuper de ses deux filles exceptionnelles. Elle n'avait même pas demandé à contacter les précédents employeurs pour vérifier les références de Cassie.

"Toute opportunité qui se présente est une porte sur l'avenir," poursuivit Mme Rossi. "Ce poste offre des perspectives d'évolution selon vos capacités. Nous avons régulièrement des postes de stagiaires disponibles, si vous souhaitez rester en Italie après la fin de cette mission et travailler dans le monde de la mode, c'est envisageable."

Le cœur de Cassie s'emballa. Elle lui offrait bien plus qu'un travail temporaire. Une nouvelle carrière s'offrait peut-être à elle, un moyen d'améliorer ses chances de retrouver Jacqui et renouer.

Elle s'imaginait avec sa sœur, toutes deux à des postes enviables dans l'univers de la mode, habitant un magnifique appartement dans un quartier chic et pittoresque. Le soir, elles discuteraient de leurs journées respectives et cuisineraient à tour de rôle, avant d'aller en boîte et faire la fiesta en ville.

Plus Cassie y réfléchissait, plus la mission l'enchantait. Il ne s'agissait pas d'un simple poste de fille au pair, elle ne pouvait pas refuser. Elle devait s'impliquer, être parfaite, cette opportunité pouvait changer sa vie.

"J'aimerais vraiment faire un stage à l'avenir, ça a l'air passionnant. J'accepte le poste avec joie. Merci infiniment."

Mme Rossi esquissa un petit sourire.

"Vous êtes engagée. Vous avez vos bagages ?"

"Ils sont dans ma voiture."

"Une domestique vous aidera à les porter dans votre chambre. Ce soir, les enfants et moi sommes chez ma mère, nous dînerons chez elle. C'est le soir de congé de notre cuisinière mais nous avons un service de livraison à domicile. Les menus sont dans le tiroir de la cuisine. Commandez ce que vous voulez et appelez depuis le poste fixe. Ils livrent dans la demi-heure et le mettent sur notre compte."

"Merci," déclara Cassie.

"Je dois vous informer d'une règle importante."

Elle se pencha vers Cassie, qui fit de même.

"Ne laissez personne entrer dans la maison sans savoir son identité. Nous vivons dans un quartier aisé mais malheureusement non exempt de criminalité. Nous avons déjà été la cible de voleurs et cambrioleurs. L'enlèvement et le trafic d'enfants constituent une menace, surtout avec deux fillettes, je tenais à vous en faire part. Ne laissez personne entrer, à moins qu'il ne s'agisse d'une livraison. Est-ce clair ?"

Cassie acquiesça, nerveuse à l'idée que les enfants soient prises pour cible. Sa récente expérience dans le centre de Milan était la preuve que la menace était bien réelle.

"Limpide. Je redoublerai de prudence."

"Bien. A demain," conclut Mme Rossi.

Elle décrocha un interphone, appuya sur un bouton, parla brièvement à toute vitesse en italien avant de raccrocher.

"La bonne arrive," annonça-t-elle à Cassie.

Le portable de Mme Rossi sonna.

"*Ciao*," répondit-elle, impatiente visiblement.

Ecouter la conversation serait impoli, Cassie se leva précipitamment et attendit la bonne à l'extérieur.

Alors qu'elle sortait, elle entendit Mme Rossi dire sévèrement, "Abigail ?"

Cassie se souvint de la femme qui lui avait annoncé par erreur que le poste était pourvu.

Il y eut une pause, Cassie l'entendait parler fort, visiblement en colère.

"Vous vous êtes plantée, Abigail. C'est inacceptable, je me fiche de vos excuses. Inutile de venir demain. Vous êtes virée !"

Chapitre Sept

Cassie s'éloigna du bureau, elle espérait que Mme Rossi ne l'avait pas vue épier la conversation. Elle était profondément choquée. La jeune employée avait été licenciée suite au malentendu concernant le poste ?

Il devait s'agir d'autre chose, elle avait dû faire une sottise, Cassie l'espérait du moins. Elle réalisa avec effroi que tel était le prix à payer pour bâtir un empire, raison pour laquelle si peu réussissaient. Les erreurs et les excuses étaient inacceptables. Elle devrait être constamment sur le qui-vive et faire de son mieux pour ne pas se tromper.

Imaginons qu'elle fasse une erreur, que Mme Rossi le lui reproche de façon véhémente, lui demande de faire ses valises et partir. Elle était furieuse, complètement différente. Cassie ne pouvait pas s'empêcher d'avoir pitié de la pauvre Abigail, mais elle ne pouvait pas juger, ne connaissant pas le contexte.

Cassie fut contente de voir la bonne arriver, et mettre ainsi un terme au monologue qui allait bon train dans le bureau. La femme en uniforme parlait italien mais elles communiquèrent par gestes.

Elles se rendirent sur le parking, la femme indiqua à Cassie où elle devait se garer, dans un box couvert derrière la villa. Elle lui remit la clé de la porte d'entrée avec la télécommande du portail, puis l'aida à porter ses sacs à l'étage.

Cassie prit automatiquement à droite, vers les chambres des enfants, mais la femme de ménage la rappela à l'ordre.

“Non ! Cassie était heureuse de constater que le mot était similaire en italien.

La domestique indiqua le couloir, à l'extrémité de l'aile.

Cassie changea de direction, confuse. Elle imaginait que sa chambre serait situé près de celle des enfants afin de pouvoir s'occuper d'elles la nuit si nécessaire. Elle ne les entendrait pas pleurer, à l'autre bout de cette immense maison. La chambre de Mme Rossi, au centre de la demeure, était plus proche.

Elle avait remarqué que les filles étaient très indépendantes pour leur âge, elles n'avaient peut-être pas besoin d'aide la nuit—ou du moins, étaient suffisamment sûres d'elles pour s'orienter dans la maison et l'appeler.

Sa grande chambre avec salle de bain privative se trouvait à l'autre bout. Cassie regarda par la fenêtre et constata que les chambres donnaient sur un jardin et une cour avec une fontaine d'ornement.

Elle aperçut de l'autre côté les fenêtres des chambres des enfants, à la luminosité du soleil de fin d'après-midi, elle distinguait la tête brune d'une des filles, occupée à ses devoirs, assise à son bureau. Les deux filles avaient des queues de cheval identiques et la même taille, elle ne pouvait deviner de qui il s'agissait, le dossier de la chaise l'empêchait de voir la couleur de la robe, ce qui lui aurait fourni une indication. Elle les voyait quoi qu'il en soit, bien que sa chambre soit éloignée.

Cassie voulait se rendre à l'autre bout de l'aile et apprendre à faire connaissance avec les enfants, partir du bon pied.

Mais elles faisaient leurs devoirs et partiraient ensuite avec leur mère, elle attendrait.

Cassie déballa ses affaires et s'assura que sa chambre et ses placards étaient bien rangés.

Mme Rossi ne lui avait pas demandé si elle prenait un traitement, Cassie n'avait pas eu besoin de lui parler de ses médicaments contre l'anxiété qui lui permettait de garder son calme.

Elle planqua les flacons à l'abri des regards, au fond du tiroir de chevet.

Cassie ne s'attendait pas à passer sa première nuit seule dans la maison, elle descendit dans la cuisine déserte et fouilla dans les tiroirs à la recherche des menus.

Le réfrigérateur était plein mais Cassie ne savait pas si la nourriture était destinée aux futurs repas, personne n'était là pour répondre à sa question. Tout le personnel, y compris la femme de ménage qui l'avait aidée, était parti pour la journée. Commander à manger aux frais de la famille la gênait prodigieusement le premier soir, mais elle décida que mieux valait suivre les consignes de Mme Rossi.

Il y avait un téléphone dans la cuisine, elle contacta un restaurant des environs et commanda des lasagne et un Coca Light. Sa commande arriva une demi-heure plus tard. N'osant s'installer dans la salle à manger, Cassie partit en exploration. Le rez-de-chaussée se composait de plusieurs pièces, l'une d'entre elles, une salle à manger pour enfants apparemment, disposait d'une petite table et quatre chaises.

Elle s'installa et dîna en étudiant son livre de phrases usuelles en italien, avant de monter se coucher, épuisée par sa journée.

Son téléphone sonna avant qu'elle s'endorme.

C'était le sympathique barman de l'auberge de jeunesse.

"Salut, Cassie ! Je crois me souvenir où travaille Jax. La ville s'appelle Bellagio. Je croise les doigts !"

Cassie entrevit une lueur d'espoir. Elle connaissait enfin le nom de la ville où habitait sa sœur. Y travaillait-elle ? Cassie espérait qu'elle logeait dans une pension ou auberge de jeunesse, elle aurait plus de chances de la retrouver. Elle commencerait son enquête dès que possible, Cassie était persuadée que les résultats seraient à la hauteur de ses espérances.

A quoi ressemblait cette ville ? Le nom était charmant. Pourquoi Jacqui l'avait-elle choisie ?

Des questions sans réponse tourbillonnaient dans son esprit, Cassie mit plus de temps à s'endormir que prévu.

Une fois dans les bras de Morphée, elle rêva qu'elle était en ville. Une ville étrange et pittoresque, avec des restanques et des bâtisses en pierre aux teintes chaudes. Tout en arpentant la rue, elle demanda à un passant "Où puis-je trouver ma sœur ?"

"Là-haut," il indiquait le sommet de la colline.

Cassie poursuivit son chemin, en se demandant ce qu'il pouvait bien y avoir là-haut, l'endroit paraissait isolé. Que faisait Jacqui là-bas ? Pourquoi n'était-elle pas descendue retrouver Cassie, la sachant en ville ?

Elle finit par atteindre le sommet de la colline, essoufflée, mais la tour avait disparu pour céder la place à un immense lac sombre. Ses eaux troubles clapotaient sur le rivage hérissé de roches noires et coupantes.

"Je suis là."

"Où ça ?"

La voix était lointaine.

"Tu arrives trop tard," chuchota Jacqui, d'une voix grave et triste. "Papa m'a retrouvé le premier."

Cassie se pencha et regarda en contrebas, terrifiée.

Jacqui gisait au fond du lac sombre et froid.

Ses cheveux s'enroulaient autour de son corps livide et inerte, tel des algues échouées sur les rochers pointus, ses yeux vitreux fixaient le ciel.

"Non !" hurla Cassie.

Elle réalisa qu'il ne s'agissait pas de Jacqui, qu'elle ne se trouvait pas en Italie. Elle était en France et contemplait le corps désarticulé gisant en contrebas du parapet. Ce n'était pas un rêve mais un souvenir. Un vertige la prit, elle s'agrippa à la pierre, terrifiée à l'idée de tomber, elle se sentait faible et impuissante.

"Tel est le rôle des pères. Voilà ce qu'ils font."

Elle vacilla devant cette voix sarcastique.

L'homme qui lui avait menti, trompé et détruit sa confiance était là. Mais ce n'était pas son père qu'elle voyait mais Ryan Ellis, son patron en Angleterre, le visage méprisant.

"Tel est le rôle des pères," murmura-t-il. "Ils font du mal. Ils détruisent. Tu n'étais pas suffisamment bien pour moi, ton heure est venue. Voilà ce qu'ils font."

Il attrapa par la chemise et la poussa violemment.

Cassie poussa un hurlement de terreur, elle perdait pied, sa main glissait.

Elle tomba, comme si sa chute ne devait jamais s'arrêter.

Elle se réveilla, se redressa, haletante, parcourue de sueurs froides, malgré la chaleur régnant dans sa chambre spacieuse.

La disposition de la pièce ne lui était pas familière, elle tâtonna avant de trouver la table de chevet et l'interrupteur.

Elle alluma et s'assit, pressée d'avoir la confirmation qu'elle avait effectivement échappé à son cauchemar.

Elle se trouvait dans un grand lit double, à la tête de lit en fer forgé. Une grande baie vitrée aux rideaux mordorés fermés se trouvait de l'autre côté de la chambre.

La porte de la chambre se trouvait à sa droite, celle de la salle de bain à sa gauche. Le bureau, la chaise, le petit réfrigérateur, l'armoire, tout était comme dans son souvenir.

Cassie poussa une profonde respiration, rassurée de ne pas être captive de son rêve.

Bien qu'il soit déjà sept heures et quart, il faisait encore nuit. Elle n'avait reçu aucune instruction concernant les enfants. A moins que cela lui soit sorti de l'esprit ? Mme Rossi avait-elle abordé le sujet de l'école ?

Cassie secoua la tête. Elle ne se souvenait de rien, elle n'avait pas mentionné les horaires d'école.

Elle se leva et s'habilla rapidement. Dans la salle de bains, elle dompta ses boucles auburn en un look soigné qu'elle espérait acceptable dans cette maison très branchée mode.

Elle entendit un bruit à l'extérieur alors qu'elle se contemplait dans le miroir.

Cassie se figea et écouta.

Elle entendit des pas sur le gravier. La fenêtre de la salle de bain en verre dépoli donnait sur le portail.

Était-ce le personnel de cuisine ?

Elle ouvrit la fenêtre et regarda à l'extérieur.

Le jour se levait, Cassie aperçut une silhouette vêtue de noir pénétrer dans la maison. Elle constata, à son grand étonnement, que l'homme portait un bonnet noir et un petit sac à dos foncé. Elle ne l'aperçut que brièvement mais vit qu'il se dirigeait vers l'arrière de la villa.

Son cœur battait à tout rompre, elle songea aux intrus potentiels, au portail automatique et aux caméras de télésurveillance.

Elle se souvint des paroles de Mme Rossi, de son avertissement sans ambigüité. La riche famille pourrait être la cible d'un vol, voire, d'un enlèvement.

Elle devait en avoir le cœur net. Si elle l'estimait dangereux, elle donnerait l'alarme, crierait et réveillerait la maisonnée.

Elle se dépêcha de descendre et songea à son plan.

L'homme s'était dirigé vers l'arrière de la maison, elle devrait sortir par la porte d'entrée. La luminosité lui permettait de voir, l'herbe était givrée par la fraîcheur de la nuit. Elle le suivrait à la trace.

Cassie sortit et verrouilla la porte derrière elle, si nerveuse qu'elle ne remarqua même pas le froid mordant de cette matinée calme.

Des traces de pas se détachaient nettement sur le sol gelé. Elles contournaient la villa, franchissaient la pelouse impeccable et la cour dallée.

Les empreintes menaient à la porte arrière, grande ouverte.

Cassie monta les marches, les traces de pas étaient clairement visibles sur les escaliers en pierre.

Elle s'arrêta sur le pas de la porte et attendit, s'efforçant de différencier les bruits suspects des battements de son cœur.

Elle n'entendait rien, bien que les lumières soient allumées. Une faible odeur de café flottait dans l'air. Cet homme était peut-être un livreur, la cuisinière l'avait fait entrer. Mais où était-il, pourquoi n'entendait-elle pas parler ?

Cassie entra dans la cuisine sur la pointe des pieds mais personne.

Elle décida d'aller voir si tout allait bien du côté des enfants. Une fois rassurée sur ce point, elle réveillerait Mme Rossi et lui expliquerait tout. C'était certainement une fausse alerte mais mieux valait prévenir que guérir, surtout après avoir constaté que l'homme s'était volatilisé.

Elle ne l'avait aperçu que fugacement, Cassie aurait cru rêver si elle n'avait pas vu les empreintes de pas.

Elle monta les escaliers en courant et se dirigea vers les chambres des enfants.

Elle s'arrêta net avant d'y parvenir, plaqua sa main sur sa bouche et étouffa un cri.

Il était là—mince silhouette vêtue de noir.

Devant la chambre de Mme Rossi, la main gauche sur la poignée de la porte.

Elle ne voyait pas sa main droite tendue, il tenait vraisemblablement quelque chose, vue sa position.

Chapitre Huit

Cassie, totalement paniquée, devait trouver une arme, elle s'empara du premier objet venu —— une statuette en bronze placée sur une desserte près des escaliers.

Elle courut vers lui. Elle devait user de l'effet de surprise, il n'aurait pas le temps de se retourner. Elle le frapperait d'abord à la tête avec la statuette, puis sa main droite pour le désarmer.

Cassie bondit en avant. Il était tourné—elle devait tenter sa chance. Elle leva son arme improvisée.

Elle freina des quatre fers alors qu'il se retournait pour lui faire face. Son cri de surprise fut étouffé par un hurlement indigné.

L'homme, petit et mince, tenait une tasse de café.

"C'est quoi c'bordel ?"

Cassie baissa la statue et le dévisagea, incrédule.

"Vous comptiez m'agresser ?" tempêta l'homme. "Vous êtes folle ou quoi ? J'ai failli lâcher mon café."

Son café avait débordé du couvercle et éclaboussé sa main. Quelques gouttes mouchetaient le sol. Il prit un Kleenex dans sa poche et essuya.

Cassie lui donnait la trentaine, tiré à quatre épingles, cheveux bruns coupés à la perfection, barbe courte et bien taillée. Elle perçut un soupçon d'accent australien.

Il se redressa et lui adressa un regard noir.

"Qui êtes-vous ?"

"Cassie Vale, la fille au pair. Et vous ?"

Il haussa les sourcils.

"Depuis quand ? Vous n'étiez pas là hier."

"J'ai été embauchée hier après-midi."

"Signora vous a engagé ?"

Il avait mis l'accent sur *Signora,* et la dévisagea quelques secondes, Cassie était de plus en plus mal à l'aise. Elle acquiesça sans mot dire.

"Je vois. Maurice Smithers, assistant personnel de Mme Rossi."

Cassie l'avait échappé belle. Il ne correspondait pas à l'image qu'elle se faisait d'un assistant personnel.

"Pourquoi vous être faufilé dans la maison ?"

Maurice soupira.

"La serrure de la porte d'entrée ouvre difficilement par temps froid. Elle fait un bruit atroce, j'essaie d'éviter de déranger quand j'arrive tôt. J'entre par derrière, c'est moins bruyant."

"Et le café ?"

Cassie fixait la tasse, pas convaincue par sa dégaine étrange et son prétendu poste.

"Tout droit sorti d'une brasserie artisanale au bout de la rue. Le café préféré de Signora. Je lui en apporte un lors de nos réunions matinales."

"Si tôt ?"

Cassie était gênée, en dépit de son air accusateur. Elle s'était pris pour une héroïne, en agissant dans l'intérêt de Mme Rossi et des enfants mais découvrait qu'elle avait commis une grave erreur, elle partait du mauvais pied avec Maurice. En tant qu'assistant personnel, son rôle dans sa vie était manifestement influent.

Son futur stage semblait compromis. Cassie s'en voulait, sa témérité avait peut-être définitivement compromis son rêve.

"Une journée extrêmement chargée nous attend. Mme Rossi préfère commencer tôt. Si vous vous voulez bien m'excuser, j'aimerais le lui apporter avant qu'il refroidisse."

Il frappa poliment à la porte, qui s'ouvrit un moment plus tard.

"*Buongiorno*, Signora. Comment allez-vous ce matin ?"

Mme Rossi était habillée et parfaitement maquillée. Elle portait des bottes cerise à grosses boucles argentées aujourd'hui.

"*Molto bene, grazie*, Maurice," dit-elle en prenant son café.

Les salutations étaient pure formalité en italien, Cassie remarqua que la suite de la conversation se poursuivit en anglais.

“Il fait très froid dehors. Dois-je monter le chauffage dans votre bureau ?” demanda Maurice.

Cassie n’avait pas encore vu Maurice sourire, son visage se fendit d’un sourire obséquieux, il frétillait, ne sachant que faire pour lui être agréable.

“Nous n’en avons pas pour longtemps, le chauffage est parfait. Apportez-moi mon manteau, voulez-vous ?”

“Avec joie.”

Maurice prit le manteau au col en fourrure sur le porte-manteau en bois situé près de la porte de la chambre. Il parlait de façon animée sans la quitter d’une semelle.

“Vous verrez lorsque vous saurez ce que nous avons prévu pour la Fashion Week. Nous avons eu une excellente réunion hier avec les Français. J’ai tout enregistré, bien entendu, j’ai préparé un compte-rendu et un résumé.”

Cassie s’aperçut que Mme Rossi ne lui avait pas adressé la parole. Elle l’avait forcément vue mais n’avait d’yeux que pour Maurice. Ils se dirigeaient vers le bureau où Cassie avait passé son entretien la veille.

Mme Rossi ne l’ignorait pas délibérément—elle l’espérait du moins. Elle était complètement absorbée par son travail, son attention se concentrait sur sa journée.

“J’ai le rapport des ventes de la semaine dernière, et une réponse des fournisseurs indonésiens.”

“De bonnes nouvelles, j’espère,” déclara Mme Rossi.

“Je pense que oui. Ils veulent d’autres d’informations mais c’est globalement positif.”

Maurice faisait carpette devant Mme Rossi, Cassie ne savait pas s’il l’ignorait délibérément ou involontairement, peut-être pour lui montrer l’importance qu’il avait dans sa vie, comparé à Cassie.

Elle les suivit jusqu’au bureau, légèrement en retrait, guettant une pause dans la conversation pour aborder la question des horaires des enfants.

Il devint rapidement évident qu’aucune pause n’était prévue. Penchés sur l’ordinateur de Maurice, personne ne lui adressait le moindre regard.

Cassie était persuadée que Maurice l'ignorait volontairement. Il ne pouvait décemment ignorer sa présence.

Elle voulut les interrompre mais l'idée la gênait. Ils étaient hyper concentrés, Cassie ne voulait pas fâcher Mme Rossi ; cette femme montait vite dans les tours, vue la conversation à laquelle elle avait assisté hier malgré elle.

Elle était toute contente d'avoir été engagée, portée aux nues par Mme Rossi. Mais ce matin, c'est comme si elle était transparente aux yeux de cette femme influente.

Cassie repartit, découragée et perdue. Elle essaya de refouler ses pensées négatives et se souvint que son rôle consistait à s'occuper des enfants et ne pas monopoliser l'attention de Mme Rossi, fort occupée. Espérons que Nina et Venetia connaissent leur emploi du temps.

Cassie entra dans les chambres des filles, qu'elle trouva vides. Les deux lits étaient soigneusement faits, les chambres bien rangées. Cassie supposa qu'elles devaient prendre leur petit déjeuner, elle les trouva dans la cuisine à son grand soulagement.

"Bonjour Nina et Venetia."

"Bonjour," répondirent-elles poliment.

Nina était assise sur une chaise, Venetia, derrière elle, lui faisait une queue de cheval. Cassie supposa que Nina avait attaché les cheveux de sa sœur, Venetia étant déjà coiffée.

Les deux filles portaient des tabliers rose et blanc. Elles avaient préparé des tartines et du jus d'orange, déposés sur le comptoir.

Cassie était frappée par leur complicité. Elle les avait à peine vues mais les deux sœurs entretenaient une relation visiblement harmonieuse ; aucunes disputes ou taquineries. Elles avaient pratiquement le même âge mais on aurait dit des jumelles, et non des sœurs n'ayant pas le même âge.

"Vous êtes très organisées," décréta Cassie, admirative. "Vous vous occupez bien l'une de l'autre. Je peux vous apporter quelque chose ? Vous voulez quoi sur vos tartines ? Confiture, fromage, beurre de cacahuètes ?"

Cassie ne savait pas ce qu'il y avait à la maison, mais elle était sûre que les placards en contenaient forcément.

"J'aime bien du pain et du beurre," dit Nina.

Cassie supposait que Venetia choisirait comme sa sœur mais la fillette la regarda avec un intérêt certain, comme si elle réfléchissait à sa proposition. “De la confiture, s'il te plaît.”

“De la confiture ? Pas de problème.”

Cassie ouvrit les placards et trouva confiture et pâtes à tartiner très haut sur une étagère—hors d'atteinte des enfants.

“Confiture de fraise et confiture de figue. Au choix ? Ou du Nutella.”

“Fraise, s'il te plaît,” demanda poliment Venetia.

“On n'a pas droit au Nutella,” expliqua Nina. “C'est seulement pour les grandes occasions.”

Cassie acquiesça. “C'est normal, c'est absolument délicieux.”

Elle donna le pot de confiture à Venetia et s'assit.

“Vous avez quoi de prévu ce matin, les filles ? Vous êtes prêtes pour l'école. Je vous emmène ? À quelle heure ça commence, par où on passe ?”

Nina termina sa tartine.

“L'école commence à huit heures mais on finit à quatorze heures trente, on a une leçon de chant. Giuseppe le chauffeur nous emmène et vient nous chercher.”

“Oh.”

Cassie ne put réprimer son étonnement. Cette maison était plus organisée qu'elle l'imaginait. Elle craignait de faire double emploi, que Mme Rossi s'aperçoive qu'elle pouvait se passer d'elle, qu'elle n'aurait peut-être pas besoin d'elle pour les trois mois complets. Elle devait se rendre utile. Les enfants auraient probablement des devoirs après l'école, elle pourrait alors les aider.

Cassie se leva et se prépara du café tout en réfléchissant à sa stratégie.

Lorsqu'elle se retourna, elle constata que les filles avaient terminé leur petit déjeuner.

Nina rangeait les assiettes et les verres dans le lave-vaisselle, Venetia approcha un tabouret du placard. Elle monta dessus sous les yeux de Cassie et tendit la main le plus haut possible pour remettre la confiture en place.

“Laisse. Je m'en occupe.”

Venetia regarda le tabouret d'un drôle d'air, Cassie se rua vers elle, redoutant un désastre.

"Je vais le faire."

Venetia tenait fermement le pot de confiture, refusant que Cassie le lui prenne.

"Laisse-moi faire, Venetia. Je suis plus grande que toi."

"C'est à moi de le faire." La grande fille était déterminée. Elle tenait vraiment à le faire.

Venetia se mit sur la pointe des pieds – Cassie plantée derrière elle, anxieuse, se tenait prête à la rattraper si le tabouret basculait – rangea le pot de confiture avec précaution au bon endroit.

"Bravo," la félicita Cassie.

Son indépendance faisait partie intégrante du caractère et de l'éducation de la fillette. Un fait pour le moins inhabituel, mais elle n'avait encore jamais travaillé pour une famille aussi huppée.

Elle regarda Venetia remettre le tabouret à sa place. Nina rangea le beurre au réfrigérateur et le pain dans sa corbeille. La cuisine était immaculée, comme si personne n'avait pris de petit déjeuner.

"Giuseppe ne pas va tarder à arriver," rappela Nina à sa sœur. "On doit se brosser les dents."

Elles sortirent de la cuisine et montèrent dans leur chambre, sous le regard admiratif de Cassie. Elles revinrent au bout de cinq minutes avec leurs cartables et leurs manteaux et sortirent.

Cassie les suivit, préoccupée par leur sécurité, une Mercedes blanche avançait vers la maison. Elle s'immobilisa dans l'allée circulaire au bout de quelques instants, les filles montèrent en voiture.

"Au revoir," Cassie les salua d'un geste de la main mais elles ne pouvaient pas l'entendre, aucun des enfants n'esquissa le moindre geste en guise en réponse.

Cassie rentra et constata que Mme Rossi et Maurice étaient partis. Aucun membre du personnel n'était présent à cet instant.

Cassie était toute seule.

"C'est pour le moins inattendu."

La maison était silencieuse, se retrouver seule ici la troublait. Elle imaginait avoir fort à faire, qu'elle serait beaucoup plus occupée avec les enfants. Leur organisation était étrange, comme si elles n'avaient pas besoin d'elle.

Elle se rassura en se disant que ce n'était que le début, qu'elle devait s'estimer heureuse d'avoir du temps pour elle. Probablement le calme avant la tempête, elle n'aurait plus un moment à elle au retour des enfants.

Cassie décida d'utiliser son temps libre pour suivre la piste d'hier. Cette matinée de liberté inespérée était sa seule chance de découvrir où se trouvait Jacqui.

Sa piste était maigre. Un nom de ville était son seul et unique indice.

Mais elle ferait avec, plus résolue que jamais.

⚜ ⚜ ⚜

Cassie se connecta au Wi-Fi et surfa pendant une heure pour découvrir la ville où habitait Jacqui — ou du moins, là où Tim le barman avait dit qu'elle vivait, voilà quelques semaines.

Que Bellagio soit une petite ville jouait en sa faveur. Petite ville signifiait moins d'auberges et d'hôtels, plus de chance que les gens se connaissent, qu'on se souvienne d'une belle américaine.

Second avantage, il s'agissait d'une destination touristique—un endroit pittoresque au bord du lac de Côme, un panorama à couper le souffle, de nombreux magasins et restaurants.

Elle imagina grâce à ses recherches à quoi devait ressembler la vie dans cette ville paisible et pittoresque, grouillant de touristes au plus fort de l'été. Elle imaginait Jacqui séjourner dans un petit hôtel ou appartement à louer—probablement un joli petit appartement donnant sur une rue pavée, accessible par un escalier raide en pierre, avec une jardinière remplie de fleurs aux couleurs vives.

Cassie employa deux heures à se familiariser avec les lieux et dresser une liste complète des Bed & Breafkast et auberges de jeunesse, des nombreux Airbnb et agences immobilières. Elle en avait probablement oublié certains mais espérait que la chance jouerait en sa faveur.

Il était temps de passer les premiers appels.

Elle avait l'estomac noué. Sa longue liste lui redonnait espoir. Tous ces noms et numéros de téléphone étaient autant de chances. Elle savait que ses espoirs seraient bientôt anéantis, la liste des endroits où Jacqui était susceptible de séjourner s'amenuisait.

Cassie composa le premier numéro, une maison d'hôtes en centre-ville.

"Bonjour. Je cherche Jacqui Vale, ma sœur ; j'ai perdu mon téléphone et je ne me souviens plus où elle m'a dit qu'elle habitait. Je suis en Italie et j'aimerais la voir."

C'était totalement faux mais Cassie devait fournir une raison plausible pour appeler. Elle ne voulait pas se lancer dans une histoire longue et compliquée, redoutant que les propriétaires ne s'impatientent, voire, se méfient.

"Elle a peut-être réservé sous Jacqueline. Ça remonte à il y a deux mois."

"Jacqueline ?" Il y eut un court silence, Cassie sentit son cœur s'emballer.

Ses espoirs s'effondrèrent lorsque la femme lui annonça "On n'a eu personne à ce nom ici."

Cassie découvrit que la tâche s'avérait longue, pénible et ardue. Certains Bed & Breakfast refusèrent de répondre pour des raisons évidentes de confidentialité. D'autres étaient occupés, elle rappellerait ultérieurement.

Elle parcourut sa liste et arriva au bout. Il ne lui restait que trois numéros avant de jeter l'éponge.

Elle composa le troisième et dernier numéro, hyper déçue, comme si la présence fugitive de Jacqui la taraudait.

"*Posso aiutarti* ?" demanda l'homme au bout du fil.

Cassie savait que cette phrase signifiait "Puis-je vous aider ?" mais l'homme n'avait pas l'air serviable mais plutôt impatient et stressé, comme s'il avait passé une sale journée. Cassie subodora qu'il lui répondrait qu'il ne pouvait divulguer aucun détail pour des raisons de confidentialité. Il disait ça pour faire bien, parce que des hôtes attendaient, ou qu'il avait terminé sa journée.

"Je cherche ma sœur Jacqui Vale. J'avais prévu de la rencontrer pendant mon séjour en Italie mais on m'a volé mon téléphone hier et je ne me souviens plus où elle habite."

Cassie avait adopté un ton délibérément tragique, espérant s'attirer sa sympathie.

"Je vous téléphone pour essayer de la retrouver."

L'homme tapait sur son clavier.

Cassie faillit tomber à la renverse. "Oui, nous avions bien une Jacqui Vale parmi nous. Elle a séjourné ici à peu près deux semaines, avant de prendre une colocation si mes souvenirs sont bons, elle travaillait à côté."

Le cœur de Cassie faillit bondir hors de sa poitrine. Cet homme la connaissait—il lui avait parlé. Ses recherches venaient de faire un pas de géant.

"Ça me revient, elle travaillait à temps partiel, chez Mirabella. Vous voulez le numéro de Mirabella ?"

"C'est incroyable, je n'arrive pas à y croire, je l'ai retrouvée," s'exclama Cassie. "Merci infiniment. Je veux bien le numéro s'il vous plaît."

Il chercha le numéro pour elle, qu'elle nota. Elle ne tenait plus en place. Sa recherche avait abouti. Elle savait où sa sœur travaillait récemment. Il y avait de fortes probabilités qu'elle y soit encore.

Elle composa le numéro les mains tremblantes, le souffle court.

Une vieille italienne lui répondit, Cassie constata avec une certaine déception que ce n'était pas Jacqui qui avait décroché, comme elle se l'était imaginé.

"Que puis-je pour vous ?" demanda la femme en anglais avec un fort accent lorsqu'elle comprit que Cassie n'était pas italienne.

"Je suis bien chez Mirabella ?"

"Oui."

"Bonjour Mirabella, Cassie Vale à l'appareil. J'essaie de contacter ma sœur, Jacqui. J'ai perdu contact avec elle depuis quelque temps mais j'ai appris qu'elle travaillait chez vous. Est-ce toujours le cas ? Si non, pourriez-vous me passer son numéro ?"

Il eut un silence.

Cassie imaginait Mirabella passant le téléphone à Jaqui, et fut déçue d'entendre de nouveau la vieille femme.

Elle parlait d'un ton sec, détaché et désolé.

"Je regrette, mais Jacqui Vale est morte."

Avant de raccrocher.

Chapitre Neuf

Cassie laissa tomber le téléphone. Ou plutôt, il lui tomba des mains et se fracassa sur le bureau. Elle n'avait même pas remarqué. Elle était pétrifiée, sous le choc.

La propriétaire de la boutique venait de lui annoncer la mort de Jacqui.

Avec rudesse, sans prendre de gants. Sans le moindre doute ni malentendu, sans détails ou explications. De simples faits, avant de raccrocher brutalement.

Cassie sentait les larmes monter, des sanglots lourds qu'elle redoutait de laisser sortir, sachant que son chagrin, sa culpabilité, ce sentiment d'auto-accusation seraient sans limite.

Sa sœur était morte.

Que s'était-il passé ? Elle ne savait que penser, elle était encore en vie voilà quelques semaines. Tim, le sympathique barman, et le propriétaire de l'auberge à Bellagio le lui avaient tous deux confirmé.

Etait-elle malade, souffrait-elle d'un mal incurable ? Etait-ce une mort accidentelle, tragique, rapide et inévitable ; broyée dans un accident de voiture, asphyxiée par une fuite de gaz, victime d'une agression ou d'un vol ?

Cassie prit son front dans ses mains, ses tempes battaient à tout rompre. Dire qu'elle touchait presque au but, à deux doigts de retrouver sa sœur, pour découvrir qu'elle était partie pour toujours.

"Oh, Jacqui," murmura-t-elle. "Je suis tellement désolée. J'ai pourtant essayé, de tout mon cœur."

Le choc commençait à se faire sentir, Cassie, submergée de chagrin, était secouée de sanglots incontrôlables.

Elle enfouit sa tête dans ses mains, pendant un moment elle ne fut capable de rien, hormis encaisser la douleur en pleurant. La perte semblait insupportable. La souffrance était un vrai coup de poignard. Les paroles de cette femme avaient ouvert les vannes d'un chagrin éternel.

Cassie releva la tête après un temps qui lui parut interminable. Elle se sentait épuisée et vidée, n'avait plus de larmes pour pleurer.

Elle se rendit dans la salle de bain, aspergea son visage et se frotta les yeux. En regardant ses yeux bouffis, elle comprit qu'elle avait dépassé le stade du choc, de l'acceptation. Une foule de questions tournaient en boucle dans son esprit.

A quand remontait sa mort ? Jacqui avait eu droit à des obsèques, un enterrement ? Qui s'était chargé de tout organiser suite à cet événement tragique ?

Autre question importante — pourquoi Mirabella lui avait raccroché au nez après une nouvelle aussi dévastatrice ? Pourquoi n'était-elle pas restée en ligne pour parler à Cassie, lui expliquer ce qui s'était passé ? Cassie s'était présentée comme étant la sœur de Jacqui. Mirabella savait qu'elle s'adressait à un membre de sa famille.

Cassie avait de nouveau les idées claires, elle ne comprenait pas l'attitude de Mirabella. C'était insensé, déroutant et extrêmement cruel.

En proie à la panique, Cassie se demandait si elle serait capable de se souvenir de la conversation.

Et si la femme lui avait réellement expliqué ce qui était arrivé à sa sœur, et que sous l'effet du stress, Cassie ait eu un trou de mémoire et tout oublié ?

Elle avait les mains moites, c'était fort possible, ça lui était déjà arrivé, en réaction à un stress extrême.

Le genre de stress qu'une personne ressentait à l'annonce du décès de sa sœur.

Il n'y avait qu'une seule façon de le savoir. Elle devait rappeler Mirabella et lui demander de plus amples détails sur les circonstances de la mort de sa sœur.

Elle prit son téléphone, tétanisée par la peur, et composa le numéro.

À son grand étonnement, Mirabella ne répondit pas, elle ne tomba même pas sur sa messagerie, ça sonnait dans le vide.

Elle finit par raccrocher, se demandant si la ligne n'était pas mauvaise. Elle essayait de se reprendre en composant de nouveau le numéro.

Elle n'était pas folle. Elle était persuadée de se souvenir parfaitement de la conversation, convaincue que sa sœur n'était pas morte. Pas si brusquement, alors qu'elle était encore vivante et en bonne santé il y a peu.

Mirabella en avait peut-être assez qu'on demande après Jacqui, Jacqui avait peut-être un ex-petit ami insistant qui rendait tout le monde dingue, elle avait peut-être quitté la boutique en mauvais termes, Mirabella lui avait peut-être annoncé cette chose horrible sous l'effet de la colère.

Cassie reprit espoir, seul problème, elle n'avait aucun moyen d'avoir confirmation. Le téléphone sonnait toujours dans le vide, le bruit de la clé dans la serrure et la porte d'entrée qui s'ouvrit indiquaient le retour des enfants.

Elle était contente de retrouver Nina et Venetia après sa matinée solitaire et sa découverte choquante. Leur présence lui permettrait de stopper momentanément le cours de ses pensées.

"Vous avez passé une bonne journée à l'école ?"

Elles étaient aussi soignées et proprettes qu'au matin. Cassie avait de vagues souvenirs de sa scolarité, elle rentrait généralement à la maison débraillée, sans son tablier, le cartable cassé, sa veste égarée.

"J'ai passé une bonne journée, merci," répondit Nina poliment.

Venetia se montra plus bavarde.

"J'avais un contrôle de maths, je suis arrivée première."

"On a un concours d'orthographe demain. J'ai hâte, notre équipe a gagné le dernier," poursuivit Nina.

"Bravo pour ton contrôle de maths Venetia, je suis sûre que ton équipe va gagner, Nina. Je t'aiderai à t'exercer tout à l'heure si tu veux. Vous avez déjeuné ?"

"Oui," répondit Nina.

"Vous pouvez enlever vos uniformes. Ça vous dirait de faire un truc amusant avant que la nuit tombe ?"

Les filles se regardèrent. Cassie avait remarqué qu'elles le faisaient souvent, comme en quête d'un accord mutuel avant de dire oui.

"D'accord," répondit Nina.

Les filles montèrent sagement se changer, Cassie demeurait perplexe devant leur comportement bien trop guindé. Elle espérait qu'elles montreraient désormais leur vraie personnalité. C'était comme si ces filles la tenaient constamment à distance, elle craignait que sa présence ne les gêne, elle ne comprenait pas pourquoi.

Communiquer avec elles s'avérait compliqué, on aurait dit deux petits automates obéissants au doigt et à l'œil. Leur seule véritable conversation consistait à parler de leurs devoirs.

Elle seule pouvait changer la situation. Ces enfants n'étaient sans doute pas habituées à être confiées à des gens ordinaires, pas issus de l'intelligentsia ni chefs d'entreprise, elle n'y pouvait rien.

Les aider à faire leurs devoirs serait une bonne idée, mais les devoirs c'était ennuyeux et de toute façon, les filles préféraient les faire seules, sans l'aide de personne.

Il faudrait que je trouve un jeu qui leur plaise, songea Cassie. Le jeu faisait cruellement défaut dans leur vie trop sérieuse, trop axée sur la réussite. Bien que brillantes et au destin tout tracé, elles n'avaient que huit et neuf ans et avaient besoin de loisirs.

Ravie d'avoir songé à une activité susceptible de leur plaire, durant laquelle elle insufflerait toute son énergie et son imagination, elle monta à l'étage enfiler sa veste.

"Il va bientôt pleuvoir, si on jouait dans le jardin en attendant ?" proposa-t-elle à Nina.

Nina la regarda poliment.

"On n'y va jamais d'habitude."

Cassie avait le cœur gros. Ces enfants ne voulaient pas d'elle.

Venetia parut à la porte de la chambre de Nina.

"Moi je veux bien jouer."

Cassie vit des jouets sur l'étagère au-dessus de la bibliothèque de Nina, placés trop hauts et hors d'atteinte des enfants ; une belle poupée, visiblement un objet de collection hors de prix, et non un véritable jouet, un puzzle dans une boîte intacte, et un ballon souple et coloré.

"Et si on jouait au ballon dehors ?" suggéra-t-elle en tentant de l'attraper.

Les filles échangèrent de nouveau un regard, comme avant toute prise de décision.

"Nous n'avons pas le droit de jouer avec ces jouets," dit Nina.

Cassie était dans un tel état de nervosité qu'elle faillit perdre son sang-froid et leur crier dessus. Elle était bouleversée suite à la découverte du décès de Jacqui, elle prenait leur refus systématique pour une attaque personnelle.

Elle était à deux doigts d'exploser mais parvint à se maîtriser au prix d'un effort surhumain.

"OK," répondit-elle d'une voix la plus joyeuse possible. "Vous n'avez pas le droit de jouer avec ces jouets mais vous avez tout de même envie de jouer ?"

"Oui," dit Nina en faisant pour la première fois preuve d'un certain enthousiasme, Venetia sautillait d'excitation.

Cassie fut soulagée d'avoir réussi à se contenir. Elles n'avaient probablement rien contre elle, elles étaient simplement timides et extrêmement respectueuses des règles domestiques.

"Vous avez d'autres jouets quelque part ? On peut aussi se passer de jouets."

"Jouons sans jouets," décréta Nina.

Cassie se creusait la tête pour trouver une super idée lorsqu'elles descendirent en trombe. Qu'est-ce qui était amusant et qui lui permettrait de jouer avec les enfants ?

"Et si on jouait à chat ?"

Cassie voulait faire simple, les nuages s'amoncelaient à l'horizon, il pleuvrait bientôt.

"C'est quoi jouer à chat ?" demanda Nina, intriguée.

Cassie ignorait le mot en italien, une explication rapide serait la meilleure solution.

"On a le droit de courir partout dans le jardin, jusqu'au mur et au parterre de fleurs là-bas. Je serai le "chat", je vais compter, vous avez jusqu'à cinq pour vous échapper."

Les enfants hochèrent la tête. Venetia était tout excitée, Nina perplexe, mais intriguée.

"OK, c'est parti." Cassie se retourna et entama un compte à rebours.

"Cinq, quatre, trois deux, un !"

Elle tourna sur elle-même et leur courut après.

Nina partit en trombe mais Venetia, plus lente, ne comprenait visiblement pas le but du jeu. Cassie courut vers elle et s'aperçut que quelque chose clochait, elle recula.

Cassie comprit qu'elle était totalement effrayée, avant de se jeter sur elle.

"Chat ! Touché !"

Au lieu des cris et des rires habituels, Venetia tressaillit, Cassie vit qu'elle refoulait ses larmes.

Elle s'arrêta, déstabilisée par la réaction inattendue de l'enfant. Aucune de ses idées ne fonctionnait.

"Tu es fâchée ? Tout le monde fera 'le chat'. A ton tour de de toucher quelqu'un."

Venetia boudait en secouant la tête, Cassie songea à autre chose.

"Je t'ai fait mal ? Je suis vraiment désolée. Je t'ai touchée plus fort que prévu. Tu me montres ?"

Elle prit la main de Venetia, ses ongles étaient rongés jusqu'à l'os. Elle portait un haut rose à manches longues en velours, Cassie remonta le tissu moelleux sur son bras.

"Y'a une marque. Tu as un bleu. Je suis sincèrement désolée."

Cassie contemplait fixement la petite marque violacée sur le bras de Venetia, horrifiée à l'idée qu'elle lui ait fait mal.

"Il commence à pleuvoir," dit Nina, la légère bruine virait à la douche froide.

"On va jouer à un autre jeu à l'intérieur," dit Cassie, souhaitant faire amende honorable et excuser sa maladresse. Elle n'avait pas touché Venetia fort, elle s'attendait à ce qu'elle s'échappe pour rire, elle ne voulait pas lui faire peur.

Malgré son apparence de petite fille bien éduquée, Venetia était une enfant sensible, tant physiquement que mentalement.

"Vous savez jouer à cache-cache ?" demanda-t-elle aux enfants une fois à l'abri dans le couloir, porte d'entrée fermée.

Elles secouèrent toutes deux la tête, plus enthousiastes que dubitatives.

"Je vais vous expliquer. Vous avez le droit de vous cacher n'importe où dans la maison. Où vous voulez. Je vais fermer les yeux et compter jusqu'à cinquante pendant que vous trouverez une cachette, puis je vais crier 'Cachée ou pas, j'arrive !' Si je vous trouve, le jeu est terminé, c'est alors à vous de chercher. Vous avez compris ?"

Nina hocha la tête. Venetia semblait remise de sa peur et sourit, tout excitée.

"Très bien, je ferme les yeux." Cassie mit sa main sur ses yeux pour montrer qu'ils étaient bien fermés. "Et maintenant, je compte."

Elle termina de compter et cria "Caché ou pas, j'arrive !"

Cassie parlait à haute voix en cherchant dans toute la maison "Je me demande où elles se cachent. Mon Dieu, elles sont vraiment bien cachées. Je ne les trouve nulle part. Elles sont peut-être invisibles. J'aurais déjà dû trouver Nina, elle est plus grande."

Elle vérifia sous la table de la salle à manger et entra au salon. Son regard fut immédiatement attiré par la grande ottomane en velours placée au fond. C'était une super cachette, un des enfants s'y trouvait certainement.

Cassie se dirigea lentement vers l'ottomane, accentuant le côté dramatique.

"J'abandonne. Ces filles intelligentes sont trop bien cachées. Mais voyons, il y a un dernier endroit où je n'ai pas encore regardé !"

Elle souleva le couvercle de l'ottomane.

Nina était recroquevillée à l'intérieur.

Elle jaillit en criant, toute contente, Venetia sautillait derrière un élégant rideau bleu foncé.

"On t'a trouvée ! On t'a trouvée !" criait Venetia.

Elles riaient toutes les deux. Cassie réalisa que c'était la première fois qu'elle les entendait rire.

"À ton tour, Nina. A toi de compter !"

Cassie et Venetia se précipitèrent au premier dès que Nina entama le décompte. Venetia riait à gorge déployée, bavarde comme une pie tandis qu'elle cherchait sa prochaine cachette. Cassie était ravie de les savoir heureuses.

Elle se glissa sous le lit de Nina, elle la trouverait certainement en premier, Nina finit par trouver Venetia cachée derrière la panière à linge de la salle de bain, toutes deux éclatèrent de rire.

Cassie s'arrêterait si les filles s'ennuyaient, mais pas du tout. Elles semblaient au contraire captivées par ce jeu. Des rires et des cris résonnaient dans la maison à chaque fois qu'on trouvait quelqu'un, elles jouaient à tour de rôle, Cassie était convaincue qu'elles ne s'étaient pas autant amusées depuis fort longtemps.

Elle vérifia l'heure sur son téléphone dans la poche de sa veste, elles jouaient depuis près de deux heures. L'après-midi était vite passée, elle en avait profité pour visiter la maison. Les seuls endroits épargnés étaient en toute logique le bureau et la chambre de Mme Rossi.

Cassie s'était cachée dans les chambres d'amis, dans le salon à l'étage, dans la petite cuisine annexe au rez-de-chaussée et dans la pièce télé avec ses grandes porte-fenêtres donnant sur la cour. Elle s'était même cachée dans la cave à vin au sous-sol, accessible par la salle à manger, un autre endroit qu'elle ne connaissait pas.

Cette fois-ci, elle ouvrit une porte donnant dans un couloir et sur un placard avec des étagères remplies de draps et serviettes. Il y avait suffisamment de place pour qu'elle se glisse à l'intérieur et referme porte. Elle n'était pas bien fermée mais peut-être que Nina, c'était son tour, ne le remarquerait pas.

Venetia devait être en bas. En tout cas, l'étage était très calme.

Cassie retenait son souffle, guettant les cris signalant que Venetia avait été découverte, ou le bruit des pas indiquant qu'elle ne tarderait pas à l'être.

Un bruit de pas. Elle entendit le cliquetis des chaussures sur le carrelage et essaya de rester le plus silencieuse possible, espérant que Nina ne la trouverait pas.

Elle comprit que la partie était terminée en entendant les pas s'arrêter devant le placard.

Cassie ouvrit la porte en riant.

“Bravo ! Je retenais mon souffle là-dedans, j'espérais que tu—”

Son rire et sa phrase s'interrompirent net en voyant à qui elle s'adressait.

Ce n'était pas Nina.

Mme Rossi se tenait immobile devait le placard, bras croisés sur la poitrine, sourcils froncés.

Cassie sentit un froid glacial l'envahir, une colère sourde émanait de sa personne malgré son calme apparent.

Chapitre Dix

"B-bonjour," bredouilla Cassie devant l'impressionnante femme d'affaires. Elle était envahie par la culpabilité, elle ne savait pas pourquoi, ce n'était qu'un simple jeu. "Je ne vous pas entendue arriver."

Mme Rossi la toisa sans mot dire un certain temps, Cassie était de plus en plus mal à l'aise. Elle aurait voulu lui expliquer qu'elles s'étaient bien amusées, que les enfants s'étaient défoulées malgré la pluie, qu'elles avaient été sages, que la maison était en ordre, rien n'avait été cassé ou déplacé.

L'expression de Mme Rossi l'avait réduite au silence, sans qu'elle ait à prononcer un mot.

Cassie baissa le nez et contempla ses pieds. Elle était honteuse, bien qu'ignorant où était le mal.

Mme Rossi dit enfin "Regagnez votre chambre. Vous y passerez la soirée, la cuisinière vous montera à dîner."

Elle s'éloigna, ses talons couleur cerise claquant sur le sol carrelé.

Cassie resta là jusqu'au départ de Mme Rossi, essayant de digérer ce qui venait de se passer.

Elle était mortifiée. Comment avait-elle pu commettre une si terrible erreur en jouant à un jeu innocent ? Pourquoi était-ce interdit ? On ne lui avait donné aucune règle interdisant de jouer dans la maison.

Elle se demandait en regagnant sa chambre si Mme Rossi invitait parfois des collègues à la maison pendant les heures de travail, elle ne voulait pas d'un environnement bruyant ou d'enfants en liberté. C'était la seule raison qui lui venait à l'esprit, elle espérait que les enfants ne seraient pas punies à cause d'elle.

Cassie retourna la question dans tous les sens avant de retrouver ses esprits et se souvenir de l'horrible nouvelle, la mort de Jacqui

Il était dix-sept heures trente. Elle n'avait aucune idée des heures d'ouverture de la boutique de Mirabella et essaya de rappeler, au cas où.

Ça sonnait dans le vide.

Cassie se demandait si son numéro s'affichait quand elle appelait, Mirabella ne répondait peut-être pas voyant qu'il s'agissait de Cassie.

La boutique avait peut-être fermé plus tôt que d'habitude.

Quoi qu'il en soit, Cassie était incapable d'avaler la nouvelle annoncée par cette femme ce matin. Elle ne pouvait croire à la mort récente de sa sœur. Elle sentait, au fond, qu'elle était vivante. Mirabella avait peut-être commis une erreur, elle pensait peut-être à une autre Jacqui. Elle avait peut-être inventé cette histoire pour protéger sa sœur d'un petit ami violent, échapper au fisc, la cacher face à une quelconque menace.

Si Cassie ne parvenait pas à joindre Mirabella au téléphone, elle se rendrait sur place et lui parlerait de vive voix. Elle était convaincue que la femme ne pourrait pas lui mentir, ce qui laisserait à Cassie le temps nécessaire pour découvrir la vérité.

Cassie calculait le temps qu'il lui faudrait pour aller dans cette ville, située à deux bonnes heures de route du lieu actuel, lorsqu'on frappa à la porte.

"Entrez,“ elle réalisa que la cuisinière ne la comprenait peut-être pas.

Elle se leva mais la porte s'ouvrit avant qu'elle l'atteigne.

Elle s'attendait à voir la cuisinière, Mme Rossi se tenait devant la porte avec un plateau recouvert d'une cloche en argent.

Cassie recula alors qu'elle pénétrait dans la chambre.

Mme Rossi referma la porte derrière elle et posa le plateau sur le bureau.

Elle prit place sur l'un des deux fauteuils capitonnés dorés disposés à l'angle et fit signe à Cassie de faire de même.

"Asseyez-vous je vous prie. Nous avons à parler."

Bien que l'invitation soit formulée courtoisement, Cassie tremblait de nervosité, assise au bord du fauteuil rococo.

Cette femme d'affaires influente l'intimidait. Se mettre à mal avec elle était plus grave que se faire remonter les bretelles par une personne ordinaire. Cassie aurait dû s'en douter, ou du moins demander la permission avant de jouer avec les enfants. Elle était désemparée sous le regard sévère de Mme Rossi, comme si elle n'était pas capable de faire ce qu'on attendait d'elle.

"Je ferai preuve de patience," dit posément Mme Rossi, "je crains que vous n'ayez pas bien compris."

"Non. Non, je suis sincèrement désolé," Cassie présenta ses excuses avec empressement.

"Mes filles mènent une vie différente de celle à laquelle vous êtes habituée. Nous vivons dans un monde très différent du vôtre. Les jeux d'enfants n'ont pas de place dans leur vie."

"Je voulais qu'elles s'amusent un peu," murmura faiblement Cassie en une tentative pathétique de se justifier.

"Vous ne semblez pas comprendre. Mes filles s'amusent, mais autrement. Elles aiment le chant et les promenades à cheval."

Cassie acquiesça à contrecœur tandis que Mme Rossi poursuivait.

"Courir dans la maison, jouer à des jeux destructeurs, n'est pas ma vision des choses. Je n'encourage pas un pareil manque de discipline. Vous avez constaté, n'est-ce pas, combien elles étaient calmes et obéissantes ?"

"Oui, effectivement."

Cassie voulait prendre la défense des enfants, expliquer qu'à ses yeux, les leçons et le jeu étaient deux choses différentes, que jouer avait son importance pour aider les filles à devenir des adultes heureuses et épanouies. Après tout, le jeu permettait de faire travailler son imagination, d'apprendre en commettant des erreurs. Les leçons n'étaient que de l'instruction.

Seul problème, Cassie n'avait rien pour étayer son point de vue. Elle n'avait aucun diplôme de puériculture, aucune expérience tangible. De quelles références pourrait-elle se targuer si Mme Rossi la mettait à l'épreuve, comment prouver que sa vision des faits était la meilleure ?

Mme Rossi était hautement qualifiée et devait avoir accès aux meilleurs experts en la matière. Elle était peut-être plus au fait de la chose, les enfants étaient heureuses sans avoir recours au jeu ?

"Je comprends," dit-elle à voix basse.

“Vous n’avez pas reçu la même éducation que mes enfants. Ni, et je ne me trompe pas, une éducation classique comme la leur. Je savais que je prenais un risque en vous engageant, mais j’ai imaginé que vous parviendriez à le surmonter. Je ne veux pas que vous tiriez les enfants vers le bas par votre incompétence, que vous les dévalorisiez.”

Cassie se recroquevillait sous le feu nourri des critiques. Mme Rossi la traitait délibérément de stupide et mal élevée, que sa présence-même causait du tort aux enfants. Les paroles de la femme d’affaires étaient acerbes, même si Cassie était persuadée qu’elle n’en pensait pas un mot – ou pas ?

“Je vous présente mes excuses,” dit-elle d’une petite voix anxieuse. “Je comprends mes erreurs grâce à vos explications. Je vous remercie pour cette conversation, je veillerai à respecter les règles.”

“Bien. Je suis sûre que vous saurez vous adapter. Ne perdez pas de vue que je vous ai embauchée parce ce que vous êtes une jeune femme intelligente.”

Cassie ressentit une certaine fierté mais la femme d’affaires poursuivit.

“N’oubliez pas que mes attentes et celles de mes filles sont élevées, je serai intransigeante. Vous avez fort à faire. Vous m’avez déçue une fois. Que cela ne se reproduise pas”, dit-elle à Cassie d’un ton cassant et menaçant.

Chapitre Onze

Mme Rossi se leva, ainsi que Cassie d'un bond en signe de respect, se dirigea vers la porte et sortit de sa chambre.

Cassie s'effondra sur la chaise une fois la porte refermée, tremblante comme une feuille. La colère de cette femme était diabolique, ses paroles l'avaient heurtée. Cassie était prête à tout pour ne pas lui déplaire — ou, comme elle venait de le dire, ne pas la décevoir.

Elle pouvait faire une croix sur ce fameux stage. Son comportement avait tout fait foirer, elle supposait que le poste n'était plus disponible, à moins qu'elle trouve le moyen de se racheter.

Cassie souleva le couvercle et découvrit un délicieux dîner élégamment présenté. Mme Rossi ne s'était pas montrée avare sur la quantité. En plus de la belle assiette de risotto au poulet, le plateau se composait de gressins, sauces, légumes grillés et fromage.

Elle ne pourrait jamais tout finir. Quel dilemme, on lui avait expressément demander de rester dans sa chambre pour la soirée, elle ne pouvait ramener l'excédent à la cuisine. Après s'être forcée à manger la moitié du risotto, elle transféra le restant de nourriture dans une assiette qu'elle mit dans le petit réfrigérateur de bar à côté de son bureau.

N'ayant rien à faire, Cassie décida de se coucher tôt. La journée avait été stressante, une bonne nuit lui ferait du bien.

Mais impossible de dormir une fois couchée. Elle se retournait dans tous les sens, ressassant la question, Jacqui était-elle morte ou bien vivante, ses pensées se focalisaient vers les enfants qui lui avaient été confiés.

Refuser à ces enfants le droit d'être des enfants était profondément injuste. Un enfant restait un enfant, non ? Cassie ne pouvait se faire à l'idée que les chefs d'entreprise et géants de l'industrie reçoivent une éducation différente. Elle était convaincue que la majorité d'entre eux était élevée normalement. Les enfants de Mme Rossi étaient certes exceptionnellement bien élevées grâce à sa méthode mais étaient-elles heureuses ? Elles paraissaient si réservées—presque effrayées songeait Cassie— de donner libre court à leur personnalité. Un excès de discipline chez l'enfant à outrance n'engendrait-elle pas un suiveur, et non un leader ?

C'était peut-être le but recherché par Mme Rossi : deux enfants obéissantes qui faisaient ce qu'elle leur disait, tout en restant à la tête de son entreprise.

Cassie sombra dans un profond sommeil en songeant à cette idée déprimante.

⚜ ⚜ ⚜

Elle réalisa en ouvrant les yeux qu'elle avait oublié de mettre son réveil hier soir. Elle se leva d'un bond, groggy et désorientée par son sommeil sans rêve, et prit son téléphone, totalement paniquée.

Il était déjà huit heures moins le quart ; elle devait être levée depuis une demi-heure. Son réveil ne sonnait pas le samedi, mais il lui semblait qu'il y avait école le samedi, Nina lui avait parlé hier de son contrôle hier.

Cassie devait préparer les enfants pour l'école, elle ne pouvait pas leur demander de s'occuper de leur petit déjeuner chaque matin. Hier devait rester une exception.

Elle fit le tour de la chambre, s'habilla à la hâte et courut se coiffer dans la salle de bain avant de se précipiter vers les chambres des enfants.

Nina n'était pas dans sa chambre, mais son lit était fait. Venetia, déjà habillée pour l'école, rangeait des livres dans son cartable. Cassie lui dit bonjour et remarqua que sa queue de cheval était moins bien faite que la veille, elle avait dû la faire seule. Elle et sa sœur ne s'entraidaient peut-être pas constamment. Cassie se demandait si son jeu de cache-cache n'avait pas créé des disputes.

"Tu veux que j'attache tes cheveux ?"

"Merci," dit Venetia.

Cassie brossa et lissa ses cheveux bruns en arrière avant de les attacher.

"Ce n'est pas trop serré ?"

"C'est parfait. Merci."

Le ventre de Venetia gargouillait, Cassie devait s'occuper du petit déjeuner.

"Je descends préparer le petit déjeuner. Tu as envie de quoi ? Comme hier, des tartines et de la confiture ? Du jus d'orange ?"

Venetia secoua la tête. "Je n'ai pas faim, merci."

"Tu n'as pas faim ?" Cassie fronça les sourcils, vu le bruit de son ventre, soit Venetia était barbouillée, soit elle avait la gastro. "Tu n'as pas du tout faim ? Tu te sens bien ?"

"Oui, mais je n'ai pas faim."

Venetia n'était peut-être pas du matin. C'était assez courant. Mais elle devait emporter quelque chose.

"Je vais te préparer de quoi grignoter. Tu veux un sandwich ?"

Mais Venetia insista "Non, merci."

Cassie l'observa de plus près. Elle ne devait pas se sentir bien.

"Tu as bu quelque chose au moins ?" s'hydrater était primordial en cas de gastro.

"Oui j'ai bu de l'eau."

"Tu te sens bien, t'es sûre ?"

Cassie était déçue que l'enfant se soit repliée sur elle-même, fasse preuve d'une politesse excessive. Elle croyait avoir progressé et appris à les connaître hier, deux pas en avant, un pas en arrière.

"Je vais bien."

Cassie coupa court à la discussion et descendit à la cuisine. Elle ne savait pas qui s'occupait des paniers repas. Qui les préparait ? La cuisinière s'occupait de sa cuisine mais n'y travaillait qu'une partie de la journée. Elle ne savait pas si elle avait le droit de piocher dans le réfrigérateur pour préparer les repas et collations scolaires.

Elle descendit et trouva Mme Rossi dans la cuisine, Maurice lui tournait autour. Elle discutait avec la cuisinière. Il était évident que samedi était une journée de travail pour elle aussi.

Elle salua Cassie d'un "Bonjour," qui fut soulagée par son ton amical. Maurice ne la salua pas. Il consultait quelque chose sur son iPad.

Cassie s'attendait à voir Nina dans la cuisine. Où était-elle ?

Mme Rossi lança, comme si elle lisait dans ses pensées "Nina est partie à l'école plus tôt aujourd'hui."

"Ah, d'accord, merci. Je me demandais où elle était. Je suppose qu'elle voulait s'entraîner pour son test d'orthographe," déclara Cassie, imaginant que Mme Rossi serait favorablement impressionnée par sa connaissance de leur emploi du temps.

Ce n'était pas le cas, elle se détourna et poursuivit sa discussion en italien avec la cuisinière.

"Hum, puis-je prendre quelques en-cas au frigo ?" demanda Cassie.

Elle détestait l'interrompre mais craignait que le chauffeur n'arrive pour conduire Venetia à l'école.

"Vous avez faim ?" demanda Mme Rossi.

"C'est pour Venetia. Elle n'a pas pris son petit-déjeuner."

"C'est inutile. Elle a de quoi s'acheter à manger si nécessaire."

Cassie se retrouva comme deux ronds de flan. Un seul regard de Mme Rossi suffit pour qu'elle sorte de la cuisine comme par magie.

Venetia n'avait pas parlé d'argent mais il est vrai que Cassie ne lui avait pas posé la question.

Dans le couloir, elle vit Venetia se dépêcher de descendre rejoindre le chauffeur.

"À tout à l'heure," dit Cassie.

Mme Rossi passa devant elle et se dirigea vers le garage un moment après. Maurice la suivait de près, il portait une grande mallette en cuir et parlait sur son portable.

"*Salve*, Ronaldo !" dit-elle, "On arrive. *Arrivederci* !"

De nouveau seule, Cassie réalisa qu'une nouvelle longue matinée solitaire l'attendait. Elle n'avait pas demandé aux enfants à quelle heure elles reviendraient. Elle n'avait pas eu l'occasion de parler à Nina puisqu'elle s'était levée tard, elle s'était dépêchée pour essayer de préparer un en-cas pour Venetia et ignorait à quelle heure l'école terminait aujourd'hui.

Hier, elles étaient rentrées à quatorze heures trente après les cours de chant, l'école terminait probablement vers treize heures ou treize heures trente.

Elle aurait le temps d'aller jusqu'à Bellagio, passer voir Mirabella à la boutique et rentrer avant le retour des enfants.

Cassie remonta dans sa chambre et passa du temps à préparer son itinéraire à l'aide du GPS, en tenant compte des arrêts pour faire le plein, se perdre, les aléas du voyage. Elle voulait coûte que coûte découvrir la vérité pour sa sœur, mais ne pouvait se permettre de foirer son job. Le mécontentement de Mme Rossi, ou, pire encore, sa colère, était bien trop effrayants.

Même en tenant compte des retards possibles, Cassie estima qu'elle y arriverait. Elle disposait de suffisamment de temps pour effectuer l'aller-retour.

Elle prit son sac à main, tout excitée, y mit son téléphone et son chargeur, enfila sa veste et descendit les escaliers, ses clefs de voiture en main.

Cassie se dirigeait vers la porte d'entrée lorsqu'elle entendit un bruit, presque inaudible. Elle s'en aperçut uniquement parce que la maison était silencieuse.

Une fillette parlait, d'une voix faible mais sans équivoque.

Elle chantonnait doucement, Cassie n'entendait personne lui répondre.

Cassie se figea en retenant sa respiration, son cœur battait la chamade devant ce bruit étrange.

Qu'est-ce que c'était ? Quelqu'un avait laissé la télévision allumée ?

Ça ne ressemblait pas au bruit de fond d'une télévision. C'était différent ; des bribes de mots ponctués de silences.

Elle écoutait, elle avait la chair de poule.

C'était une pure vision de l'esprit mais cette voix douce et éthérée lui faisait penser à une maison hantée.

C'était fort possible, la voix fantomatique semblait surgie du néant.

Cassie recula, totalement effrayée. Et si une petite fille était morte ici voilà bien des années ?

“Qu'est-ce qui se passe bon sang ?” murmura-t-elle.

Cassie ne voulait pas s'approcher du bruit. Elle voulait s'éloigner et espérait qu'il aurait disparu à son retour. Mais, en même temps, elle voulait savoir ce que c'était, c'était elle qui passait des heures seule dans cette maison.

Elle se précipita dans la cuisine, la cuisinière saurait peut-être quelque chose.

La cuisine était vide. Les ingrédients étaient disposés pour préparer le repas mais il n'y avait personne. La cuisinière faisait probablement moins d'heures le week-end. Ce qui signifiait que Cassie était seule dans la maison, avec cette voix fantomatique.

Elle avança à pas de loup vers le fameux endroit, la nervosité la gagnait au fur et à mesure qu'elle avançait.

"Y'a quelqu'un ?" demanda-t-elle doucement d'une voix apeurée.

Elle attendit et tendit l'oreille mais la douce voix continuait. Comme si son propriétaire ne l'avait pas entendue. Ou ne pouvait pas l'entendre.

La sagesse aurait recommandé de foutre le camp de cette maison mais elle décida de rebrousser chemin et avança sur la pointe des pieds dans le long couloir.

Elle savait où donnait la porte sur la gauche ; elle s'était cachée à l'intérieur pendant la partie de cache-cache d'hier : sur une petite réserve qui semblait servir de vestiaire pour les invités.

Cassie ouvrit la porte d'une main tremblante le plus discrètement que possible, entra et alluma la lumière.

Il n'y avait personne, hormis son propre reflet dans le grand miroir sur le mur du fond. Mais son reflet était bizarre — il était déformé.

Cassie se reprit en réalisant qu'il ne s'agissait pas d'un simple miroir mais d'une porte munie d'un miroir, encastrée dans le mur du fond du vestiaire. La porte était légèrement entrouverte.

La petite voix nettement audible provenait de derrière cette porte.

Cassie prit son courage à deux mains et traversa le vestiaire. Elle contempla son reflet dans le miroir ; son visage pâle encadré de cheveux auburn foncé, ses yeux inquiets, sa main tremblante tendue vers la paroi vitrée.

Elle poussa la porte, qui grinça.

Cassie ne put s'empêcher de pousser un cri de terreur devant le spectacle.

Une fillette vêtue d'une chemise de nuit blanche était assise, tête baissée, dos à la porte, dans la pénombre.

Elle se parlait à elle-même d'une voix apaisante et chantante.

Chapitre Douze

Cassie recula devant l'apparition, la fillette leva la tête et regarda autour d'elle.

"C'est quoi ce bintz ?" ne put s'empêcher de s'exclamer Cassie d'une voix haut perchée.

Elle se demandait si elle rêvait, peut-être qu'elle hallucinait, c'était impossible, ça dépassait l'entendement.

Ce n'était pas un fantôme mais un enfant bien vivant.

Nina était en chemise de nuit, les cheveux emmêlés après sa nuit de sommeil.

"N-Nina ? Ça va ? Qu'est-ce que tu fais là ?"

La présence de l'enfant dans cette pièce la décontenançait. Elle n'était pas censée être à la maison ; elle était partie à l'école plus tôt. Elle était peut-être somnambule, à moins qu'elle se soit cachée ?

La porte n'était pas verrouillée, ni complètement fermée, elle n'était donc pas enfermée. Elle aurait pu l'ouvrir à tout moment et sortir. Que se passait-il ?

"Sors de là," dit-elle en pénétrant dans la pièce.

La pièce était minuscule, un vrai cauchemar pour les claustrophobes, sentait l'humidité et le moisi, le sol en béton nu et froid. Nina allait tomber malade si elle restait assise par terre. Mais pourquoi ne bougeait-elle pas ?

"Viens Nina, tu vas boire une boisson chaude et t'habiller. Pourquoi tu n'es pas à l'école ? Et ton contrôle d'orthographe ?"

Cassie ne voulait pas passer un instant de plus dans cet endroit effrayant. Plus vite elles retourneraient dans le cocon chaleureux et lumineux de la maison, mieux ce serait. Mais Nina s'écarta quand elle prit le bras de la fillette pour l'aider à se relever.

“Je reste ici,” dit-elle, Cassie était stupéfaite par sa détermination.

“Mais tu ne peux pas ! Tu as école. Tu as pris ton petit-déjeuner ?”

La fillette n’étant pas disposée à se lever, Cassie décida de s’installer par terre à côté d’elle.

“Allez viens, tu ne veux toujours pas te lever ? Tu dois avoir faim.”

Elle prit la main de la fillette et constata qu’elle était glacée. Cassie remarqua, à sa grande surprise, qu’elle était pieds nus.

Elle était estomaquée par cette situation pour le moins étrange, un peu comme si elle voyait la réalité à travers un miroir déformant. Pourquoi pousser cette enfant à quitter cette petite pièce sombre et inconfortable ?

Cassie pensa soudain à une inquiétante éventualité. Nina souffrait peut-être de graves troubles psychologiques, qui la poussaient à se comporter de façon anormale.

“Je n’ai pas faim. Je dois rester ici,” insista Nina.

“Ta mère sait que tu n’es pas à l’école ?”

La fillette ne répondait pas et restait tête baissée.

Cassie se pencha vers elle dans l’espoir que Nina la regarde et qu’elle puisse établir un contact visuel, ce qui permettrait une franche communication, mais la fillette gardait les yeux rivés au sol.

“Qu’est-ce que tu fais ici ?” demanda Cassie d’une voix douce.

Pas de réponse. Nina serrait les lèvres, elle refusait totalement de s’exprimer.

“Tu as demandé si tu avais le droit de ne pas aller à l’école ?” tenta Cassie, mais elle se heurtait à un mur.

Cassie secoua la tête. Comment Mme Rossi pouvait-elle ne pas être au courant ? Après tout, c’est elle qui avait engagé le chauffeur pour conduire les enfants à l’école. Si Nina n’était pas là quand le chauffeur était venu la chercher, Cassie était certaine que sa mère aurait été informée sur le champ.

Cassie sentit la colère monter devant son explication à deux balles, Nina avait soi-disant commencé l’école plus tôt. C’était plausible, elle n’avait pas douté de ses dires. Elle se demandait maintenant pourquoi on lui avait menti.

Mme Rossi refusait d’admettre que sa fille souffre de troubles psychiques ? Si elle était au courant, pourquoi ne faisait-elle rien pour y remédier ? Nina était issue d'une famille aisée, elle pouvait avoir accès aux meilleurs thérapeutes. Elle n'avait pas besoin de rester toute seule dans cette pièce sombre, à se parler de façon étrange, en chantonnant.

Elle refusait obstinément de bouger.

Cassie ne pouvait pas l'obliger à quitter la pièce, encore moins la traîner, elle estimait que cela ferait plus de mal que de bien à Nina.

"Nina, tu peux rester ici si tu veux, je t'apporte un coussin et une couverture. Tu vas tomber malade si tu restes assise sur le sol froid, je te l'interdis. Tu comprends ?"

Elle crut l'espace d'un instant que Nina ne répondrait pas mais elle finit par esquisser un léger signe de tête.

Soulagée d'avoir réussi à négocier une petite victoire, Cassie se rua à l'étage et prit un des gros oreillers du lit de Nina. Elle attrapa sa robe de chambre et ses pantoufles dans le placard ainsi qu'une couverture en polaire.

Elle abandonna toute idée de déplacement concernant Jacqui. Elle ne pouvait absolument pas quitter la maison.

Cassie se précipita en bas, fit un détour par la cuisine pour préparer un bol de chocolat chaud.

Elle prit les affaires sous son bras et la boisson chaude d'une main, et retourna dans la pièce faisant office de cachette.

Nina n'avait pas bougé d'un pouce durant son absence.

"Tiens." Cassie ouvrit la porte en grand pour laisser passer la lumière. "Je ne ferai aucun compromis sur ce point. Mets tes pantoufles et ta robe de chambre. Assieds-toi sur le coussin. Tu dois boire ce chocolat chaud, je remonterai le bol une fois vide."

A son grand soulagement, Nina s'exécuta. Cassie réalisa qu'elle frissonnait.

Elle l'installa sur le coussin et la surveilla anxieusement, jusqu'à ce qu'elle avale sa boisson chaude à la dernière goutte.

Elle lui prit le bol des mains et l'enveloppa dans la couverture.

"Appelle-moi quand tu auras faim. Je te préparerai un plat chaud et un bon bain."

Elle sortit de la pièce sombre et froide, laissant la porte entrouverte, et rapporta le bol à la cuisine.

Elle s'aperçut qu'elle n'avait pas le numéro professionnel de Mme Rossi, elle avait effacé la capture d'écran de l'annonce de son téléphone. Elle trouverait certainement son numéro bien qu'il soit inutile de l'appeler pour l'en informer, si la femme d'affaires était déjà au courant.

Cassie soupira. Il ne lui restait qu'une option qu'elle redoutait déjà.

Elle demanderait un entretien dès que Mme Rossi rentrerait afin de discuter du comportement étrange de sa fille aînée, sujet des plus sensibles.

Chapitre Treize

Cassie passa le reste de la journée à se tracasser, que dire, comment entamer la conversation, ce qui ne serait pas chose aisée. Elle dressa une liste des points qu'elle jugeait importants et descendit régulièrement voir Nina.

Elle était persuadée que cela se passerait mieux si elle présentait la chose à Mme Rossi de façon rationnelle.

Primo, Nina aurait dû être à l'école.

Secondo, elle refusait de sortir de cette pièce.

Tercio, elle tenait quelques pistes — consulter un psychologue afin d'identifier la cause profonde, rencontrer ses professeurs, Nina était peut-être victime de harcèlement ou autre.

Armée de sa liste, Cassie espérait que la conversation serait productive.

Elle était pétrifiée lorsque, en fin d'après-midi, elle entendit la porte d'entrée s'ouvrir et se refermer, Mme Rossi était rentrée.

Cassie se précipita en bas, soulagée de voir que Venetia était avec sa mère. Mme Rossi était aller la chercher après ses activités périscolaires. Elle s'était inquiétée pour la fillette, il était dix-sept heures passées.

"Bonjour," elle salua Mme Rossi. "Bonjour Venetia."

Venetia hocha la tête, Cassie lui trouva un air pâle et malheureux.

Au grand étonnement de Cassie, Maurice Smithers entra à leur suite. Il avait encore visiblement du travail, elle devait attendre.

Venetia monta les escaliers tandis que Mme Rossi et son assistant se dirigeaient vers le bureau.

"Tu as fait du sport aujourd'hui ?" demanda Cassie, en la suivant.

"J'ai fait mes devoirs à la bibliothèque," répondit Venetia.

"Tout l'après-midi ?"

Venetia acquiesça.

"Tu aurais dû me le dire !" Cassie était malade pour elle, elle était restée à l'école toute la journée, un samedi. Elle aurait pu récupérer Venetia à l'école si le chauffeur était occupé, la petite fille aurait pu faire ses devoirs chez elle.

Mme Rossi pourrait lui en vouloir de ne pas avoir pris l'initiative de demander si elle pouvait chercher sa fille, Cassie était tendue au possible.

"Tu ferais mieux de te changer avant dîner," dit-elle à Venetia.

"Je n'ai pas faim," répondit Venetia.

Cassie la regarda fixement, stupéfaite.

"Tu n'as pas faim ? Mais tu n'as pas pris de petit déjeuner."

Elle se souvint que Mme Rossi avait dit que Venetia pourrait acheter à manger à l'école, elle avait peut-être pris un déjeuner copieux.

"Tu es sûre que tu n'as pas faim ?"

Venetia hocha la tête.

"Je vais lire dans mon lit."

"Comme tu veux."

Cassie quitta la pièce et ferma la porte. Le comportement des enfants était de plus en plus troublant, elle craignait que sa présence ne soit le facteur déclenchant.

Il était près de dix-huit heures, elle se précipita en bas et fut rassurée de voir que Nina était sortie de la resserre, elle était assise au comptoir de la cuisine en pantoufles et robe de chambre.

Elle comprit en entendant des bruits de pas et des voix provenant du bureau que Maurice était sur le départ. Mme Rossi les rejoignit au bout d'un moment.

La cuisinière déposa un plateau fumant de poulet, légumes et polenta sur le comptoir.

"Si vous voulez bien m'excuser, j'emporte une assiette dans mon bureau. J'ai un travail à terminer avant un lancement sur le marché," déclara Mme Rossi.

Elle se prépara une assiette, tourna les talons et sortit de la cuisine.

Cassie sauta sur l'occasion. Elle ne pouvait attendre le retour de Mme Rossi, qui risquait de rentrer tard.

“Je reviens dans une minute,” annonça-t-elle à Nina.

Elle sortit de la cuisine et suivit la femme d’affaires, le fumet délicieux embaumait le couloir.

Cassie rattrapa Mme Rossi avant qu’elle ne referme la porte de son bureau.

“Je voudrais vous parler s’il vous plaît. C’est urgent.”

Mme Rossi s’arrêta et lui adressa un léger signe de tête.

“C’est entendu. Entrez.”

Elle déposa l’assiette sur son bureau mais n’invita pas Cassie à s’asseoir.

“Mme Rossi, j’ignore si vous êtes au courant mais Nina n’est pas allée à l’école aujourd’hui.”

Elle était si nerveuse que sa voix lui parut haute perchée et stridente, mais au moins elle avait réussi à s’exprimer.

Mme Rossi était stupéfaite.

“Bien sûr que si. Un des professeurs l’a amenée à l’école ce matin.”

“Vérifiez, vous verrez qu’elle n’y est pas allée,” répondit Cassie, sans lâcher le morceau.

Mme Rossi haussa sourcils.

“Que voulez-vous dire par là ?”

Elle ajouta dans un soupir “Vous feriez mieux de vous asseoir.”

Elle prit son assiette et s’installa dans son imposant fauteuil en cuir, Cassie restait debout en face.

“Je l’ai trouvée à la maison ce matin.” Cassie peinait à trouver les mots justes. Que Mme Rossi en ait conscience ou pas, il était difficile d’annoncer à une mère que sa fille souffrait de graves problèmes psychologiques.

“À la maison ?”

Mme Rossi coupa et mangea un morceau de blanc de poulet. La peau était si croustillante que Cassie l’entendit craquer sous le couteau. Une bonne odeur de sauce emplit la pièce.

“Il y a une petite annexe, derrière le vestiaire du rez-de-chaussée. On y accède par la porte au miroir.”

“Oui, je connais cet endroit. Je ne sais pas à quoi ça sert ; les précédents propriétaires avaient peut-être l’intention d’agrandir le vestiaire, de l’utiliser comme pièce secrète ou en cas de survie.”

La femme d’affaires mangea une autre bouchée de poulet tandis que Cassie poursuivait.

“J’y ai trouvée Nina. Elle était assise par terre et parlait à une vieille poupée cassée.”

Mme Rossi haussa les sourcils. “Elle était là-dedans ?”

“Oui.”

“C’est insensé. Elle était enfermée ? Non, c’est impossible, la porte ne ferme pas. Pourquoi ne pas l’en avoir sortie et envoyée à l’école immédiatement ?”

Cassie haussa les épaules, elle aurait dû faire preuve de plus de fermeté avec Nina et agir comme Mme Rossi l’imaginait.

“La porte était entrouverte mais elle refusait de bouger, je n’ai pas voulu la forcer, je ne savais pas trop ce qu’elle faisait là au départ.”

Mme Rossi hocha la tête pensivement en mastiquant son poulet.

Elle termina sa bouchée et posa sa fourchette, qui tinta sur l’assiette en porcelaine.

Cassie combla le silence avec le troisième point de sa liste, en dépit d’une sensation désagréable de parler dans le vide.

“Elle a peut-être besoin d’aide — quelqu’un à qui parler, ses professeurs devraient être mis au courant. Elle peut subir du harcèlement.”

Cassie aurait voulu poursuivre mais les mots lui manquaient, réduite au silence par Mme Rossi qui la contemplait derrière ses lunettes en écaille.

“J’ai une autre hypothèse.”

“La — laquelle ?”

Mme Rossi ramassa sa fourchette, coupa délicatement et mangea un autre morceau de poulet avant de reprendre.

“Je pense que votre petit jeu d’hier a porté préjudice à mes enfants.”

L’estomac de Cassie se noua.

“Vous—vous croyez ?”

“Malheureusement, oui. Les conséquences sont flagrantes. Venetia a perdu l’appétit et ne se sent pas bien, Nina a séché l’école et a passé la journée à se cacher.”

Le regard de Mme Rossi s’étrécit. “Cachée. Cache-cache.”

Cassie devint rouge de honte.

“Souvenez-vous,” poursuivit Mme Rossi en avalant un autre morceau de poulet, “que bien que mes filles soient extrêmement bien éduquées, ce ne sont que des enfants, et qu’elles sont sujettes à des peurs. Je vous ai dit très clairement, lorsque vous avez commencé à travailler, que nous avions subi des tentatives d’intrusion. Un cambriolage et une tentative d’enlèvement.”

Cassie avala péniblement, voyant où elle voulait en venir.

“Mes enfants ont besoin d’une vie réglée et structurée. Mais vous êtes arrivée et avez bouleversé leur équilibre avec un jeu qui les perturberait forcément.”

“Oh, non,” murmura Cassie, horrifiée.

“Savez-vous qu’elles ont effectué des exercices avec des experts en sécurité, sur la façon de se cacher en cas d’intrusion ?”

Cassie demeura interdite.

“Bien que nécessaires pour la sécurité, ces exercices laissent une impression durable sur les jeunes enfants ; ils provoquent de l’anxiété et des troubles psychologiques. Votre jeu d’hier, irresponsable, a dû le leur rappeler. Nous en subissons tous les conséquences.”

“Je suis sincèrement désolée,” souffla Cassie.

Mme Rossi se servit une grosse fourchetée de légumes en sauce qu’elle disposa soigneusement sur la polenta.

“Nous commettons tous des erreurs. Je vous demanderais désormais de respecter scrupuleusement les règles. Si vous n’en n’êtes pas sûre, n’hésitez pas à demander. En cas d’incertitude, mieux vaut user de prudence et ne pas se montrer téméraire, ne croyez-vous pas ?”

Cassie acquiesça péniblement, tout en la regardant mâcher et avaler.

“Je pensais, lorsque je vous ai engagée, que vous étiez la bonne personne et sauriez y faire avec mes enfants. Je vois que j’ai eu tort. Vous m’avez fait regretter ma décision, vous allez devoir me prouver que vous êtes celle qu'il me faut. Ne commettez pas une autre erreur. Je vous ai déjà donné une deuxième chance," lança-telle d'une voix cinglante.

"Allez-y. Les enfants n'auront pas besoin de vous ce soir. Montez dans votre chambre, j'irai les voir à mon retour, plus tard dans la soirée."

"Je suis désolée," répéta Cassie.

Elle se leva, sonnée comme un boxeur.

Elle parvint à atteindre et franchir la porte avant de pleurer.

C'était entièrement de sa faute. Elle avait été irresponsable, comme venait de le dire Mme Rossi. Elle s'était comportée comme une idiote, avait pris de mauvaises décisions pour s'imposer et se faire bien voir des enfants.

Elle n'avait pas donné la priorité à Nina et Venetia, au contraire.

Cassie éprouva de la honte en songeant aux conséquences des exercices de mise en sécurité sur un jeune enfant, à la peur qu'elles avaient dû réprimer, sachant qu'elles devraient se cacher pour sauver leur vie en cas d'intrusion.

Mme Rossi avait abordé les problèmes de sécurité mais elle n'avait pas écouté, elle avait loupé le coche avec les enfants et occasionné un traumatisme durable.

Cassie retourna d'un pas hésitant dans la cuisine. Nina était partie après avoir lavé son assiette et rangé son verre, mais la nourriture était toujours sur le comptoir.

N'ayant plus d'appétit, Cassie couvrit l'assiette, la déposa au frigo et monta d'un pas mal assuré.

Eprouvant un grand besoin de réconfort, elle fila sous la douche et y resta longuement, l'eau chaude apaisait ses frissons, mélange de honte et d'impuissance.

Debout sous la douche, elle se souvint d'un jeu auquel elle jouait avec Jacqui, il y a longtemps.

Cassie devait avoir neuf ans. C'était après leur discussion à l'école avec la police locale. Les shérifs en uniforme avaient passé du temps dans chaque classe, expliquant ce qu'il fallait faire en cas de terrorisme ou de fusillade.

On avait demandé aux enfants de pousser leurs bureaux contre le mur de la classe et de s'abriter dessous en se recroquevillant le plus possible, d'y rester sans faire le moindre bruit.

Tous les enfants avaient eu peur, cela leur avait montré tout un champ des possibles qu'ils n'auraient jamais imaginé. Cassie connaissait la violence domestique. Mais à l'école ? C'était considéré comme un lieu sûr, jusqu'à preuve du contraire.

Elle et Jacqui étaient rentrées chez elles et avaient parlé des recommandations de la police, elles s'étaient mises à jouer, se cachant tour à tour sous la table de la cuisine pendant que l'autre faisait irruption dans la pièce.

Ce jeu leur avait permis de gérer la chose. Cassie n'avait plus autant peur de l'éventualité de devoir se cacher sous son bureau à l'école, après que Jacqui et elle ait décidé d'en faire un jeu.

Si jouer à un jeu les avait aidées toutes les deux, comment jouer à un jeu aurait-il pu nuire autant à ces enfants ? D'autant plus qu'elles n'avaient pas paru bouleversées sur le coup.

Cassie éteignit la douche, le poids de sa culpabilité s'étant quelque peu dissipé.

Bien qu'on lui ait demandé de ne pas le faire, elle décida de parler aux enfants. Elles sauraient dire si elles avaient été traumatisées ou non, si c'était le cas, pourquoi l'ignorer ? Mieux valait en parler.

Cassie enfila un survêtement et sécha ses cheveux. Rassérénée, elle réalisa qu'elle avait faim et se souvint des restes du dîner de la veille au réfrigérateur. Elle découvrit l'assiette et dévora le risotto froid en quelques bouchées, une vraie morte de faim.

Tout en engloutissant la nourriture, elle se rendit compte qu'elle était affamée et qu'elle avait très peu mangé de la journée. Elle trouva étrange qu'on lui ait donné une si grande assiette hier soir — suffisamment pour deux — une idée germa dans son esprit au souvenir de cette énorme assiette.

Elle n'en était pas certaine, de l'ordre d'un soupçon, mais quand elle avait une idée en tête, elle ne l'avait pas ailleurs.

Tout avait commencé par Mme Rossi qui avait poursuivi son repas tandis que Cassie lui racontait ce que sa fille aînée avait fait ce jour-là.

Elle avait prétexté être sous le choc. Malgré les pénibles nouvelles, avait mangé calmement, savourant son repas, comme si les paroles de Cassie n'étaient qu'un fond sonore. Cassie était trop absorbée par ce qu'elle avait à lui dire pour réaliser à quel point le comportement de cette femme était inapproprié, le doute s'insinuait peu à peu dans son esprit.

Plus elle réfléchissait à la réaction de Mme Rossi, aux comportements étranges des enfants ce jour-là, plus Cassie craignait d'avoir fait complètement fausse route, dès le départ.

Chapitre Quatorze

Cassie sortit les restes de son mini-réfrigérateur, emprunta le couloir menant à l'aile des enfants et frappa à la porte de Venetia.

La fillette lisait toujours. Elle avait l'air épuisée, les yeux cernés, Cassie comprit qu'elle avait pleuré.

"Ta mère est sortie. Je t'ai apporté de quoi grignoter, si tu as faim," chuchota Cassie.

Les yeux de Venetia brillèrent devant la nourriture.

"Merci," murmura-t-elle.

Assise dans son lit, elle attaqua l'assiette, dévorant le moindre morceau de nourriture. Des gressins trempés dans de la sauce, des tranches de jambon, des boules de mozzarella, Venetia dévorait comme une affamée.

Cassie commençait à comprendre.

"Venetia, pourquoi ne pas avoir mangé aujourd'hui si tu avais tellement faim ?"

Venetia secoua la tête, engloutissant le dernier morceau de courge grillée.

"Tu étais fâchée à cause de la partie de cache-cache ?"

"Non. J'ai bien aimé jouer à cache-cache mais on n'a plus le droit." Son visage devint sévère, Cassie eut l'impression qu'elle se renfermait sur elle-même.

Mme Rossi s'était trompée. Le traumatisme n'avait pas été provoqué par leur partie de cache-cache.

Cassie se souvient que Venetia s'était éloignée d'elle en jouant à chat. Elle s'en était voulu, croyant avoir fait mal à la fillette. L'hématome n'était pas de son fait.

Les hématomes mettent du temps à se développer. Une marque rouge serait apparue sur le champ, mais un bleu saignait et mettait plus de temps à apparaître. Elle n'avait par conséquent pas pu causer cet hématome.

"Tu me montres ton bras ?" demanda-t-elle doucement.

Cassie retint son souffle tout en remontant la manche de la chemise de nuit.

L'hématome avait empiré, et il n'y en avait pas qu'un. On aurait dit que le bras de Venetia avait été pincé, provoquant deux gros hématomes bleu-noir.

Cassie eut la nausée.

Elle même en avait souffert, en grandissant, lorsque son père était en colère, ivre ou impatient. Zane, son petit ami, s'était révélé agressif, il l'attrapait par le bras lorsqu'il était en colère, ce qui provoquait un bleu presque identique. Cassie avait décidé de partir — de quitter Zane, de tirer un trait sur cette vie, de son incapacité à échapper à cette spirale destructrice. Elle avait réalisé en contemplant les marques livides sur son bras que si elle n'opérait pas un virage radical immédiat, elle n'en serait jamais capable.

Cassie s'était enfuie. Voir la même marque sur le bras de Venetia confirma ses terribles soupçons, ces filles subissaient exactement ce qu'elle avait subi.

"Comment tu t'es fait ce bleu ?" demanda Cassie avec douceur.

Venetia sembla répéter sa leçon par cœur.

"Une chute de cheval."

Cassie haussa les sourcils. Elle se demandait si l'équitation n'était pas une bonne excuse pour justifier la provenance des bleus et autres marques.

"On t'a attrapée par le bras pour pas que tu tombes ?"

Venetia secoua la tête, Cassie remarqua son regard absent.

"Je ne me souviens pas."

Cassie décida de laisser tomber. Elle n'allait pas faire subir un interrogatoire à Venetia après sa longue journée passée sans manger.

"Il est l'heure de dormir. Tu veux que je te lise une histoire ?"

"Non, merci."

Venetia semblait épuisée, comme si, après cette nourriture bienvenue, son organisme aspirait désespérément au repos. Elle se retourna et pelotonna avant que Cassie n'atteigne la porte.

Cassie cogitait à toute allure en éteignant la lumière. Quelle vie avait ces filles ? Pourquoi étaient-elles comme ça ? Elle commençait à soupçonner que cela n'avait rien à voir avec le fait de les préparer à devenir chefs d'entreprise, mais que quelque chose de plus insidieux, de plus malveillant couvait.

Venetia ne mangeait pas et restait à l'école toute la journée alors que ce n'était pas nécessaire. Nina restait assise seule avec sa poupée cassée dans cette pièce glaciale.

Sa partie de cache-cache n'était pas le facteur déclenchant.

Les enfants étaient des victimes, Cassie était prête à parier que cela ne datait pas d'hier.

Elle frappa à la porte de Nina, qu'elle trouva dans son lit, à moitié endormie, son livre ouvert sur la poitrine.

Cassie le prit doucement et le déposa sur la table de chevet, Nina la regarda dans un demi – sommeil, vaincue par la fatigue.

Espérant que l'état de somnolence de la fillette faciliterait la discussion, Cassie lui demanda d'un air détaché "Tu es rentrée toute seule dans cette pièce ce matin ? Ou on t'a dit d'y aller ?"

"Je ne sais pas," murmura Nina.

"Tu y es déjà allée ?"

Nina ne répondit pas. Elle regarda Cassie en silence, Cassie savait que tout interrogatoire était inutile. Les filles ne parleraient pas, plus elle leur mettrait la pression, plus elles ressentiraient cela comme du harcèlement.

"Bonne nuit," dit Cassie.

Elle sortit de la chambre et ferma la porte.

Cassie avait l'impression que son univers basculait.

La femme puissante qui l'avait intimidée et impressionnée était une mère abusive qui tourmentait ses enfants pour des broutilles.

Cassie la soupçonnait fort ; elle en était même persuadée. Mais sans preuve concrète ni aveu des enfants, elle serait aussi impuissante que ces deux filles à mettre un terme à cette situation.

⚜ ⚜ ⚜

Le lendemain, Cassie se réveilla à six heures. Elle s'habilla rapidement sans allumer la lumière mais ouvrit ses rideaux afin de voir les chambres des enfants de l'autre côté de la cour.

Elle décida qu'elle veillerait désormais sur elles comme le lait sur le feu, jusqu'à ce qu'elle obtienne des réponses, ou des preuves.

On était dimanche, elles n'avaient pas école et feraient certainement la grasse matinée. Mme Rossi serait peut-être plus présente, ce qui lui donnerait éventuellement l'occasion d'étudier leur comportement en famille.

Elle se sentait tendue et oppressée, comme si une dispute couvait, elle se demandait si ce serait effectivement le cas. Elle ne voulait pas se mettre une personne aussi puissante que Mme Rossi à dos, mais continuer de fermer les yeux sur la situation était impossible.

Les lumières des enfants s'allumèrent peu après sept heures, mais leurs rideaux restèrent fermés, au grand mécontentement de Cassie. Elle se rendrait dans leurs chambres, leur dirait bonjour et ouvrirait les rideaux elle-même.

Cassie fut alertée par un mouvement provenant de l'extérieur. En scrutant la pénombre, elle constata qu'il s'agissait de Maurice, l'assistant personnel, qui arrivait comme d'habitude. S'il travaillait aujourd'hui, cela signifiait que Mme Rossi serait peut-être en déplacement.

Cassie réalisa soudainement que c'était une occasion en or.

Maurice Smithers devait savoir ce qui se passait. Il était probablement le visiteur le plus habitué de cette maison, et entretenait une relation professionnelle plus étroite avec Mme Rossi que le personnel de maison.

Cassie sortit de sa chambre en courant et atteignit la porte de service au moment où Maurice l'ouvrait.

Il lui lança un regard acerbe.

"Bonjour," il attendait, café en main, que Cassie s'écarte de son chemin.

"J'aimerais vous poser une question."

Maurice jeta un œil à ses chaussures brillantes et la contempla, elle se demandait s'il se doutait de ce qu'elle lui voulait.

"A quel sujet ?" répondit-il à voix basse. "Je n'ai vraiment pas le temps. Signora assiste à un défilé ce matin, nous partons d'ici une demi-heure."

Cassie tint bon et regarda Maurice piétiner. Il n'avait pas l'air impatient, songea-t-elle. Mal à l'aise plutôt. Elle se doutait qu'il avait peut-être deviné ce qu'elle allait lui dire.

Elle décida d'aborder le sujet l'air de rien, sans faire preuve de la moindre hostilité.

"Vous passez beaucoup de temps ici ? Je veux dire, dans le bureau de Signora ?"

Il soupira, impatient.

"Ecoutez, ça dépend des jours. Chaque jour est différent. Nous passons habituellement une heure ou deux ici le matin, très souvent une heure ou deux le soir, et travaillons très occasionnellement ici la journée, si Signora n'a pas d'engagements au bureau, ou des réunions."

"Il vous arrive d'avoir des moments de libres avec la famille ?"

Maurice haussa les épaules.

"Pas vraiment. Vous avez vu comment ça se passe, ici. On bosse du matin au soir, Signora a un agenda très chargé, et franchement, entre vous et moi, je fais le travail de deux personnes."

Cassie était convaincue qu'il faisait tout pour éviter de lui répondre. Il anticipait la question et essayait de la contourner.

"Le rythme doit être trépidant. Je me permets de vous poser la question car bien que n'étant là depuis deux jours, j'ai remarqué des choses assez inhabituelles. Je me demandais si vous vous en étiez aperçu ?"

Elle observait attentivement le visage de Maurice tout en parlant, il écarquilla et cligna des yeux à plusieurs reprises avant de l'éviter soigneusement, elle était persuadée qu'il savait où elle voulait en venir.

"Je ne vois pas ce que vous voulez dire."

"J'ai notamment remarqué que les filles se comportent parfois étrangement. Vous aviez remarqué ?"

Maurice secoua la tête et la redressa, l'air résolu.

“J’ai bien peur que non. Je ne fais que mon travail, et après je repars. Je crains de ne pouvoir vous être utile.”

Cassie était exaspérée.

“Maurice, je comprends que vous soyez très occupé et ne souhaitiez pas être mêlé à ça mais je suis persuadée que vous savez comment fonctionne cette maison, quels membres du personnel sont présents et à quelle heure. Pourriez-vous m’aiguiller et me dire si quelqu’un serait prêt à me communiquer d’autres informations ?”

Maurice se ferma comme une huître. Cassie le vit à son langage corporel. Sa bouche se crispa, ses yeux s’étrécirent, il fit mine de se dégager pour s’éloigner.

Et se pencha soudainement vers elle.

“Laissez-moi vous donner un conseil. Faites ce que dit Signora, ni plus ni moins. Ne posez pas de questions. Ne vous en mêlez pas. Sinon, elle vous détruira. J’ai l’ai déjà vu à l’œuvre.”

Il la frôla et se dirigea vers la cuisine, hors de sa vue.

Chapitre Quinze

Cassie sentit son malaise croître en voyant Maurice s'éloigner, comme si elle avait franchi une limite. Maurice n'avait jamais été son ami, mais elle voyait clairement dans quel camp il était depuis qu'elle l'avait forcé à prendre position. Son avertissement était pour le moins troublant. Cassie ne doutait pas que la Signora Rossi exerce un pouvoir suffisant pour nuire à quiconque essayait de la contrer.

D'un autre côté, qu'est-ce que ça pouvait lui faire ? Cassie était quantité négligeable pour Mme Rossi. Elle n'avait même pas demandé ses références. Maurice, en revanche, risquait de perdre son poste, la Signora Rossi pourrait nuire à sa réputation dans le monde de la mode.

Cassie n'avait pas à s'en inquiéter. Elle venait de nulle part et disparaîtrait de même. Elle n'avait pas à se préoccuper de sa carrière et avait depuis longtemps fait une croix sur le stage. Il est fort probable qu'en raison de l'erreur d'Abigail, elle soit la seule personne à s'être présentée à l'entretien, que Mme Rossi ait pris cette excuse pour la pousser à accepter le poste.

Si les choses tournaient mal, elle retournerait à l'auberge de jeunesse et chercherait un autre emploi. Faire la plonge peut-être, ou femme de chambre.

Elle entendit parler dans le couloir, la porte d'entrée grinça et claqua. Maurice et Mme Rossi étaient partis pour la journée.

Cassie monta dans les chambres des filles, et les trouva déjà réveillées et habillées, comme elle s'y attendait.

"Descendons prendre le petit déjeuner."

Cassie leur demanda quel était leur emploi du temps pour la journée pendant qu'elles mangeaient.

“Vous avez équitation plus tard ?” elle se souvint que les enfants avaient dit pratiquer l’équitation le dimanche. À son grand étonnement, Nina secoua la tête.

“Le cours de cette semaine a été annulée,” expliqua-t-elle.

“Pourquoi ?”

Nina mordit dans sa tartine grillée sans répondre, Cassie imagina que l’annulation de la leçon était une punition. S’il y avait une bonne raison, elle était sûre que les filles la lui auraient donnée.

“Eh bien, qu’aimeriez-vous faire aujourd’hui ? Aller quelque part ? Jouer à un jeu ?”

“Rester à la maison,” déclara Nina, Venetia acquiesça.

Cassie les observait, inquiète. On aurait dit que ces enfants étaient intouchables. Elles ne se laissaient pas approcher car elles avaient peur des conséquences. Tout comme elles refusaient toute activité, hormis celles qu’on leur avait expressément demandé de faire. Elles étaient bel et bien piégées et, bien qu’elles ne soient aucunement responsables, refusaient elles-mêmes de sortir.

Cassie ne pouvait pas leur en vouloir. Elles essayaient coûte que coûte d’éviter les conflits, ce qui était tout à fait normal. Elles étaient pieds et poings liés. Leur silence les desservait, protégeait leur tortionnaire.

Cassie se demandait ce qui était arrivé à leur père. Où était-il et quel rôle jouait-il dans tout cela ? Il se pourrait qu’il soit la cause première et que leur mère continue ce qu’il avait commencé.

“Nous avons des devoirs à faire,” dit Venetia.

Elle en parlait avec joie. Les devoirs n’étaient apparemment pas un sujet tabou dans cette maison. On n’était pas puni si on faisait ses devoirs.

“Installons-nous dans la petite salle à manger. On les fera là-bas,” dit Cassie.

Les filles montèrent et redescendirent avec leurs cartables. Cassie emporta son téléphone dans la salle à manger. Si elles étaient prêtes à parler, les enregistrer pourrait être utile.

“Vous avez beaucoup de devoirs ?” demanda-t-elle à Nina.

“Pas trop. Mais je révise ce que j’ai appris à l’école. Je dois être la première de la classe, alors je refais les exercices à la maison,” explique Nina.

Cassie éprouvait une vive compassion. Telle était leur vie. La scolarité était leur seule activité. Tout en regardant Nina se concentrer sur ses devoirs, elle se demandait comment imaginer qu'une enfant de neuf ans choisisse de son plein gré de passer sa journée à étudier. On l'avait bernée, le scénario était tout autre.

Alors que Nina concentrait toute son attention sur des additions à répétition, Venetia semblait fatiguée et grognon, Cassie mit cela sur le compte de sa longue journée d'hier passée sans manger. Elle essayait de se comporter comme d'habitude, mais n'avait pas l'énergie suffisante pour aller de l'avant. Elle ouvrit son livre de maths et son cahier mais se mit à dessiner dans la marge après avoir fait quelques exercices.

Cassie regarda son dessin et fut impressionnée par le souci du détail, le talent pour la forme et les proportions, Venetia était indéniablement douée.

"C'est très joli," elle complimenta la fillette.

"Merci."

Venetia la gratifia de sa réponse polie habituelle d'une voix morose. Cassie était persuadée qu'en pareils moments, n'importe quel autre enfant serait en larmes. Après le déjeuner, elle décida de proposer une sieste aux enfants. Du repos leur ferait du bien.

Entre temps, elle était curieuse de voir si Venetia aimerait dessiner autre chose. L'art pouvait être une forme de thérapie, elle pourrait peut-être profiter de ce moment de détente et de distraction pour les questionner à propos de leur père.

"Vous avez un cahier de travaux pratiques dans vos cartables ? J'aimerais bien que vous fassiez un dessin."

Les fillettes secouèrent la tête — leur mère n'accordait visiblement aucune importance à l'art — Cassie décida de prendre les choses en main, peu importe les conséquences.

Elle descendit les escaliers et se dirigea vers le bureau de Mme Rossi. Elle avait aperçu une imprimante, qui dit imprimante, dit papier.

Elle repéra immédiatement la ramette de papier, soigneusement empilée sur une étagère au fond du bureau. Cassie prit quelques feuilles d'une ramette entamée.

Cassie retint son souffle en sortant, elle savait qu'elle désobéissait aux règles, elle se souvenait encore de la colère noire dans laquelle était rentrée Mme Rossi lorsqu'elle avait renvoyé la stagiaire, alors assise dans ce luxueux fauteuil en cuir capitonné.

De retour dans la salle à manger, elle posa les feuilles de papier devant les enfants. Elles n'avaient pas de crayons de couleur mais ne manquaient pas de crayons et stylos bleus et noirs, Cassie espérait que ce serait suffisant.

"On va toutes faire un dessin," dit-elle, l'activité se déroulerait mieux si elle y participait.

"Qu'est-ce que tu vas dessiner ?" lui demanda Nina.

"Je vais dessiner ma sœur habillée pour aller à une fête," dit Cassie.

Elle imaginait Jacqui, élégamment vêtue d'une des tenues de la boutique de Mirabella. La dessiner lui permettrait de garder espoir. Une façon de se prouver que sa sœur n'était pas morte.

"Je n'ai pas envie de te dessiner !" aboya Venetia à l'adresse de Nina, Cassie réprima un rire devant la réponse franche de la petite fille, qui refusait de dessiner sa propre sœur comme tout le monde. Elle était heureuse que Venetia fasse preuve d'initiative, personne ne pourrait le lui enlever.

"Tu n'es pas obligée. Tu peux dessiner ce que tu veux."

"Je vais dessiner une fleur," dit Nina.

Elle était encore sur la réserve. Cassie supposa qu'elle jouait la carte de la sécurité.

"Très bien, décréta Venetia. "Je vais dessiner mon cheval. Il me manque. J'aurais dû faire du cheval aujourd'hui."

Le cheval dont tu ne cesses de tomber, faillit rétorquer Cassie.

Pendant un moment, elle se concentra sur son propre dessin, elle esquissa le visage de Jacqui et imagina ses cheveux — désormais bruns, conformément à la description de Tim, il n'avait pas parlé de la longueur. Cassie devina qu'ils devaient arriver quelques centimètres plus bas que ses épaules, elle crayonna une cascade de boucles. Bien qu'elle n'ait pas un talent artistique très prononcé, elle dessina les traits de Jacqui en détails, se remémorant la douceur de ses yeux bleus, sa sœur les mettait toujours en valeur à l'aide d'un mascara épais et d'un eye-liner.

Elle dessina la bouche de Jacqui, qui esquissait un sourire, adressant une prière muette pour que sa sœur soit vivante et heureuse.

Voyant les enfants absorbées par leurs dessins, elle décida de lancer la conversation.

“Vous parlez parfois à votre père ?” demanda-t-elle.

Nina leva les yeux de son dessin.

“Nous n’avons pas parlé à Papa depuis longtemps.”

“Depuis quand ? Ta maman et lui sont séparés ?”

Elle essaya de s’exprimer différemment en voyant Nina froncer les sourcils.

“Tes parents ne voulaient plus rester mariés, alors ton papa a déménagé ?”

Nina fronça encore plus profondément ses sourcils.

Venetia prit la parole.

“Papa est en prison. Il a toujours été gentil avec nous, mais Maman a dit que qu’il n’est pas gentil et fait de vilaines choses, qu’on ira nous aussi en prison si on est méchantes.”

Cassie la regarda d’un air terrifié, elle tressaillait. Les enfants disaient vrai ?

Nina hocha la tête pour confirmer.

“Maman a dit qu’il resterait en prison jusqu’à la fin de ses jours parce qu’il a fait des choses terribles, et qu’on est responsables de la plupart de ses actes. Elle a dit que la prison n’autorise pas les visites, et que si nous y allons, ils nous enfermeront et nous obligeront à rester. Nous devons donc faire très attention.”

Cassie ferma les yeux pour essayer d’enregistrer cette révélation choquante. Etait-ce vrai ? Le père des enfants était en prison — pour fraude fiscale, à moins qu’il ait blessé quelqu’un dans un accès de colère ? Mme Rossi n’en avait pas parlé à Cassie lorsqu’elle l’avait engagé, il était fort probable que toute cette histoire ne soit qu’un énorme mensonge destiné à monter les enfants contre leur père, tout en justifiant pourquoi il ne faisait plus partie de leur vie.

Elle était consternée par la façon dont Mme Rossi avait déformé les faits, fait en sorte que les enfants se sentent coupables. Pas étonnant qu’elles soient si méfiantes et réservées. Elles étaient entièrement à la merci de leur mère avec un père absent et le terrible scénario qui leur pendait au nez.

Cassie aurait voulu pouvoir dire aux enfants que la prison c'était ici-même, derrière les hauts murs de pierre de cette élégante maison. Elles y étaient incarcérées, et n'avait aucune idée de la façon dont elle pourrait les libérer.

Chapitre Seize

Cassie décida d'abandonner son interrogatoire après que Nina et Venetia aient innocemment répété l'histoire de leur père. Elles ne pouvaient pas lui révéler son identité ni l'endroit où il se trouvait.

Cassie se demandait comment fonctionnait le droit de visite en Italie. En supposant que le père des enfants ne soit pas en prison, était-il légalement autorisé à voir ses enfants et passer du temps avec elles ? Peut-être avait-il choisi de ne pas rester en contact, à moins que, fait plus probable, Mme Rossi ne l'en empêche.

Cassie termina de dessiner en silence, l'esprit en ébullition. Maurice ne voulait peut-être pas parler, mais peut-être que leur père n'était pas de cette idée. Si elle parvenait à entrer en contact avec lui, il lui apprendrait peut-être quelque chose, ou serait disposé à mener l'enquête.

Elle reposa son stylo en soupirant. Les enfants avaient désormais terminé de dessiner, c'était l'heure du déjeuner.

"Fais voir." Elle regarda le dessin de Nina.

La fleur était dessinée avec soin et précision, Cassie regrettait qu'il n'y ait pas de crayons de couleur pour que Nina s'amuse à colorier les pétales.

"C'est magnifique. Quelle fleur superbe, je serais vraiment contente si elle poussait dans mon jardin," la complimenta-t-elle.

Nina la gratifia d'un petit "Merci."

"Montre-moi ton cheval, Venetia." Cassie se leva et fit le tour de la table.

Elle resta bouche bée devant le dessin. Le cheval au galop était dessiné dans des proportions parfaites, Venetia avait donné vie à son corps en mouvement grâce à son audacieux coup de crayon. Cassie devait admettre qu'elle avait du talent, la preuve était frappante. Venetia devrait prendre des cours de dessin, et non se focaliser sur des additions inutiles.

"Waouh, c'est magnifique," dit Cassie. "Ton dessin est carrément magique. Tu devrais dessiner plus souvent, Venetia. Je peux le garder ?"

Venetia contemplait son travail.

"Je n'en veux pas," dit-elle froidement.

Elle prit le dessin.

Cassie s'attendait à ce qu'elle le lui donne mais Venetia s'empara de la page à pleines mains.

"Non !" s'écria Cassie en réalisant ce que la jeune fille s'apprêtait à faire, trop tard.

Venetia déchira le dessin en deux, puis déchira à nouveau chacune des moitiés. Elle les froissa et les jeta proprement dans la poubelle dans un coin de la pièce.

Cassie ravala ses larmes. Elle était anéantie, non seulement par la perte du dessin, mais parce qu'il reflétait l'état émotionnel de Venetia. Pourquoi avoir réalisé un tel chef-d'œuvre, pour le déchirer ? Incarnait-il les expériences négatives endurées, sa propre estime de soi ?

Cette jeune fille avait besoin de consulter un psychologue, mais Cassie savait qu'il n'y avait aucun espoir.

Venetia ne montrait aucun signe de bouleversement et demeurait impassible, comme si la destruction de sa superbe création avait été pour elle un moyen d'évacuer sa colère sans effets indésirables.

Cassie prit quelques minutes pour se ressaisir, jusqu'à ce qu'elle soit sûre de pouvoir parler sans pleurer.

"Allons déjeuner. Je pense que vous avez besoin de vous reposer. Je vous lirai une histoire après manger, vous pourrez faire la sieste."

Cassie décida qu'elle n'allait pas rester sans rien faire durant leur sieste. Elle s'était déjà introduite une première fois dans le bureau de Mme Rossi en quête de papier, elle renouvellerait l'expérience.

Elle fouillerait la maison et essaierait de découvrir qui était le père des filles — qui il était, où il était, et surtout, ce qu'il savait.

⚜ ⚜ ⚜

Cassie commença dès que les filles furent endormies.

Elle vérifia rapidement la maison avant de fouiller le bureau, s'assurant que la cuisinière

et les femmes de ménage ne soient pas en service, elle ne voulait pas se faire surprendre par qui que ce soit pendant la fouille. À son grand soulagement, il semblait qu'il n'y ait personne d'autre à la maison.

Entrer dans le bureau pour chercher des informations au sujet du père des filles était complètement différent qu'y entrer pour récupérer du papier. Ça s'appelait fouiner, elle espérait que Maurice avait dit la vérité en lui annonçant que Mme Rossi et lui seraient absents pour la journée.

La présence de Mme Rossi était tangible bien qu'elle ne soit pas à son bureau. Fauteuil en cuir à haut dossier, vaste bureau blanc brillant, unes de magazines de mode aux couleurs éclatantes aux murs. Cassie remarqua, alors qu'elle faisait le tour du bureau, une carte d'Italie, certaines grandes villes étaient signalées par de minuscules chaussures dorées. Elle supposa qu'il devait s'agir des usines Rossi Shoes.

Cassie se demandait comment Mme Rossi pouvait rester assise dans ce fauteuil et se concentrer sur son entreprise, tout en sachant que ses enfants avaient froid, faim, étaient enfermées dans l'obscurité. Ces terribles châtiments ne lui causait aucun cas de conscience ?

Elle se doutait que Mme Rossi n'avait aucun scrupule, son ego surdimensionné écrasait tous ceux qui remarquaient que quelque chose clochait.

Cette femme était peut-être folle, songea Cassie en débutant ses recherches.

Elle regarda méthodiquement dans le bureau, ouvrit les tiroirs et fouilla les dossiers. Elle ne savait pas trop ce qu'elle cherchait, alors elle essaya de repérer la moindre information, sans connaitre son nom. Elle espérait dénicher une ancienne carte de visite, un répertoire téléphonique, les documents juridiques du divorce ou toute preuve qu'il aurait pu avoir des ennuis avec la justice. Une piste menant jusqu'à lui.

Le bureau était parfaitement rangé, Cassie se demandait si Maurice y veillait. Tout était à sa place. Il y avait une caisse dans le tiroir du haut, la clé était dans la serrure. Cassie éprouva une certaine nervosité à sa vue, elle ne voulait pas qu'on apprenne qu'elle avait fouillé dans un endroit où on gardait de l'argent. Elle se sentait déjà coupable.

Il y avait là des documents personnels de Mme Rossi — une copie de son passeport dans le tiroir du bas ainsi qu'un agenda de l'année écoulée, les dates des réunions et les déplacements y étaient soigneusement notés.

Cassie ne trouva rien d'utile en feuilletant l'agenda. Elle se souvint que Mme Rossi avait mentionné qu'ils avaient divorcé voilà quelques mois, mais rien dans l'agenda. Il comptait un nombre incalculable de réunions avec des avocats, impossible de savoir si ces rendez-vous étaient professionnels ou personnels.

Elle abandonna ses recherches après une heure passée à chercher en vain. S'il y avait des preuves, les trouver était au-delà de ses capacités.

Le seul autre endroit où chercher était la chambre de Mme Rossi.

Il y a quelques mois, cette chambre était occupée par le couple, elle trouverait peut-être quelques-unes de ses affaires. Cassie découvrit qu'elle fondait toujours ses espoirs sur une carte de visite indiquant son numéro professionnel et son portable.

Cassie savait qu'elle aurait des ennuis si on la découvrait en train de fouiner dans la chambre mais la colère des filles la galvanisait. De plus, Mme Rossi était absente pour la journée, Cassie entendrait la porte d'entrée s'ouvrir si elle revenait. Comme Maurice Smithers le lui avait expliqué, la porte bruyante s'entendait depuis l'étage.

Elle monta et hésita un bref instant avant de franchir la porte de la chambre principale.

Cassie fut frappée par l'extrême propreté de la pièce. La couverture rose poudré n'était pas du tout froissée, le lustre en cristal, impeccable.

Avec le recul, elle trouva la chambre, avec ses meubles blancs, ses coussins cerise et ses tableaux d'inspiration florale, très féminine. Elle se demandait si Mme Rossi n'avait pas refait toute la décoration après le départ de son mari, ce qui expliquerait que tout paraisse neuf et pimpant. Si c'était le cas, cela signifiait qu'elle s'était débarrassée de l'intégralité de ses affaires.

Elle poursuivit néanmoins ses recherches, ouvrit les tiroirs de la sublime table de chevet et fouilla leur contenu. Le premier était vide, le second contenait des objets appartenant visiblement à Mme Rossi. La commode placée à l'opposé de la chambre contenait des couvertures et des serviettes, des parfums et produits de beauté étaient placés sur la coiffeuse.

Le grand dressing était rempli de vêtements, Cassie n'avait jamais vu autant de chaussures de sa vie. Toute une armoire leur était consacrée, ainsi qu'un ensemble de tiroirs plus petits abritant bijoux, lunettes de soleil et accessoires.

Presque comme si son mari n'avait jamais existé. Toute trace de sa présence avait été gommée de la maison familiale. Cassie n'espérait plus trouver de carte de visite — nulle trace de la moindre cravate ou boutons de manchette.

Elle quitta la pièce et descendit dans la cuisine, découragée.

Elle entendit un tintement étrange tandis qu'elle l'atteignait.

Il lui fallut un moment pour comprendre qu'il s'agissait de la sonnerie du téléphone fixe. C'était la première fois qu'elle l'entendait sonner depuis son arrivée.

Il n'y avait personne dans la cuisine, elle se demandait s'il valait mieux laisser sonner et que l'appel tombe sur messagerie, mais décida de répondre. Elle avait besoin d'informations, chaque appel entrant à la maison représentait une opportunité.

Elle choisit de répondre.

"Résidence Rossi, Cassie à l'appareil," annonça-t-elle d'un ton formel.

"Je préfère vous prévenir."

L'interlocuteur était une femme, elle s'exprimait d'une voix acerbe, en colère. Cassie eut le souffle coupé lorsqu'elle comprit que Mme Rossi était au bout de la ligne.

"Me prévenir ? De quoi ?"

Son esprit s'emballa, elle songea immédiatement aux enfants. Y avait-il eu intrusion, un incident aux environs ? Elles dormaient tranquillement dans leur lit, ou du moins, elles y étaient il y a une heure.

"J'ai installé des caméras dans toute la maison," dit Mme Rossi, Cassie retenait son souffle, sous le choc.

Depuis combien de temps regardait-elle ? Qu'avait-elle vu ? Allait-elle visionner les images et découvrir ce que Cassie avait fait, l'étendue de ses recherches ?

Cassie était stupéfaite par sa révélation.

"Je ne faisais qu'une simple vérification—" hasarda-t-elle, la voix tremblante, sachant qu'il n'y avait aucune excuse pour expliquer son acte.

Mme Rossi ne lui laissa pas la possibilité de se justifier.

"Je vous conseille désormais de vous occuper de vos affaires. Il en va de votre intérêt, croyez-moi."

Avant de raccrocher.

Chapitre Dix-Sept

Cassie reposa gauchement le combiné, secouée par sa découverte, la maison était placée sous télésurveillance. Elle aurait dû se douter que des caméras veillaient sur une maisonnée aussi soucieuse de sa sécurité. Elle n'avait aucune idée de leur emplacement mais redoutait de regarder, se sachant découverte.

Mme Rossi la surveillait peut-être en ce moment-même.

Cassie emprunta l'escalier de marbre la tête basse. Elle regagna sa chambre et s'enferma à l'intérieur. Elle espérait qu'il n'y avait pas de caméras ici, mais savait que le cas contraire était envisageable. Telles étaient les règles dans la demeure de Mme Rossi. Cassie avait commis une erreur impardonnable en se lançant imprudemment dans ses recherches.

Elle s'attendait à ce que Mme Rossi la renvoie sur le champ. Elle ne l'avait pas fait mais cela ne signifiait pas pour autant qu'il n'y aurait pas de conséquences. Il y en aurait forcément. Elle ne pouvait qu'attendre et voir ce qui se passerait. Elle était morte de peur.

Honteuse et craignant d'être dans le champ de mire des caméras, Cassie se replia dans sa chambre jusqu'en début de soirée, lorsqu'il fut temps de lever et habiller les enfants. Elle entendit la porte d'entrée s'ouvrir et sentit l'odeur de la nourriture dans la cuisine après les avoir réveillées. Mme Rossi devait être rentrée pour la soirée, Cassie avait le ventre noué.

Mme Rossi entra, elle discutait au téléphone, d'une voix tendue.

"Oui, Maurice. Demandez à la police d'envoyer un véhicule immédiatement. Le véhicule était un SUV noir. Malheureusement je n'ai pas vu les plaques. Non, je n'en ai aucune idée. Il n'y avait peut-être pas de plaque à l'avant de la voiture."

Cassie se pencha sur le balcon, tout en s'attrapant anxieusement à la balustrade, elle écoutait la conversation en contrebas.

"Oui. Ils étaient devant la maison quand je suis arrivée, ils ont sauté dans la voiture et sont partis à toute vitesse quand ils m'ont vue. Qu'ils effectuent une vérification poussée de notre propriété. Merci, Maurice."

Elle raccrocha, leva les yeux et aperçut Cassie.

"Il y a eu une faille dans la sécurité. Je suis arrivée à la maison pour trouver une voiture garée devant. Deux hommes étaient sur le point d'escalader le mur. Ils se sont enfuis dès mon arrivée. Maurice appelle notre société de surveillance et la police, qui devrait arriver d'ici quelques minutes."

"Oh, c'est effrayant. Je n'ai rien entendu, personne n'est entré dans la maison. Les enfants sont en sécurité. Elles ont fait la sieste," dit Cassie.

Elle remonta en courant et tira les rideaux de sa chambre tout en scrutant l'obscurité, terrifiée à l'idée que la maison, ou les filles, puissent avoir été prises pour cible. La menace était sérieuse ; il s'agissait de criminels. Que se serait-il passé si Mme Rossi ne les avait pas vus, s'ils étaient entrés par effraction dans la maison ?

Elle espérait qu'ils ne soient pas encore dehors, embusqués dans l'obscurité. Pas étonnant que Mme Rossi ait fait installer des caméras et les visionne fréquemment, si de tels incidents se produisaient.

Cassie se rendit dans les chambres des enfants et tira les rideaux. Puis, s'assit avec elles en silence jusqu'à ce qu'elle entende des voix en bas.

Ils parlaient italien mais devina que tout allait bien d'après le ton.

"*Grazie di tutto*," dit Mme Rossi reconnaissante, avant que la porte ne se referme.

Merci pour tout. Cassie se souvenait de cette phrase dans son manuel.

Elle et les enfants descendirent ensemble et prirent place dans la petite salle à manger.

Mme Rossi ne mentionna pas l'incident. Elles dînèrent en silence. Cassie tremblait d'appréhension, elle avait du mal à avaler bien que la nourriture soit savoureuse. Cet incident terminé, elle savait que Mme Rossi dirigerait son attention sur les manquements de Cassie, elle anticipait déjà être renvoyée manu militari.

Elle jeta un coup d'œil à Nina et Venetia puis observa la famille manger, espérant que les filles s'ouvriraient. Elle se sentait aussi piégée qu'elles, dans la main de fer d'une femme maltraitante qui les tenait sous sa coupe, les enfants n'osaient décocher le moindre mot.

Nina était d'un calme glacial, elle prenait de délicates bouchées et mangeait sans bruit. Venetia paraissait plus ébranlée. Elle picorait dans son assiette et s'agitait sur sa chaise. Cassie l'observait, inquiète. Elle ignorait si Venetia était perturbée par ce qu'elle avait vécu la veille, ou si elle n'aimait tout simplement pas les pâtes aux crevettes préparées par la cuisinière. Les punitions dans cette maison consistaient souvent en une privation de nourriture, Cassie était reconnaissante que Venetia ait bien mangé à l'heure du déjeuner.

Dans une famille normale, elle savait que ce comportement ne serait certainement pas passé inaperçu. Cassie imaginait qu'on demanderait à Venetia si tout allait bien, on l'encouragerait à goûter son plat. A supposer qu'elle n'aime pas vraiment les crevettes, un parent attentionné aurait proposé une alternative, histoire de s'assurer qu'elle ne se couche pas le ventre vide.

Dans ce silence gênant, Cassie se prit à élaborer sa propre version de la réalité, imaginant des scénarios tout en mangeant.

Venetia prit son verre d'eau mais le verre lui glissa des mains et tomba violemment sur la table.

L'eau se répandit sur la table en bois, éclaboussa l'assiette de Nina et coula sur les genoux de Mme Rossi.

Le cri terrifié de Cassie répondit en écho à celui de Venetia, pétrifiée.

"Pardon," gémit Venetia.

Elle semblait mortifiée, Cassie remarqua que la petite fille l'implorait du regard, comme un appel à l'aide dans sa détresse.

Cassie se leva d'un bond et chercha des serviettes de table pour éponger l'eau.

"Ce n'est rien," dit-elle, en feignant l'insouciance. "Ce n'est que de l'eau. Il n'y a pas de mal."

Mme Rossi s'éclaircit la gorge, Cassie s'arrêta net.

"Ne vous en mêlez pas," dit-elle d'une voix calme et froide. "Ma fille a fait la bêtise, c'est à elle de nettoyer."

Venetia se leva, accablée. Cassie remarqua que Nina gardait les yeux baissés, manifestement trop intimidée pour dire un mot.

"Quelle petite fille maladroite," poursuivit Mme Rossi d'une voix suave et terrible, tandis que Venetia commençait à éponger. "Tu es une incapable, tu ne mérites pas d'être ma fille. Tu es une honte pour nous tous — pour moi, pour ta famille."

Cassie plaqua sa main sur sa bouche, elle dévisageait Mme Rossi, horrifiée, qui poursuivait sa diatribe et ses reproches.

"Tu n'as pas cessé de t'agiter et mal te comporter depuis le début du dîner. Je savais que ça arriverait. J'attendais que tu nous montres à tous à quel point tu es stupide, la preuve. Tu es non seulement stupide, mais aussi laide à l'intérieur qu'à l'extérieur. Tu me fais honte, tu ne mérites pas d'être ma fille."

Cassie regarda fixement la mère et la fille. Elle n'aurait jamais cru qu'un parent puisse dire des choses pareilles — devant un étranger qui plus est ?

Mme Rossi paraissait calme, choisissait ses mots avec soin, Cassie savait que cette démonstration de maltraitance n'était pas un simple accès de colère, mais qu'elle était calculée pour causer un maximum de blessures et de dégâts psychologiques. Venetia s'était complètement repliée sur elle-même. Bouche pincée et yeux baissés, sa respiration saccadée et ses épaules tremblantes étaient les seules preuves qui laissaient entrevoir à Cassie les dommages provoqués par de telles paroles.

Cassie comprit soudain pourquoi Mme Rossi parlait ainsi devant elle. La femme d'affaires savait qu'elle avait désormais le dessus. Elle avait la preuve que Cassie fouillait dans ses affaires, qu'elle pouvait la faire chanter.

Mme Rossi exerçait désormais son emprise et ne voyait plus la nécessité de continuer à cacher son jeu.

Cassie comprit subitement qu'elle n'avait plus rien à perdre, elle avait déjà tout perdu. Elle n'attendrait pas une seconde de plus, rester à écouter les insultes sadiques dont elle abreuvait la pauvre fillette.

"Ça suffit !" s'écria-t-elle, toutes tournèrent subitement la tête.

Nina était stupéfaite. Venetia paraissait reconnaissante de son intervention inattendue. Mme Rossi semblait furieuse. Cassie vit la colère sur son visage, brutale, féroce, avant que son masque ne tombe et que toute émotion disparaisse.

"C'est votre fille ! Sa seule faute a été de renverser un verre d'eau. Ce n'est pas un crime. Rien n'est taché. Le verre n'est même pas cassé." Cassie montra le verre en cristal intact d'un geste impatient. "Je ne peux pas rester assise ici et vous écouter critiquer injustement cette petite fille pour une erreur innocente. C'est ce que c'était, une erreur. Elle n'a que huit ans. Ses mains sont petites, le verre est grand et lourd. Je refuse de vous entendre proférer ces horribles insultes pour une chose qui n'est même pas de sa faute. Je ne serai plus complice, c'est de la maltraitance pure et simple."

Cassie, penchée vers la femme, gesticulait furieusement, crachait tout ce qu'elle avait sur le cœur.

Personne ne dit quoi que ce soit, le silence qui s'était installé était désormais plus pesant que sa fureur.

Cassie laissa retomber ses mains et s'effondra sur sa chaise. La peur la terrassait, elle avait osé dire tout haut ce qu'elle pensait tout bas. Elle avait osé défier cette femme puissante, cette forte femme qui avait prouvé être passée maître dans l'art de la vengeance.

Elle avait franchi une ligne interdite, et allait en subir les conséquences. Elle le sentait dans la lourdeur de l'atmosphère, le lisait dans le regard de Mme Rossi, qui la regardait droit dans les yeux.

Pire, Cassie craignait que parler n'aggrave le cas de Venetia. La culpabilité l'envahit à cette éventualité, elle aurait dû y réfléchir à deux fois avant de se lever et vociférer, dans le feu de l'action.

"Suivez-moi immédiatement, afin que nous puissions en discuter en privé," déclara Mme Rossi d'une voix délibérément suave.

Cassie se leva sans comprendre ce qui lui arrivait.

Mme Rossi quitta la pièce, Cassie à sa suite, elle redoutait la punition qui lui pendait au nez pour avoir agi de la sorte.

Chapitre Dix-Huit

Cassie se traîna d'un pas pesant jusqu'au bureau immaculé de Mme Rossi. Elle attendit que la femme d'affaires s'asseye et indique à Cassie de faire de même. Elle se jucha sur une chaise et regarda sa patronne de l'autre côté du bureau.

Son visage était inexpressif, Cassie comprit qu'elle ne baissait pas souvent le masque, ni très longtemps.

“Ces images de télésurveillance sont fort intéressantes,” débuta Mme Rossi.

Cassie était pétrifiée, elle ne pensait pas qu'elle aborderait le sujet maintenant.

“Je ne vous imaginais pas aussi intéressée par le contenu de mon bureau, ni les affaires dans ma chambre.”

Cassie ne pouvait rien répondre pour sa défense. Son geste était impardonnable. Elle baissa les yeux et fixa le bureau lisse comme du billard, les joues en feu.

Les paroles de Mme Rossi firent sursauter Cassie de stupeur.

“Quelle coïncidence, vous ayez été filmée en pleine action, alors que j'arrivais devant chez moi et trouvais une voiture étrangère garée dehors, des intrus essayaient de s'introduire à mon domicile par effraction.”

Cassie la regardait d'un air incrédule.

L'étrange véhicule était bien réel ou Mme Rossi avait-elle inventé ces intrus pour asseoir la culpabilité de Cassie ? Avait-elle tout inventé, jusqu'à la description de la voiture, pour fournir un faisceau de preuves en “découvrant” les images de Cassie fouillant dans ses affaires et objets de valeur ?

“Je suis persuadée que vous voyez où je veux en venir,” poursuivit Mme Rossi avec une immense satisfaction. “Je sais que certains objets de valeur ont disparu.”

Cassie était soufflée.

“Mais je n’ai pas—” commença-t-elle, mortifiée.

La femme lui adressa un petit sourire.

“C’est votre parole contre la mienne. Qui la police croira-t-elle ? Nous avons déjà eu des incidents dans le quartier, du personnel temporaire s’est avéré être des informateurs pour des criminels patentés. Sans compter, bien évidemment, les petits voleurs agissant pour leur propre compte.”

Cassie eut l’impression de recevoir un coup de fouet.

“Maintenant que nous avons établi quel est votre rôle dans cette maison, passons à la suite. Tout d’abord, je vous interdis de parler à tort et à travers. Mes filles sont élevées comme moi. Si je les punis, c’est qu’elles le méritent. Elles deviendront des adultes riches et célèbres, comme moi. Toutefois, je ne vous permets plus de vous occuper d’elles. J’ai fait en sorte que ma mère vienne s’installer ici plus tôt que prévu. Elle arrive demain et s’occupera des enfants à votre place.”

Mme Rossi dévisageait Cassie froidement et fixement par-dessus ses lunettes en écaille.

“Je vous interdis de parler de ce que vous avez vu ou entendu ici. Le cas échéant, comptez-sur moi pour vous retrouver dans le collimateur de la police italienne. Nous sommes une famille très en vue et réputée pour son sérieux. Cela irait très mal pour vous si je devais leur expliquer que j’ai découvert que vous traitiez mal mes enfants et les punissiez.”

Cassie se tassa devant sa déclaration.

Mme Rossi admettait faire preuve de maltraitance. Evidemment, elle venait de prouver à Cassie qu’elle savait à quel point ses actes étaient répréhensibles. Mme Rossi s’assurerait de lui faire porter le chapeau si Cassie tentait de la dénoncer.

Elle avait vu comment les enfants avaient été élevées pour garder le silence. Cassie était convaincue qu’elles finiraient par préserver leur mère pour se protéger.

Elle ne pouvait rien faire. Elle venait d’être mise en échec.

“Je vous donne quarante-huit heures pour plier bagage.”

Mme Rossi prit une liasse de billets de cent euros dans son sac à main. Elle en compta quelques-uns qu'elle déposa dans une enveloppe et glissa l'argent sur le bureau.

"Voici votre salaire pour un mois complet. Signez le solde de tout compte au bas de la page."

Cassie laissa échapper un cri de surprise.

"Je ne veux pas de votre argent. Après ce qui vient de se passer ? Je n'en veux pas. Reprenez-le s'il vous plaît."

Mme Rossi la fusilla du regard. Elle parlait doucement mais chaque mot était aussi cinglant qu'un coup de fouet.

"Si vous refusez cet argent, tel est votre choix, mais j'aurais ainsi votre signature au bas de cette page, stipulant que vous avez accepté votre salaire et que vous avez été payée en intégralité. Je ne veux pas vous donner de raison de porter plainte contre moi. Signez. Immédiatement. Avant que j'appelle la police et vous accuse de vol."

La main de Cassie tremblait tellement qu'elle eut du mal à employer le stylo. Elle griffonna une signature illisible, se sentant gauche et inutile devant cette femme méprisante.

Elle ne pouvait se résoudre à prendre l'argent et laissa les billets intacts sur le bureau.

"Et maintenant regagnez votre chambre. Les enfants et moi finirons le dîner sans vous."

Cassie se leva et sortit du bureau d'un pas chancelant, la vue brouillée par les larmes. Cette situation était horrible. Les enfants étaient victimes de maltraitance délibérée. Elle aurait dû s'en rendre compte plus tôt devant leur côté renfermé, toujours en quête de soutien mutuel, leur proximité, leur obéissance aveugle aux règles, par crainte des représailles.

Elle savait ce qu'elles enduraient, elle et Jacqui avaient elles aussi été victimes de maltraitance.

Jacqui était restée pour protéger Cassie aussi longtemps qu'elle avait pu le supporter. Elle n'était partie qu'à son adolescence.

Elle n'avait pas abandonné Cassie, qui se voyait contrainte de ne pas tendre la main à ces enfants, de les abandonner à leur sort.

Cassie ne savait plus que penser. Cette situation faisait ressurgir des souvenirs depuis longtemps enfouis. Elle avait oublié la peur et l'impuissance qu'elle ressentait, elle n'osait pas répondre à son père lorsqu'il était d'humeur violente, faisait de son mieux pour passer inaperçue afin qu'il ne la remarque pas, que sa seule présence le mette encore plus en colère.

Elle se souvenait combien elle attendait ardemment le retour de Jacqui dès qu'elle était seule à la maison, sa sœur aînée lui apportait son soutien et sa protection si les choses tournaient mal. Jacqui était la seule qui comprenne ce qui se passait réellement dans leur foyer, forgeant un lien indéfectible entre elles.

Elle poussa un soupir en faisant les cent pas dans sa chambre.

Jacqui était morte ? Cette incertitude lui pesait. La seule façon de découvrir la vérité serait se rendre à Bellagio et passer voir Mirabella à la boutique. Elle le ferait sous peu, puisqu'elle venait d'être licenciée.

La pièce lui parut oppressante et surchauffée. Cassie tira les rideaux, elle voulait ouvrir la fenêtre pour laisser entrer un peu d'air frais.

Elle s'aperçut que la lumière était toujours allumée dans l'une des chambres d'enfants, de l'autre côté du jardin. Cassie réalisa qu'il s'agissait de la chambre de Venetia maintenant qu'elle connaissait mieux la disposition de la maison.

Venetia se tenait près de la fenêtre — mais que faisait-elle ?

Son souffle embuait la vitre, elle ouvrit la fenêtre. L'air froid entra à l'intérieur tandis qu'elle regardait à l'extérieur, contemplait, incrédule, la scène qui se déroulait de l'autre côté du jardin.

Venetia était debout au milieu de sa chambre. Le bras tendu devant elle, elle tenait quelque chose. Un verre d'eau rempli à ras bord. Cassie distinguait l'expression de son visage. Concentrée, désespérée, effrayée, tandis qu'elle luttait pour que le verre reste stable.

Mme Rossi se tenait derrière elle, et regardait.

“Non,” souffla Cassie. Elle ne pouvait pas croire qu'une telle scène se déroule sous ses yeux horrifiés.

C'était pire qu'un châtiment—c'était de la torture.

Le bras frêle de Venetia se mit à trembler. Ses muscles devaient brûler à force d'être contracter, le verre devenant un poids mort qu'elle essayait de garder en équilibre.

Cassie se mordit la lèvre en voyant Venetia se mettre à trembler sous l'effort.

Son bras tremblait, de l'eau éclaboussa le verre.

Mme Rossi leva aussitôt la main. Elle tenait une épaisse ceinture de cuir.

Cassie poussa un hurlement alors qu'elle fouettait le dos de la fillette, en traître. Venetia tressaillit de douleur.

Mme Rossi jeta un coup d'œil par la fenêtre. Elle avait dû entendre crier. Cassie croisa son regard de l'autre côté de la cour, elle avait vu le rideau ouvert, son visage pâle et choqué devant cette scène cauchemardesque.

Qu'elle ait un témoin ne semblait faire aucune différence. Cassie réalisa, avec un terrible sentiment d'impuissance, que la femme d'affaires la savait entièrement sous son emprise.

Mme Rossi se retourna calmement et poursuivit sa torture.

Elle remplit le verre à l'aide d'un grand bol qu'elle tendit à Venetia, qui le reprit, et contemplait, désespérée, son bras tremblant.

L'eau se répandit de nouveau, la ceinture s'abattit si violemment que Venetia fut agitée de violents soubresauts.

"Non," chuchota Cassie.

Des souvenirs surgirent. Le hurlement de colère de son père, sa ceinture qui zébrait sur son bras ou sa cuisse — aussi violente et mordante qu'un vrai coup de poing, la douleur lui donnait la nausée. Cassie se souvint que la marque, large et rouge, avait palpité et brûlé des heures durant, sa peau avait été sensible plusieurs jours avant que la douleur ne s'atténue progressivement.

A la différence que son père ne frappait que sous l'effet de la colère et jamais plus d'une fois. Cassie était en général suffisamment rapide pour s'enfuir, il lui arrivait de lui donner un coup de ceinture lorsqu'elle se retrouvait acculée, ou qu'il était trop rapide pour elle.

Ses amies n'utilisaient pas de ceintures. Ces femmes agressaient Cassie physiquement. Leurs violences étaient plus effrayantes, car plus incontrôlables, mais elles n'étaient pas aussi fortes que son père, s'en défaire s'était avéré plus facile.

Ce à quoi elle assistait était en revanche de la torture délibérée. Les intentions d'Ottavia Rossi étaient claires, elle voulait complètement anéantir sa fille.

Cassie ne pouvait pas rester sans rien faire, ni laisser passer.

Toutes les menaces du monde, même celle proférée par Mme Rossi avec ses accusations de vol, ne pourraient l'empêcher de voler au secours de la fillette. La personne censée la protéger la tourmentait d'une manière qui laisserait des séquelles à vie, non seulement physiques mais psychiques.

La colère lui donnait des ailes, elle se rua hors de la chambre.

La porte de Venetia était fermée, elle l'ouvrit et entra comme une furie.

“Arrêtez ! “Arrêtez immédiatement !”

Mme Rossi avait le bras levé, prête à fouetter sa fille. Cassie se précipita vers elle pour lui arracher la ceinture des mains ou attraper son bras, faire tout ce qui était en son pouvoir pour arrêter le prochain coup.

La femme d'affaires resta bouche bée devant l'irruption de Cassie, et poussa pour toute parole un rugissement de rage et de frustration. Elle fit volte-face et s'en prit à Cassie avec la ceinture.

Cassie ne fut pas assez rapide pour esquiver. La large lanière de cuir l'atteignit en plein visage, la boucle entama sa chair, elle poussa un cri de douleur, vit les étoiles et recula.

La ceinture s'abattit violemment sur le côté de sa tête, elle pleurait tant qu'elle était aveuglée.

Cassie savait que cette femme était folle. Elle était cinglée et ne se préoccupait pas de savoir qui elle frappait, ni le mal qu'elle causait. Que se passerait-il si elle ne parvenait pas à lui ôter la ceinture des mains ? Elle craignait que Mme Rossi ne la frappe de nouveau à la tête et l'assomme, qu'elle continue de la frapper sans relâche, tandis que Cassie serait étendue à même le sol, inconsciente.

Ravalant ses larmes, elle saisit la ceinture d'un geste leste, et parvint, ô chance, à passer son doigt dans la boucle.

Elle tira de toutes ses forces, fit presque tomber Mme Rossi perchée sur ses talons. La femme d'affaires jura abondamment, lâcha son arme de fortune et s'agrippa à la commode pour rester en équilibre. Elle vacilla, fit tomber la terrine d'eau sur le sol, qui se fracassa bruyamment par terre, l'eau coula sur le carrelage.

"Stop !" hurla Cassie.

Elle pleurait de douleur mais agrippa la ceinture à deux mains, s'y accrochait de toutes ses forces. Il était impossible que la femme la lui reprenne. Impossible.

Mme Rossi jura de nouveau violemment. Elle laissa tomber la ceinture et sortit de la pièce en trombe en claquant la porte.

Cassie respirait fort, elle sentait battre son cœur jusque dans ses oreilles. Son intervention avait permis de mettre fin à cette horreur d'une manière ou d'une autre— ou pas ?

Cette horrible femme allait chercher une autre ceinture, une autre arme, et poursuivre son agression ? Elle attendait, surveillant la porte, redoutant d'entendre cliqueter ses talons.

Un instant plus tard, la porte d'entrée grinça et claqua.

Mme Rossi était partie.

Cassie laissa échapper une longue respiration saccadée. Elle tremblait comme une feuille, le coup reçu au visage la lançait. Elle toucha sa joue, sa main était maculée de sang. Mais là n'était pas le problème, sa douleur attendrait.

"Ça va, Venetia ?"

La jeune fille avait posé le verre et s'était cachée derrière le lit dès que Cassie avait essayé d'intervenir.

Elle finit par se lever. Son visage était blanc comme un linge, elle tremblait aussi fort que Cassie.

"Tout va bien." Cassie ouvrit les bras.

La fillette marcha sur le sol mouillé et se précipita dans les bras de Cassie, qui l'étreignit de toutes ses forces tandis qu'elle sanglotait.

Cassie caressait doucement les cheveux de Venetia, elle aurait bien voulu la serrer dans ses bras mais savait que son dos serait extrêmement douloureux après la torture qu'elle venait de subir, le moindre contact était un supplice.

"Merci d'être venue à mon secours."

"C'est normal." Cassie reniflait abondamment.

“Je ne sais pas pourquoi Maman a fait ça,” souffla Venetia. “J’ai fait une bêtise. Pourquoi elle me frappe autant ?”

“Personne ne détient la réponse. Ce n’est pas juste, les gens normaux ne font pas ce genre de choses,” déclara Cassie, en expliquant de son mieux. Elle ne voulait pas dire à Venetia de but en blanc que sa mère était un monstre, qu’elle les maltraitait, mais elle devait lui faire comprendre que son comportement était inacceptable, qu’elle ne le tolérerait jamais.

“J’essaierai toujours de t’aider et d’empêcher quiconque de te faire du mal,” promit Cassie, une terreur sourde l’envahit, on lui avait ordonné de quitter les lieux.

Elle partirait bientôt, elle savait que les punitions et les mauvais traitements se poursuivraient au quotidien — ou s’intensifieraient si Mme Rossi estimait qu’elle avait quelque chose à leur reprocher.

Protéger ces filles en s’interposant physiquement était une solution à court terme, comme un pansement sur une jambe de bois.

Cassie était déterminée à faire tout ce qui était en son pouvoir pour les sauver avant son départ.

Chapitre Dix-Neuf

Cassie redoutait que Mme Rossi ne revienne plus tard et continue de tourmenter ses enfants après être partie comme une furie. Son père agissait parfois de même, elle se souvenait de la peur qu'elle éprouvait en l'entendant rentrer à la maison, plus ivre et plus en colère que lors de son départ.

Heureusement, dans cette maison, la porte d'entrée raclait et grinçait lorsqu'on l'ouvrait, ce qui lui permettrait d'être avertie.

Elle laissa la porte de sa chambre entrouverte et dormit d'un sommeil entrecoupé, sursautant au moindre bruit. La porte d'entrée s'ouvrit et se referma vers minuit. La maison était soudainement redevenue un lieu menaçant.

Cassie descendit de son lit et se dirigea vers la porte sur la pointe des pieds pour mieux entendre, elle retenait son souffle tout en écoutant, mais à son grand soulagement, la femme d'affaires se rendit directement dans sa chambre. En regardant par sa fenêtre, elle vit que les chambres des enfants restaient plongées dans le noir.

Elle retourna se coucher et essaya de dormir, mais elle était si angoissée qu'elle ne trouvait pas le sommeil. Elle ne fit que se retourner pendant le restant de la nuit, inquiète de ce qui les attendait au matin, imaginant toutes les éventualités.

Cassie ne voulait plus jamais voir ni parler à Mme Rossi. Elle attendrait qu'ils aillent dans son bureau avant de se diriger vers les chambres des enfants. Trouver le bon moment fut chose facile, Maurice n'arrêtait pas de parler et sa voix portait.

Elle entendit Maurice arriver le matin alors qu'elle sortait de sa chambre. Il frappa à la porte de la chambre principale et souhaita une bonne journée à Signora.

"Je vous ai apporté votre café." Sa voix s'entendait dans le couloir.

"La visioconférence avec la direction de Harrods s'est très bien passée. Je prendrai l'avion la semaine prochaine et ferai signer les documents nécessaires, une pure formalité. Pour rester plus près de chez nous, Signora a-t-elle décidé de son agencement préféré concernant la rénovation des bureaux de la société ?"

Cassie se demandait si Maurice parlait fort exprès pour qu'elle puisse entendre. Sa voix respirait l'autosatisfaction. L'aversion que Cassie éprouvait pour lui se mua en dégoût. Comment pouvait-il se vanter de choses aussi futiles que rencontrer des propriétaires de magasins et ré-agencer les bureaux, alors qu'il refusait d'intervenir dans un cas flagrant de maltraitance, qui était en train de détruire deux jeunes enfants ?

Elle était contente de les entendre s'éloigner pour ne plus avoir à entendre sa diatribe pompeuse.

Elle se rendit dans les chambres des enfants et constata que Nina et Venetia étaient prêtes pour l'école, Cassie les accueillit calmement, essayant de se comporter normalement devant elles et ne pas leur montrer à quel point elle se sentait paniquée et impuissante.

"Descendons prendre le petit-déjeuner," elles se rendirent à la cuisine.

Elle remarqua que Nina regardait la porte de la chambre de sa mère avec méfiance lorsqu'elles passèrent devant. Cassie était accablée par son désespoir, elle se rendait compte de la peur immense qui pesait au quotidien sur les enfants. Elles n'avaient personne sur qui compter, personne pour les défendre contre ses mauvais traitements. Maurice était complice, le personnel de maison allait et venait et ne semblait pas avoir le moindre contact avec les enfants.

"Qu'est-ce que je vous prépare ? Des tartines ? De la confiture ?"

Cassie aida les enfants à préparer le petit-déjeuner, s'assurant que les taches soient réparties équitablement entre toutes les trois.

"Tu veux bien t'occuper des tartines, Venetia, et toi Nina, si tu nous coupais du fromage aujourd'hui ?"

Elle ne voulait pas que les enfants aient l'impression d'être livrées à elles-mêmes, redoutent une punition en cas d'erreur.

Malgré tous ses efforts pour insuffler du calme et de la joie dans la préparation du petit déjeuner, Cassie réalisa qu'elle et les enfants étaient à cran. Ce qui s'était passé hier soir avait un goût d'inachevé, elle était persuadée que Mme Rossi ne lâcherait rien, qu'elles ne perdraient rien pour attendre. Cassie espérait que l'arrivée de la grand-mère serait retardée, qu'elle pourrait rester un peu plus longtemps pour les protéger, jusqu'à ce quc tout soit terminé. À ce stade, chaque jour supplémentaire était une victoire.

Cassie se retourna d'un bond en entendant un bruit en provenance de la porte, se préparant déjà au conflit. Nina laissa tomber son couteau et Venetia se retourna à la hâte pour voir de qui il s'agissait.

C'était Maurice.

Cassie le regarda avec appréhension et remarqua son sourire hautain.

"Bonjour à toutes. J'ai cru comprendre que vous nous quittez demain, Cassie ?"

Cassie hocha la tête, humiliée par le ton de Maurice, il savait clairement qu'elle avait été renvoyée.

"Signora voulait vous rappeler que sa mère arrive aujourd'hui vers quatorze heures. Le personnel de maison est chargé de préparer un lit dans la petite chambre d'amis située dans l'aile des enfants. Signora arrivera plus tard, mais tenait à vous en informer, vous et la famille, afin que vous puissiez accueillir Nonna."

Cassie répondit d'un ton qu'elle essaya de faire paraître froid et poli.

"C'est noté, merci."

Elle savait que son plan n'avait pas fonctionné. Elle était effrayée. Pire que ça, elle était en position de faiblesse.

Le sourire de Maurice s'élargit.

"Voici ma carte de visite. Signora a demandé que vous me contactiez si Nonna avait besoin de quoi que ce soit. Je m'occupe de tout, elle est très prise aujourd'hui."

Cassie prit la carte.

Maurice poursuivit, d'un ton joyeux.

"Bonne journée à toutes. Je ne vous reverrai probablement pas, Cassie, alors je vous souhaite bonne chance dans votre recherche d'emploi.

J'espère que vous finirez par trouver un poste qui vous convienne. Au revoir, et *buona fortuna*."

L'expression que Cassie reconnut comme signifiant "bonne chance" sonnait délibérément creux.

Maurice se retourna et s'éloigna.

Nina fixa Cassie, horrifiée.

"Tu vas partir ?" demanda-t-elle, Cassie entendit sa voix trembler.

Elle et Venetia la regardèrent, les larmes aux yeux.

"Je n'irais nulle part tant que je ne serais pas sûre que vous êtes tous les deux en sécurité et que personne ne vous fera de mal," répondit Cassie avec fermeté.

Elle en était malade, elle ne savait pas comment tenir parole. Elle aurait pu mentir aux enfants, ce qui n'aurait fait qu'aggraver leur traumatisme. Et si la seule personne qui les avait défendues, avait juré de les aider disparaissait à jamais de leur vie ? Que deviendraient-elles ? Elles n'avaient aucune raison de se fier aux adultes, la personne censée les protéger n'était autre que leur bourreau.

"Vous connaissez bien Nonna ? Vous aimez passer du temps avec elle ?"

Nina secoua la tête sans rien dire, mais Venetia avoua "Elle ne nous dit pas grand-chose, voire rien tout."

Cassie était de plus en plus troublée, d'autant que cette femme était la mère d'Ottavia Rossi. La femme d'affaires tenait peut-être ses pratiques abusives de sa mère, si tel était le cas, les enfants se retrouveraient dans une situation encore pire.

Elle se raccrochait malgré tout à l'espoir qu'une grand-mère au visage avenant, chaleureuse et affectueuse arriverait à deux heures de l'après-midi.

Les enfants ne terminèrent pas leur petit déjeuner, Cassie constata qu'elles étaient de nouveau bouleversées et apeurées. Elle n'avait pas d'appétit et se sentait nauséeuse, tendue. Elle devait faire quelque chose pour les aider.

"Giuseppe arrive bientôt," dit Nina, elles montèrent prendre leurs cartables à l'étage.

Elles sortirent de la maison en silence une minute plus tard, Cassie se retrouva de nouveau seule.

Elle s'appuya sur le comptoir de la cuisine et prit sa tête dans ses mains tout en cogitant à cent à l'heure. Il devait bien y avoir une antenne locale de Protection de l'Enfance, ou une assistante sociale qu'elle pourrait appeler. Elle ne savait pas par où commencer, et ne voulait pas rester à la maison pendant qu'elle menait l'enquête, elle s'inquiétait pour les caméras de télésurveillance.

Elle pourrait se rendre en voiture au café du coin pour effectuer ses recherches. Contacter les autorités compétentes serait le meilleur moyen, et le plus efficace, d'aider ces enfants.

Reboostée par sa décision et soulagée de prendre des mesures positives, Cassie prit son sac et se dirigea vers la porte.

Elle réalisa en montant en voiture que c'était la première fois qu'elle s'éloignait de la maison depuis son arrivée, elle prit conscience de l'isolement dans lequel se trouvaient les enfants. Le chauffeur, rémunéré par Mme Rossi et forcément fidèle, les conduisait à l'école aller-retour, leur vie paraissait morose et privée de liberté. Nulle place pour les jeux, les sorties, les amis qui venaient à la maison, ou ne serait-ce qu'une balade dans le quartier ?

En plein jour, le quartier était certainement un endroit sûr et agréable ? C'était son impression lors de son arrivée. En fait, elle était impatiente de faire une promenade dans les avenues pittoresques bordées d'arbres, elle imaginait que ce serait envisageable avec les enfants si elle obtenait le poste. Elle se souvint d'un petit parc à quelques pâtés de maisons, bien entretenu, avec des grilles noires en fer forgé, du gazon bien taillé et des allées dallées. Elle avait aperçu une aire de jeux — des balançoires. Elles n'avaient pas le droit d'aller s'amuser ?

Cassie s'arrêta tandis qu'elle se dirigeait vers la grille, et observa avec inquiétude une berline noire, une Ford, garée dans l'allée. Tous ses soucis en matière de sécurité ressurgirent soudainement. Des criminels surveillaient la maison en plein jour, au vu et au su de tous ? Que ferait-elle si les visiteurs prétendaient être des chauffagistes, ou relever le compteur d'eau ? Les laisserait-elle entrer ?

Cassie décida d'aller jusqu'à la porte et demander. Elle espérait être en sécurité derrière l'imposante grille en acier qui les séparait.

Elle sortit de sa voiture et hésita lorsque la porte de la berline s'ouvrit.

Au grand soulagement de Cassie, une femme aux longs cheveux blonds méchés sortit de la voiture.

Elle semblait avoir la trentaine, était beaucoup mieux habillée que Cassie et semblait contrariée.

La femme s'approcha du portail.

"Bonjour," dit-elle avec un accent anglais de la haute. "Je me demandais si vous pouviez dire à Maurice que je l'attends. Il m'a demandé de passer à la maison ce matin et je viens de réaliser que je n'ai que le numéro du bureau. L'interphone communique avec le bureau de la maison ?"

"Maurice est absent. Mme Rossi et lui sont partis voilà une vingtaine de minutes. Je ne sais pas où ils allaient."

Elle ne savait pas pourquoi, mais cette femme lui semblait familière.

La blonde souffla avec agacement.

"Vraiment ? Il n'est pas là ? Mais il m'a demandé hier de passer avant dix heures pour récupérer mon attestation et le sac pour ordinateur portable que je lui ai prêté. Il a bien spécifié qu'il serait à la maison."

"Il ne m'a pas informée de votre passage," déclara Cassie, tout sembla d'un coup s'imbriquer. "Attendez. Je crois vous avoir déjà parlé. Vous ne seriez pas Abigail par hasard ?"

La blonde haussa ses sourcils parfaitement dessinés.

"Elle-même. Qui êtes-vous ?"

"Vous êtes la personne qui avez répondu au téléphone lorsque j'ai appelé pour l'annonce, vous m'avez dit que le poste était pourvu. Plus tard, vous m'avez rappelée pour me dire qu'il était toujours disponible." Cassie baissa d'un ton. "J'ai entendu Mme Rossi vous renvoyer par téléphone. A moins que je me trompe ?"

"Oh. Oui, je me souviens maintenant. Vous ne vous trompez pas."

Abigail semblait ravie d'avoir trouvé une oreille attentive.

"Je sais que c'est votre patronne mais laissez-moi vous dire que cette femme est une sorcière. Elle est complètement malade. Elle est agressive et excessive, on ne sait jamais à quoi s'attendre. Vous êtes son bras droit et son assistante marketing, elle vous adore et la seconde d'après, elle vous vire pour un motif bidon."

Abigail passa ses mains dans ses cheveux d'un geste agacé.

"Ce n'était même pas ma faute ! Je n'étais absolument pas au courant de ces annonces. J'ai répondu au téléphone par hasard parce que Maurice était occupé sur l'autre ligne. Il m'a dit quoi dire, c'était son erreur, pas la mienne."

"Ah bon ?" demanda Cassie, inquiète.

"Mais Maurice est son chouchou. Il supporte ses accès de colère. Il n'est pas employé par la société Rossi, elle l'a engagé à titre personnel."

"Mais elle en est bien propriétaire ?" demande Cassie.

"Oui, elle en est bien propriétaire, mais depuis la restructuration, le conseil d'administration assume l'essentiel des responsabilités de la gestion de l'entreprise. À mon avis, ils ont fait ça pour l'empêcher de continuer à prendre des décisions idiotes qui nuisent à la marque. Hormis me virer, bien sûr. Malheureusement, c'était dans ses attributions puisqu'elle est toujours responsable marketing. Sinon, ses fonctions principales consistent à assister aux réunions, figurer dans l'équipe de direction et passer des coups de fil. Dire aux filles qu'elles sont moches et pas suffisamment belles pour représenter ses produits. Elle y prend un malin plaisir, apparemment."

Cassie fixa Abigail, horrifiée.

"C'est atroce."

"Ça vous étonne ?" rétorqua Abigail d'un air cynique

"Non. Absolument pas." Cassie s'approcha d'elle. "Moi aussi j'ai été licenciée. Je termine demain. Mais je me suis aperçue qu'elle maltraitait les enfants, devoir les laisser me préoccupe énormément. C'est une mère abusive. Ses punitions sont démesurées et totalement sadiques, pour des choses qui ne sont même pas de leur faute."

Abigail était perplexe.

"C'est épouvantable. Être toxique au travail est une chose, mais maltraiter ses enfants en est une autre. Vous allez contacter la police ? Que comptez-vous faire ?"

Cassie hésita. Elle espérait que le fait de parler de ses plans à l'assistante marketing mécontente ne se retournerait pas contre elle.

Mais elle devait faire confiance à quelqu'un, et il n'y avait pas de raison qu'Abigail la dénonce à Mme Rossi.

"Je pensais aller la dénoncer à la protection de l'enfance. Je vais leur demander s'ils peuvent mener l'enquête."

"Ça me paraît un bonne idée," admit Abigail.

"Je comptais dénicher un café et faire quelques recherches. Je ne sais pas quel service s'en s'occupe ici, ni où ils sont basés."

"Je pourrais peut-être vous aider," déclara Abigail. Elle entra dans sa voiture et prit son sac à main, elle fouilla et trouva son téléphone. "Nous avons une page de réseaux sociaux dédiée aux expatriés vivant dans notre région, certaines données dont celles-ci sont disponibles en ligne. Je suis sûre d'avoir vu un service d'aide à l'enfance sur la liste. Ainsi que les numéros des pompiers, des éboueurs et la police. Laissez-moi jeter un coup d'œil."

Elle fit défiler l'écran pendant que Cassie attendait impatiemment. L'arrivée d'Abigail s'avéra être un coup de chance qui lui permettrait peut-être d'aider les enfants pendant le temps restant.

"Voilà. C'est le bon. Quel est votre numéro ?"

Cassie le lui dicta et Abigail lui envoya les coordonnées.

"Eh bien, bonne chance. Je ferais mieux d'aller au bureau voir si je trouve Maurice. Avec un peu de chance, il sera là-bas ce matin."

"J'espère que vous le trouverez. Et surtout, pas un mot sur notre petite discussion."

"Vous avez ma parole."

Abigail remonta en voiture et s'éloigna.

Cassie entra l'adresse dans son téléphone et planifia son itinéraire. Le domicile des Rossi se trouvait au sud de Milan, les bureaux des services sociaux, proches du centre-ville. Elle imagina qu'il lui faudrait une bonne demi-heure pour s'y rendre en voiture. Elle se hâta de partir, ne sachant comment les choses se dérouleraient, elle s'attendait à devoir faire la queue.

Cassie aurait aimé pouvoir prendre des photos ou même filmer les terribles sévices dont elle avait été témoin hier soir. Mais elle avait volé au secours de Venetia et n'avait pas songé à enregistrer la torture qu'elle subissait. Filmer aurait pu lui permettre de recueillir des preuves précieuses — mais le moindre retard aurait coûté de plus amples souffrances à la fillette. De plus, la scène s'était déroulée de l'autre côté de la cour, et sous un faible éclairage. Elle n'était pas certaine que son téléphone bon marché et peu performant capture des images exploitables.

Elle devrait simplement faire de son mieux et décrire l'incident dont elle avait été témoin. S'ils enquêtaient rapidement, ils constateraient que les marques sur le dos de Venetia correspondaient à sa description des faits.

La nervosité de Cassie allait crescendo tandis qu'elle se rapprochait bon an mal an du centre-ville. Elle espérait qu'elle pourrait témoigner de manière anonyme et qu'on ne lui demanderait pas ses coordonnées. Elle se demandait quand ils programmeraient la visite du foyer, espérant que ce ne soit pas aujourd'hui. Mme Rossi saurait instantanément qui avait déposé plainte, elle ne voulait pas être sur site lorsque les autorités arriveraient.

Cassie agrippait le volant, essayant de se convaincre que tout irait bien, que son ultime tentative pour sauver les enfants ne se retournerait pas contre elle.

Chapitre Vingt

En dépit des risques, Cassie était déterminée à faire son rapport aux services sociaux. Elle savait qu'elle devrait faire tout son possible pour qu'ils le prennent au sérieux. Les enfants souffriraient terriblement si la maltraitance perdurait, à force, leur personnalités pourraient être complètement affectées, rentrer à leur tour dans ce terrible moule. Elles perdraient tout espoir de mener une vie heureuse et normale, voire, leur enfance. Au lieu de cela, elles se verraient contraintes, à force de peur et de tourment, de devenir la copie conforme de leur mère.

Cassie avait froid dans le dos en songeant à ces filles qui, un jour, traiteraient leurs propres enfants de la sorte, car c'était tout ce qu'elles connaissaient, elles avaient grandi au sein d'un foyer où la cruauté régnait en maître.

Cassie était plus rassurée en arrivant en ville, elle imaginait les enfants vivre leur vie, avec elle en voiture. Tel aurait dû être son rôle. Elle aurait dû les accompagner partout — chez le coiffeur, acheter des vêtements, rendre visite à des amis, visiter la ville pour le plaisir.

Milan était une fête perpétuelle. Elle estimait que Nina et Venetia trouveraient cela normal, elles avaient grandi ici, mais elle était sans cesse étonnée par l'histoire et la culture qui se manifestaient à chaque angle de rue. Les bâtiments majestueux mêlant l'ocre et la pierre, les flèches en filigranes s'étirant vers l'éther. Les fenêtres aux vitraux colorés. Les gargouilles et les statues en pierre, œuvres d'art uniques à part entière.

Elle y était. À son grand soulagement, elle reconnut distinctement le bâtiment en pierre avec ses fenêtres et balcons recherchés, d'après la photo sur le plan. Elle était impressionnée par sa structure imposante chargée d'histoire, cette ville célébrant l'art et l'architecture y abritait de simples services sociaux.

Elle eut du mal à trouver un parking et finit par se garer dans une place étroite quelques rues plus loin. Sa voiture garée à grand peine, elle se précipita vers l'entrée principale. Elle s'arrêta à l'extérieur, elle frissonnait dans l'air froid matinal tout en rassemblant ses pensées.

Elle devait garder son calme, paraître responsable et crédible. Fournir un récit incohérent, laisser transparaître ses émotions, causerait du tort aux enfants, leur vie s'en trouverait irrémédiablement affectée.

Cassie entra après s'être assurée de savoir par où commencer.

"Je cherche les services de protection à l'enfance, s'il vous plaît," demanda-t-elle à la réceptionniste à l'accueil. "Pour signaler un cas de maltraitance."

"Adresse ? Dans quelle zone de Milan ?" demanda la réceptionniste.

Cassie consulta l'adresse de la maison sur son téléphone et la lui lut.

La réceptionniste composa un numéro sur son téléphone et parla rapidement en italien avant de s'adresser à Cassie.

"Asseyez-vous, je vous prie. Nous sommes occupés aujourd'hui, vous risquez d'attendre un peu."

Son accent anglais était fort prononcé, elle avait l'air fatiguée et blasée, comme si elle avait déjà vu trop de cas identiques à celui décrit par Cassie.

Cassie s'installa sur l'un des bancs inconfortables. La grande salle d'attente était froide, ça sentait la vieille poussière recouverte d'encaustique. Elle commençait à s'inquiéter du temps que cela prendrait, chaque nouvel arrivant se voyait remis un numéro.

Les numéros étaient appelés à intervalle régulier par un haut-parleur et affichés sur un écran.

Elle ne savait pas pourquoi on ne lui en avait pas attribué un mais supposa que c'était peut-être lié à la nature de sa plainte. Les personnes qui attendaient devaient faire la queue pour des documents de routine, signaler une maltraitance était bien plus sérieux. A moins que l'agent d'accueil ait commis une erreur ? Cassie vérifia l'heure sur son téléphone et décida qu'elle retournerait la voir et lui reposerait la question si elle attendait plus d'une demi-heure. Elle devait être rentrée avant l'arrivée de Nonna, sinon Mme Rossi se fâcherait et poserait des questions quant à la raison de son absence.

Les affiches au mur étaient toutes en italien, Cassie mit un certain temps à essayer de les comprendre. Elle comprenait déjà certaines phrases de base grâce aux manuels qu'elle avait achetés, elle se demandait combien de temps il lui faudrait pour atteindre un niveau lui permettant de dégoter un poste de serveuse. Elle se retrouverait au chômage dès demain, devrait trouver un logement et un emploi. Elle irait d'abord à Bellagio en voiture afin de découvrir la vérité sur sa sœur.

L'esprit de Cassie vagabondait vers Jacqui, elle se demandait ce qui serait arrivé si quelqu'un avait dénoncé son père aux autorités lorsqu'elles étaient enfants.

Elle doutait que la garde lui ait été retirée, le système étant plus que débordé. N'ayant pas de parents proches, elle supposait que les services sociaux auraient jugé qu'un parent valait mieux que rien, d'autant qu'il se débrouillait pour avoir un emploi bon an mal an. Une assistante sociale aurait très probablement effectué des visites régulières à la maison pour s'assurer qu'il s'occupait convenablement d'elle et Jacqui, qu'elles n'étaient pas battues, qu'elles avaient de quoi manger et allaient à l'école.

Cassie ne savait pas quelle différence cela aurait fait, mais savoir que quelqu'un effectuerait des contrôles aléatoires aurait pu freiner le comportement violent de son père, ainsi que les abus infligés par ses horribles petites amies. C'est du moins ce qu'elle espérait.

Qu'arriverait-il à la famille Rossi dans cette société différente ?

Il y avait un père dans l'équation, même s'il n'était pas présent. Cassie soupçonnait qu'on avait raconté aux enfants d'horribles mensonges à son sujet, elles avaient dit qu'il était gentil. Passer sous la garde du père serait peut-être la solution pour ces enfants ? A moins que les travailleurs sociaux préfèrent que les enfants restent avec leur mère, pendant qu'ils superviseraient la situation à la maison ?

Cassie craignait que Mme Rossi continue de cacher ses méfaits. Personne ne pouvait voir les ecchymoses sous les vêtements, priver un enfant de nourriture n'était pas quelque chose qu'un travailleur social découvrirait, à moins qu'on le lui dise.

Des examens médicaux pourraient être effectués pour vérifier la présence d'ecchymoses, mais d'autres sévices pouvaient passer inaperçus parce que les enfants auraient trop peur d'en parler. Elle devrait passer du temps seule avec Nina et Venetia avant de partir afin de leur expliquer l'importance de faire confiance au travailleur social.

Cassie se demandait quelles organisations seraient susceptibles de les aider si elles craignaient de coopérer. Elle subodorait que son prochain appel serait pour la police.

"Mlle Cassie Vale ?"

Une voix masculine interrompit le cours de ses pensées.

Cassie leva les yeux et vit un fonctionnaire aux cheveux noirs, petit et mince devant elle. Il tenait un bloc-notes et portait un badge de sécurité à lacet autour du cou.

"Mlle Vale, je suis M. Dellucci, le directeur du département des Services Sociaux. Veuillez me suivre, s'il vous plaît."

Encouragée par le fait que le directeur s'occupe de son cas en personne, Cassie bondit du banc et suivit M. Dellucci, ils passèrent devant la réception et prirent un couloir jusqu'à ce qu'elle supposa être son bureau. Il était exigu, en désordre et plein à craquer. Des rangées d'étagères croulaient sous le poids de classeurs à levier et chemises cartonnées, les attestations et notes tapissaient presque entièrement les murs.

"Installez-vous, je vous prie."

Il contourna son petit bureau, prit un magnétophone et un bloc-notes.

"Vous venez signaler un cas de maltraitance ?"

"C'est exact."

"La réceptionniste m'a donné l'adresse. Est-ce exact ?"

Il la lui répéta, elle acquiesça en guise de confirmation.

"Quel est votre nom, date de naissance et numéro de passeport ? Merci de les noter en haut de cette page".

Il lui donna le document.

"Tout ceci est strictement confidentiel, la loi l'exige aux fins de rapport."

Cassie prit son passeport dans son sac et nota le numéro et les détails demandés. Elle n'était pas très à l'aise mais n'avait pas le choix.

“Merci. Vous voulez bien m’indiquez le nom de la famille impliquée ?”

“Rossi,” dit Cassie en hésitant.

Le nom était connu, elle redoutait la réaction du directeur qui se borna à hocher la tête, sans faire montre de la moindre expression.

“Décrivez-moi en détail ce dont vous avez été témoin s’il vous plaît.”

“Deux enfants sont concernées. Deux filles âgées de huit et neuf ans, Venetia et Nina. Leur mère a divorcé voilà quelques mois, j’ai l’impression que les abus se sont intensifiés depuis.”

Cassie s’arrêta, les mains moites. Simple supposition. Elle devait s’en tenir aux faits.

“Une des enfants a été contrainte de rester sans nourriture une journée entière. J’ai également vu une des enfants devoir rester confinée dans une petite pièce glaciale toute une journée. J’ai entendu une des enfants être agressée verbalement après avoir commis une erreur, d’une façon susceptible de causer de graves séquelles psychologiques. Et également vu une des enfants être forcée de tenir un verre d’eau devant elle, et être violemment fouettée dans le dos au moyen d’une ceinture à chaque fois que l’eau débordait.”

Cassie revoyait ces scènes macabres alors qu’elle narrait les châtiments au directeur. Elle entendait sa voix trembler —de nervosité, mais également parce que raviver ces souvenirs l’horrifiait toujours autant.

“Et qui est la ou les personnes qui commettent ces abus ?” demanda-t-il, le ton grave.

“Mme Rossi. La mère des enfants,” expliqua Cassie, en priant pour qu’on la croit.

Il haussa les sourcils.

“La mère des enfants ? C’est grave. Avez-vous des preuves, des photos à me communiquer ?”

“Aucune,” admit Cassie, honteuse. “Je n’ai malheureusement pas eu le temps de filmer les coups de fouet avec mon téléphone.”

“Vous n’avez pas de photos ? Des enregistrements vocaux ? Les enfants vous ont remis des écrits ?”

“Je n’ai malheureusement rien de tout ça,” Cassie réalisa que son comportement était stupide. Elle avait eu tout le temps de photographier Nina, assise en chemise de nuit pieds nus sur le sol dur et froid de la pièce secrète.

“Êtes-vous absolument certaine de n’avoir aucune preuve enregistrée de tout cela ?”

M. Dellucci croisa les mains et posa ses coudes sur le bureau. Il avait l’air très sérieux.

“Oui. Je suis sincèrement désolée, Cassie craignit soudainement que son intervention ne se déroule pas comme prévu. Les preuves photographiques étaient quasiment obligatoires dans pareil cas, elle n’en avait aucune.

Elle ne comprenait pas leur importance. De nombreuses personnes ne détenaient pas de preuves tangibles, surtout s’ils étaient de simples visiteurs ou s’ils en avaient été témoins en présence de l’agresseur. C’était forcément négociable — non ?

“Je pourrais prendre une photo plus tard et vous l’envoyer. Venetia, l’enfant de huit ans, a été froidement battue hier soir, la ceinture a laissé des marques.”

Elle se souvint de son geste hier soir et porta la main à son visage.

“Cette blessure a été provoquée par la boucle de la ceinture, bien que vous ayez peut-être du mal à le croire,” dit-elle en touchant la blessure. Une croûte s’était formée mais la zone était encore douloureuse et sensible.

“Je vois.”

M. Dellucci écrivait rapidement. Elle espérait que la blessure sur son visage étayerait son argumentaire, même si elle n’avait aucun moyen de prouver que tel était le cas.

“Quel est votre fonction au sein de cette famille ?” demanda le directeur, Cassie hésita, réfléchissant à ce qu’elle allait répondre, elle avançait en terrain miné.

“Cette information est importante ?” hasarda-t-elle.

“Elle est nécessaire. Nous devons constituer un dossier complet.”

Cassie acquiesça à contrecœur. En l’absence de photos, elle devait fournir un maximum d’informations.

“Je suis fille au pair. Cela restera confidentiel, n’est-ce pas ?”

M. Dellucci fit un signe de tête.

“Depuis combien de temps travaillez-vous pour cette famille ?”

“Seulement trois jours. Je termine demain, la mère de Mme Rossi va s’occuper des enfants, ce qui me préoccupe. Ce membre de la famille partage probablement le même avis concernant l’éducation des enfants, je crains qu’elle ne ferme les yeux sur les mauvais traitements de la mère.”

Cassie espérait adopter un ton calme et posé. Le magnétophone était sur le bureau, le directeur prenait des notes détaillées. Elle fournit de plus amples détails, voulant s’assurer qu’elles contiennent suffisamment d’informations.

“Mme Rossi a violemment fouetté Venetia avec une ceinture hier soir. Je l’ai vue incidemment, je suis intervenue et ai réussi à l’arrêter. C’est pour cela que j’ai été renvoyée. Je m’inquiète pour les enfants depuis lors, j’estime que les Services Sociaux devraient effectuer une inspection surprise afin de s’assurer de leur bien-être. Elles ont peur de parler, c’est compréhensible. Je suis sûre que vous avez l’habitude.”

M. Dellucci inclina la tête.

“Vous avez l’expérience des enfants ? Des diplômes ?”

Autre question surprenante. Elle n’imaginait pas que sa visite impliquerait un examen aussi détaillé de ses antécédents, mais elle devait se montrer honnête avec le responsable des Services Sociaux si cela pouvait aider les enfants.

“J’ai une expérience limitée concernant la garde d’enfants. J’ai travaillé dans une garderie pendant un mois aux États-Unis. Je n’ai pas de diplômes.”

“Alors, quel travail exerciez-vous aux États-Unis ?”

“Serveuse.”

“Je vois. Dites-moi, vous ou votre famille avez-vous déjà subi de mauvais traitements ? En avez-vous été victime par le passé ?”

Cassie s’empressée de répondre à sa question. Elle avait enfin une opportunité de tout lui expliquer.

“Oui. Ma sœur aînée et moi avons grandi dans un foyer monoparental avec un père abusif. Je sais ce que c’est que d’avoir peur de la personne qui s’occupe de vous et de ses amis, ce que c’est que d’être battue par quelqu’un qui est plus grand, plus fort et plus en colère que vous.”

“Merci,” dit le directeur. “C’est très utile.”

“Pouvez-vous faire quelque chose ? Je suis vraiment inquiète pour elles.”

“Vous n’avez pas à vous inquiéter. Je ferai tout ce qui est en mon pouvoir pour vous aider dans cette affaire.”

Cassie était soulagée.

“J’apprécie sincèrement votre aide. Vous m’ôtez un poids énorme des épaules.”

M. Dellucci se leva.

“Merci pour votre visite.”

Cassie s’empressa de regagner sa voiture, galvanisée par le succès de sa visite. Le directeur lui avait promis en personne qu’il ferait son possible pour l’aider. Cassie espérait que le foyer des Rossi serait désormais dans le collimateur des autorités, que Mme Rossi aurait du mal à poursuivre ses horribles sévices, que la grand-mère recevrait des directives fermes à mettre en pratique.

Les enfants parleraient peut-être de leur situation passée et présente si elles développaient une relation de confiance avec l’assistante sociale. Les autorités seraient ainsi en mesure de suivre leur évolution et voir si le problème recommençait. Une fois rentrée, Cassie décida de parler en privé aux filles et leur expliquer qu’il était vital qu’elles fassent confiance à l’assistante sociale.

Cassie se ferait peut-être virer, mais cela n’avait plus d’importance. Les enfants seraient en sécurité et leurs parents surveillés.

Elle pouvait désormais partir la conscience tranquille, sachant qu’elle avait fait tout son possible pour améliorer leur existence. Les services sociaux prendraient le relais, Cassie était persuadée que son dossier requérait toute leur attention, le directeur y veillait personnellement.

Elle grimpa en voiture, soulagée d’un poids.

Le trajet retour lui prit plus de temps qu’à l’aller. Le ciel s’était assombri et une pluie fine tombait, rendant la visibilité difficile. Cassie évita quelques accrochages, la circulation était dense.

Elle passa son temps à réfléchir à ce qu’elle dirait aux enfants. Il était essentiel qu’elles lèvent le voile sur la situation vis-à-vis de l’assistante sociale. Comment expliquer à deux petites filles effrayées que les autorités exerceraient un droit de regard sur leur mère ?

Tout ce qu'elles savaient, c'est que leur mère exerçait son emprise sur elles.

Elle franchit le portail en fer forgé de la maison et s'assura qu'il se referme derrière elle. Elle se gara dans le box qui lui avait été attribué et se précipita vers la porte d'entrée, tête baissée pour se protéger du froid, bravant la pluie battante.

Elle fit tomber les clés de la porte d'entrée, se baissa pour les ramasser et réalisa que la porte s'ouvrait.

Cassie se redressa, son cœur faillit bondir hors de sa poitrine, elle se trouvait nez à nez avec Mme Rossi.

Elle ne s'attendait pas à ce qu'elle soit chez elle. Maurice lui avait dit qu'ils seraient occupés toute la journée, raison pour laquelle il lui avait remis sa carte. La grande femme d'affaires se tenait dans l'embrasure de la porte, bloquant le passage de Cassie. Elle portait de magnifiques bottes en cuir blanc rehaussées de perles colorées, avec des talons aiguilles argentés aussi longs et pointus que des aiguilles à tricoter.

Cassie la regardait nerveusement. Pourquoi se tenait-elle ici, dans l'embrasure de la porte ? Venait-elle d'arriver ou sortait-elle ? Elle se demanda l'espace d'un instant si Nonna était arrivée plus tôt que prévu. Cassie aurait-elle des ennuis pour être sortie et ne pas avoir attendu à la maison ? Elle avait été renvoyée après tout, donc l'autre femme ne pourrait pas lui faire grand-chose.

Mme Rossi demeurait imperturbable. Sévère mais calme.

"Où étiez-vous ? Racontez-moi. Ça m'intéresse."

Le ton de sa voix donnait à penser que Cassie aurait des ennuis. Ses mains étaient glacées, elle réalisa qu'Abigail l'avait probablement trahie, Mme Rossi était visiblement au courant.

Chapitre Vingt-Et-Un

Cassie décida de ne pas perdre son sang-froid alors qu'elle se préparait à affronter la colère de Mme Rossi. Elle essayait simplement de l'intimider pour qu'elle avoue. Dans ce cas, il lui suffirait de résister et garder son secret.

"J'ai fait quelques courses," dit-elle, en feignant l'indifférence, l'air désinvolte.

"Vraiment ?" Mme Rossi souriait, le ventre de Cassie se noua de plus belle. Son sourire complice n'avait rien d'agréable ou de gentil.

"Ce n'est pas ce que m'a dit mon ami M. Dellucci quand il m'a appelé tout à l'heure," poursuivit-elle sur le même ton calme et suffisant.

Cassie plaqua sa main sur sa bouche, horrifiée.

Son intuition était la bonne. Elle avait été trahie, mais par une source différente, complètement inattendue. M. Dellucci l'avait balancée. L'homme à qui l'on avait confié le bien-être des enfants avait délibérément choisi de prévenir leur mère, au lieu d'agir sur la base du signalement que Cassie lui avait fourni. Elle avait l'impression que le monde s'écroulait. Etait-ce Dieu possible ?

"Une chance que j'entretienne de bonnes relations avec les autorités," poursuivit la femme d'affaires.

Son sourire s'élargit, Cassie comprit la nature de leur relation. Mme Rossi les payait pour qu'ils ferment les yeux. De la corruption pure et simple, elle était profondément choquée.

"Il a heureusement pris le temps de m'appeler et m'expliquer que vous lui aviez fait perdre son temps avec des accusations inutiles et infondées, en digressant sur votre enfance. Il m'a contacté pour me mettre en garde, il est très fréquent que les personnes ayant subi des abus par le passé deviennent à leur tour des agresseurs. Il m'a demandé s'il devait organiser une inspection surprise cet après-midi, vous avez passé beaucoup de temps seule avec les enfants."

Cassie se reprocha de ne pas avoir réalisé que quelque chose clochait dès le moment où sa visite n'avait pas été consignée au registre officiel. Elle n'avait pas reçu de numéro, il n'y aurait donc pas de trace officielle de sa plainte. Elle aurait dû se montrer plus méfiante lorsque la conversation avait dérapé, qu'il avait commencé à lui poser ces questions sans rapport avec la raison de sa visite. Les apparences étaient contre elle. Leur collusion lui avait ôté tout pouvoir — jusqu'à sa crédibilité — il ne faisait aucun doute que ces deux-là pourraient très facilement monter un dossier contre elle s'ils le souhaitaient.

Comment un travailleur social pouvait-il abandonner des enfants en détresse ? Elle était profondément choquée par tant d'injustice, surtout après avoir décrit les horreurs à grands renfort de détails. Il avait décrété qu'une manne supplémentaire, cet argent tombé du ciel, offert par cette femme riche et influente, comptait plus que les besoins d'enfants innocents et sans défense, que ses pots-de-vin justifiaient qu'il les laisse à leur triste sort.

Mme Rossi poursuivit après une pause délibérée, afin de d'assurer que Cassie ait bien compris.

"Je lui ai dit que l'inspection ne serait pas nécessaire puisque vous partez demain. J'ai malgré tout préféré rentrer à la maison pour vous avertir personnellement que si vous essayez de créer des problèmes, vous perdez votre temps. La prochaine fois ce sera quoi ? La police, peut-être ?"

Elle contemplait Cassie, la tête basse, d'un air triomphal. Furieuse et humiliée, elle réalisa qu'elle avait échoué avec ces enfants, que tous ses efforts étaient vains.

"Croyez-moi, je connais très bien la police locale. Je doute que vous puissiez porter plainte contre moi — mon avocat interviendrait immédiatement en vous accusant de vol. Un vol que vous commis pendant que je visionnais les images de télésurveillance."

Cassie serra les dents. Elle aurait voulu sauter à la gorge Mme Rossi et l'étrangler pour endiguer le flot de ses paroles moqueuses. Elle n'avait jamais rencontré quelqu'un d'aussi malveillant. Elle avait croisé des personnes fausses, arrogantes ou maltraitantes, mais jamais personne ne s'était donné autant de mal pour se mettre à l'abri des conséquences et continuer de torturer ses enfants en toute impunité. Cassie réalisa trop tard que Maurice disait vrai. Cette femme n'hésiterait pas à ruiner quiconque se mettrait en travers de son chemin, elle en avait les moyens et l'influence.

"J'ai terminé. Et maintenant, entrez. Je refuse que vous restiez seule avec les enfants, montez directement dans votre chambre et restez-y jusqu'à l'arrivée de ma mère. La cuisinière montera votre déjeuner."

Elle s'écarta et laissa entrer Cassie, qui fut tentée de pousser Mme Rossi et l'envoyer valdinguer sur ses talons ridicules en passant, mais elle savait que les enfants en feraient les frais. Ses efforts pour leur venir en aide aujourd'hui avait certainement valu aux filles de longues et douloureuses heures d'effroi, tandis que Mme Rossi déversait sa colère sur elles.

Cassie monta dans sa chambre en trombe et fit ses valises, elle écumait de rage et d'impuissance.

Elle ne pouvait supporter le fait qu'on la force à partir. Elle se sentait piégée comme un rat dans un labyrinthe, incapable de trouver le moyen d'en sortir— si tant est qu'il y ait une issue. Elle regarda de nouveau le numéro qu'Abigail lui avait donné, elle devait essayer de contacter le supérieur de M. Dellucci. Elle pourrait peut-être expliquer ce qui se passait à cette personne et lui demander d'enquêter dans son service.

Cassie abandonna l'idée en secouant la tête à contrecœur. Quelle chance avait-elle de persuader un inconnu, qui travaillait dans le service depuis des lustres et entretenait une relation hiérarchique avec l'ensemble du département ? Qui était-il susceptible de croire — son collègue en qui il avait pleinement confiance ou une inconnue ? M. Dellucci avait vraisemblablement déjà préparé sa version, selon laquelle Cassie avait perdu son temps avec une plainte infondée, qu'elle était probablement l'auteur des violences.

De plus, rien ne disait que tout le service n'était pas entièrement corrompu. Les grands pontes sont tous des pourris, c'est bien connu, non

? Mme Rossi avait très bien pu arroser tout le service afin de s'assurer qu'ils ferment les yeux sur ses abus.

Elle bouillonnait de colère en réalisant tout ce que cela avait dû impliquer. Sans aucun doute des réunions officieuses, en strict tête à tête. Elle imaginait l'histoire plausible qu'avait déballé cette femme parée de ses bijoux et de ses plus beaux atours.

"J'ai été la cible d'un employé mécontent. Vous comprenez bien évidemment qu'il cherche à provoquer un scandale. Après tout, il est si facile pour un individu de menacer et ternir l'excellente réputation d'une chef d'entreprise, surtout lorsqu'il se sent injustement lésé. Je sais que vous comprenez et que vous seriez l'homme de la situation si je soupçonnais que quelque chose n'allait pas avec mes enfants. Votre service accomplit un travail formidable. En gage de ma gratitude, acceptez ce présent de ma part, à titre personnel — votre tâche est ingrate, je voudrais vous témoigner ma reconnaissance."

Argent, pouvoir, charme. Cassie serra les dents en songeant à tant d'injustice. Pourquoi les riches tiraient toujours leur épingle du jeu ? Parce qu'ils savaient exactement quoi faire. Comme si un ensemble de règles obscures s'appliquaient, que tous sachent comment elles fonctionnaient.

Pas étonnant que M. Dellucci se soit montré si insistant et lui ai demandé des photos, il voulait s'assurer de l'absence de traces. Elle était désormais persuadée qu'il aurait certainement demandé à voir son téléphone et les aurait immédiatement détruites si elle avait dit oui, afin de détruire les preuves des méfaits de sa "chère amie".

Cassie était amère, elle était persuadée que le service suivait d'autres affaires impliquant des enfants de pauvres, avec l'omnipotence des lois à disposition, tandis que les riches passaient allègrement entre les mailles du filet.

Faire ses bagages fut comme une reconnaissance de son échec, Cassie était incapable de poursuivre. Elle poussa sa valise hors du passage et s'affala sur le lit, elle fixait le plafond, se creusant la tête pour trouver une solution-miracle de dernière minute pour les enfants.

Ses pensées stériles furent interrompues par un coup frappé à sa porte, la cuisinière lui apportait des macaroni au fromage.

“Merci.”

La cuisinière posa l’assiette sur le bureau sans un mot et pivota vers la porte sans un sourire ni la moindre salutation, sans même croiser le regard de Cassie. Le personnel avait appris à faire la sourde oreille pour éviter les ennuis et garder son emploi.

Elle contempla son assiette, sachant qu’elle finirait par jeter la nourriture, le fiasco de la matinée lui avait coupé l’appétit.

Cassie entendit le bourdonnement de l’interphone juste avant que la cuisinière ne referme la porte. Elle supposa qu’il s’agissait de Nonna.

Cassie jouait gros, il n’y avait plus qu’à espérer que Nonna se montre compatissante eu égard à la situation difficile des enfants. Cassie pourrait toujours essayer de lui expliquer ce qui se passait. Une gentille grand-mère pouvait être la solution de la dernière chance.

Cassie mit ses chaussures et descendit en courant. La porte d’entrée était ouverte, une camionnette blanche était stationnée à l’extérieur.

Le conducteur aida Nonna à sortir côté passager, il tenait un grand parapluie pour la protéger de la pluie, tandis que deux domestiques descendaient ses bagages à l’arrière du fourgon.

La première impression de Cassie fut que Nonna était beaucoup plus fragile qu’elle l’avait imaginé. Elle était toute ridée, malade, perdue. Elle avança péniblement, soutenue par le chauffeur.

“*Dove andiamo* ?” demanda-t-elle d’un ton plaintif.

Cassie comprit sa signification bien qu’elle n’ait jamais entendu cette phrase auparavant, elle s’était entraînée à la prononciation grâce son manuel de phrases usuelles. “Où allons-nous ?”

Elle fronça les sourcils, perplexe, elle se demandait pourquoi Nonna posait la question. Elle avait peut-être mal compris la phrase de la vieille femme, de par sa compréhension limitée de la langue.

“Nous sommes chez moi, Mama.”

Enveloppée dans un manteau de fourrure blanche, Mme Rossi se précipita sous la pluie et prit la main de sa mère. Cassie la dévisagea, choquée, tandis qu’elle poursuivait.

“Je t’ai dit que tu venais habiter ici, tu te souviens ? Je te l’ai dit la dernière fois que nous t’avons rendu visite, la fois d’avant et quand je t’ai appelée hier.”

"Je ne m'en souviens pas. *Non ricordo*," insista Nonna, Cassie était horrifiée.

Nonna n'était pas seulement toute menue parce qu'elle était âgée, Cassie lui donnait dans les soixante-dix ans, mais parce qu'elle souffrait d'Alzheimer. Elle n'était pas en état d'aider les enfants à faire leurs devoirs ou s'en occuper au quotidien, elle ne serait certainement d'aucun aide en cas d'urgence.

Elle serait incapable de les défendre en cas de mauvais traitements. Cassie réalisa, en voyant la dame âgée peiner pour monter le grand escalier de marbre, soutenue des deux côtés par sa fille et le chauffeur, qu'elle n'était pas en mesure de se débrouiller seule.

Nonna n'aurait jamais dû venir ici, soi-disant pour s'occuper des enfants, son état nécessitait des soins.

Cassie se détourna, écœurée par cette découverte. Il ne faisait aucun doute que Mme Rossi avait tout soigneusement manigancé. Cassie commençait à soupçonner que la présence d'un adulte au foyer était la condition sine qua non pour les enfants, mais la femme d'affaires ne se souciait pas de savoir si l'adulte était en état d'assumer ou pas.

C'était sans doute la raison pour laquelle Mme Rossi ne l'avait jamais encouragée à s'impliquer pleinement auprès des enfants. Elle aurait probablement été très heureuse qu'elle demeure dans sa chambre et n'ait aucun lien avec elles. Les conditions contractuelles auraient tout de même été remplies, tout comme elles le seraient désormais avec Nonna sans défense à demeure.

Cassie imaginait déjà que, dans un regain de colère, les filles finissent par devoir materner leur grand-mère. Mme Rossi ne se gênerait pas pour leur confier cette basse besogne exigeant néanmoins des soins. Cela ne ferait qu'ajouter au fardeau des filles et rendre leur vie pire encore.

Mme Rossi tourna la tête sur sa droite et remarqua Cassie qui attendait, les regardait.

"Je vais à la cuisine, Mama, je reviens dans une minute," dit-elle à la vieille dame, avant de s'adresser à Cassie "Venez ici, vous aiderez ma mère à gagner sa chambre."

Cassie s'approcha à contrecœur et prit le bras de la femme aux cheveux gris, un bras osseux et tremblant, elle peinait à monter le grand escalier.

"On est chez Stefano ? *Dove è andato* ?" demanda Nonna.

Elle demandait où se trouvait Stefano, Cassie ne savait pas quoi dire, ignorant de qui il s'agissait. Il s'agissait peut-être du mari de Nonna, si c'était le cas, il devait être décédé depuis longtemps, Mme Rossi n'avait pas mentionné le récent veuvage de sa mère.

"Je ne sais pas," dit-elle doucement. "Vous êtes chez votre fille. Vous allez vivre ici."

"Pourquoi ne m'avoir rien dit ? Où est Ottavia ? Elle est ici ?"

Cassie la dévisageait, épouvantée. Mme Rossi l'avait tenue par le bras il y a deux minutes à peine, sa mère ne s'en souvenait pas ?

Cette faible femme, à la mémoire à court terme inexistante, était la seule protection dont les filles disposaient désormais contre leur folle de mère, une mère maltraitante et manipulatrice.

Cassie sentit des larmes de défaite lui monter aux yeux.

Chapitre Vingt-Deux

Nonna s'était vu attribuée une petite chambre douillette dans une pièce située près des chambres des enfants. Les domestiques déballaient ses affaires pendant que Cassie l'installait dans un fauteuil, avec vue sur le jardin de la cour en contrebas.

"Où est Stefano," demanda-t-elle à nouveau. "*Portalo qui.*"

Demandait-elle à Cassie de le lui amener ? Elle n'était pas sûre de comprendre ce que la vieille femme voulait. Nonna ne le savait peut-être pas non plus. Cassie fit de son mieux pour rassurer la faible femme en essayant de paraître calme et rassurante, de ne pas montrer son désarroi.

"Vous êtes chez votre fille désormais. Vous allez passer du temps avec Nina et Venetia, vos petites-filles. Vous vous souvenez d'elles ?"

La vieille femme la fixa d'un air absent sans mot dire.

"Vous vous souvenez de vos deux petites filles ?"

"Les enfants doivent être punis," dit doucement Nonna.

Cassie la dévisageait sans mot dire, gagnée par la panique.

Mme Rossi parut dans l'embrasure, le visage de Nonna s'éclaira.

"Ah, Ottavia. Te voilà. Je me demandais où tu étais."

Cassie s'éloigna, plus perdue que jamais. La punition mentionnée par Nonna était une simple parole incohérente ou concernait délibérément les deux filles ? La vieille dame, qui semblait auparavant confuse, avait vraisemblablement retrouvé sa lucidité après que Mme Rossi ait fait son entrée.

"Je parlais à la cuisinière, maman. Elle te prépare du minestrone pour ce soir. Nina et Venetia viennent d'arriver. Elles peuvent venir te voir ?"

"*Si, si.* Qu'elles viennent."

Cassie suivit Mme Rossi hors de la chambre, impatiente de voir comment les enfants allaient réagir à la rencontre.

"Les enfants," appela leur mère d'un ton sec. "Venez saluer Nonna."

Les deux filles montèrent à l'étage avec leurs cartables et se dirigèrent vers la chambre confortable et à l'écart de leur grand-mère. Elles n'avaient pas l'air pressées de voir Nonna, se montraient plutôt hésitantes et craintives.

Cassie supposait que sa dégénérescence effrayait les jeunes filles, Nonna agissait probablement de façon étrange, réclamer des personnes depuis longtemps disparues était perturbant. Cassie aurait pu imaginer que cela se bornait à cela mais Nonna avait parlé de punir les enfants, elle soupçonnait que cela rajoutait à leur crainte initiale.

"N'oubliez pas de parler anglais à Nonna, elle veut que vous amélioriez vos compétences linguistiques," prévint Mme Rossi.

Elle ajouta à l'attention de Cassie "Ma mère parle couramment anglais depuis son plus jeune âge, elle a fréquenté un prestigieux internat de jeunes filles à l'extérieur de Londres durant toute sa scolarité."

Cassie acquiesça, se demandant si le régime de l'internat de l'époque n'était pas à la dure, ce qui aurait pu contribuer au style d'éducation parentale des Rossi.

Elle adressa un sourire en guise de soutien à Nina mais fut étonnée de constater que la jeune fille l'ignorait, qu'elle regardait droit devant elle à mesure qu'elle approchait de la chambre de sa grand-mère. Cassie s'aperçut que les enfants ne l'avaient pas saluée ni parlé depuis qu'elles étaient rentrées. Leur comportement lui rappela celui de la cuisinière. Elle était convaincue qu'on leur avait demandé de ne pas lui adresser la parole, en les menaçant d'une punition si elles désobéissaient.

"Nous dînons à dix-huit heures," annonça Mme Rossi aux enfants. "Nonna a des difficultés avec les escaliers, le personnel montera la petite table de la salle à manger dans le salon à l'étage cet après-midi. Et maintenant, allez saluer votre grand-mère. Cassie va retourner dans sa chambre et terminer ses bagages."

Cassie s'éloigna, congédiée d'un simple coup d'œil. Elle était contrariée de ne pouvoir passer du temps seule avec les filles avant de partir. Mme Rossi faisait son possible pour bloquer un quelconque moyen de communication avec elles.

Cassie regrettait amèrement que sa chambre soit aussi éloignée de celle des enfants. Il y avait désormais Nonna et Mme Rossi entre elles, Nonna semblait avoir des moments de lucidité dans ses moments d'absence. Il y avait de fortes chances qu'elle entende Cassie dans le couloir, Mme Rossi saurait alors qu'elle avait essayé de se glisser dans les chambres des enfants. Cassie n'en subirait peut-être pas les conséquences, mais elles oui.

Elle fit ses bagages, désespérée.

Chaque vêtement rangé dans son sac avait des accents de défaite. Elle allait partir, elle n'avait rien fait pour leur venir en aide, les enfants souffriraient terriblement à l'avenir. Les voies de recours officielles étaient fermées, Mme Rossi ayant acheté le silence des services sociaux — et de la police. Elle n'avait aucun moyen de contacter qui que ce soit qui puisse les sauver ou du moins, intervenir.

Après avoir fermé son sac, Cassie consulta la liste des hébergements qu'elle avait noté lorsqu'elle s'était lancée à la recherche de Jacqui. Mme Rossi la ficherait dehors dès demain, elle supposait qu'elle reprendrait ses recherches et essaierait, une fois de plus, de savoir si sa sœur était morte ou vivante. Elle aurait désormais besoin de se loger, et non parcourir simplement la liste d'hébergements, elle se rendit compte du coût élevé de la vie dans cette ville pittoresque en bordure de lac.

Elle contacta tout d'abord l'auberge de jeunesse où Jacqui avait séjourné, mais c'était complet. Elle essaya d'autres endroits abordables — même si "abordable" à Bellagio était encore bien au-delà de ses moyens, sans succès. Les logements accessibles paraissaient inexistants dans cette ville.

Cassie élargit ses recherches en soupirant et inclut d'autres villes situées à proximité, pas aussi pittoresques ou bien situées. Elle était encore occupée à dresser sa liste lorsqu'elle réalisa qu'il était presque dix-huit heures, l'heure du dîner.

Cassie envisageait fortement de sauter le repas. Après tout, Mme Rossi s'était adressée aux

filles, et non à elle, lorsqu'elle avait mentionné où elles allaient dîner. Puis, elle réalisa que si elle ne venait pas, Mme Rossi en profiterait probablement pour sauter sur l'occasion et punir une des enfants pour une faute inexistante, que le dîner serait un moment atroce, voire, qu'elles en seraient privées. Elle répondrait présent, ce soir du moins, pour empêcher que cela ne se produise.

Redoutant l'heure à venir, elle sortit de sa chambre et se dirigea vers le salon du premier.

La table de la salle à manger avait été dressée pour cinq. Mme Rossi était occupée à faire asseoir sa mère, Nina et Venetia étaient déjà installées.

"Et voilà, Mama. Tu es confortablement assise ? Tu veux de l'eau, ou un peu de vin peut-être ?"

Mme Rossi avait déjà bu, une bouteille de vin rouge était débouchée sur la table. Elle n'en proposa pas à Cassie, mais remplit son verre et un demi-verre pour sa mère.

"Nina, tu peux nous servir, dit-elle dit à sa fille.

Le visage tendu, Nina se leva et souleva le lourd couvercle en verre du plat de service posé sur la desserte contenant le minestrone.

Elle servit la soupe de légumes dans cinq bols, et déposa les bols sur la table en faisant preuve d'une extrême concentration. Le simple fait de renverser une seule goutte l'exposerait à de graves conséquences.

Les mains de Nina tremblaient de nervosité mais elle parvint à déposer le bol devant Cassie si délicatement que Cassie l'entendit à peine toucher la table.

Elle murmura un "Merci." Elle aurait voulu presser la main de la jeune fille et lui dire "bravo" mais savait que ce serait déplacé.

Satisfaite que sa fille n'ait pas renversé de soupe, Mme Rossi coupa de la ciabatta en tranches et fit passer le pain.

Cassie n'avait jamais eu aussi peu faim de toute sa vie, mais elle se força à manger cette soupe délicieuse et son pain, en bonne fille obéissante.

Le dîner se déroula en silence. L'attention de la grand-mère était entièrement dévolue au simple fait de s'occuper de sa nourriture. Elle était à peine capable de manger. Elle tenait sa cuillère de ses deux mains tremblantes pour parvenir à la porter à sa bouche. Cassie regardait nerveusement chaque cuillerée, craignant que Mme Rossi n'en profite pour trouver le moyen d'accuser ses enfants si elles se renversaient.

Nina et Venetia mangèrent en silence, elle était persuadée qu'elles partageaient sa peur, elle les voyait regarder la cuillère de leur grand-mère. Elles feraient les frais du moindre renversement, en supporteraient les conséquences.

Mme Rossi avait terminé son vin mais sa mère buvait avec parcimonie, peu à la fois.

"La cuisinière a préparé du tiramisu pour le dessert, Mama. Nous en prendrons toi et moi dans ta chambre avec le café."

Il était clair que les enfants étaient privées de dessert, mais Cassie songea que cela ne les dérangeait pas, elles eurent l'air soulagées lorsque leur mère annonça "Nina et Venetia, vous pouvez sortir de table."

Cassie supposa que cela la concernait également. Elle réalisa que Mme Rossi ne lui avait pas adressé une seule fois la parole au cours du dîner. L'ignorer si délibérément était une façon de l'insulter et la rabaisser en famille. Comme si, à ses yeux, Cassie était déjà partie.

Elle se leva et suivit les enfants, ravalant ses larmes en pensant que chaque dîner se déroulerait désormais ainsi—dans le meilleur des cas. A contrario, Cassie ne pouvait se résoudre à imaginer ce qui se passerait.

De retour dans sa chambre, elle prit un kleenex, tamponna ses yeux et se moucha, pour se remettre à pleurer. Elle se sentait vidée sachant qu'elle avait échoué, les abandonnerait.

Un léger bruit la tira de son chagrin. Avait-on frappé doucement à sa porte ?

Cassie s'essuya les yeux, prit une profonde respiration tremblante, fit de son mieux pour se reprendre avant de répondre.

"Entrez," dit-elle doucement, devinant que la cuisinière ou une bonne venait emporter son dîner inachevé.

La porte s'ouvrit, Venetia entra, l'air pâle et abattue. Elle se retourna et referma la porte derrière elle sur le champ.

"Ne pars pas, s'il te plaît," murmura-t-elle. Elle courut vers Cassie et la serra très fort dans ses bras, Cassie sentit les larmes lui monter de nouveau aux yeux en sentant ses petits bras autour d'elle.

Pendant un moment, Cassie n'entendit que des reniflements et des sanglots étouffés, toutes deux luttaient pour retrouver leur calme sans bruit.

"Je ne veux pas m'en aller," chuchota-t-elle à Venetia. "Je ne veux pas vous quitter. Je sais que vous avez besoin de moi, mais c'est impossible, votre mère m'a licenciée. J'essaie de réfléchir comment faire, comment vous aider."

"J'ai trop peur. J'ai tout le temps peur maintenant, Nina aussi. Je n'ai pas dormi la nuit dernière. Je ne veux pas rester ici. Cassie, tu crois que je pourrais m'enfuir avec toi ?"

L'idée était tentante mais Cassie fit immédiatement une croix dessus. Ce serait un enlèvement, ce qui ferait le jeu de Mme Rossi, lui fournirait l'excuse nécessaire pour accuser Cassie de crime.

Que les abus continuels de la propre mère des enfants soient passés sous silence de façon aussi flagrante était vraiment trop injuste, mais toute tentative d'aide de sa part outrepassant la loi serait considérée comme criminelle.

"On n'a pas le droit. Fuir n'est pas la solution, ils nous retrouveraient très vite. Ne vous échappez pas, même quand je serai partie."

Elle se souvint de son expérience avec Vadim. Des choses terribles pouvaient arriver à ces enfants si elles étaient perdues au point de s'enfuir de chez elles. Elles pouvaient être kidnappées ou vendues comme de la vulgaire marchandise, se retrouver piégées d'une situation dont elles ne pourraient jamais s'échapper.

Cassie, plus déprimée que jamais, savait qu'elle n'avait pas de solution miracle à proposer à Venetia. Elle ne pouvait même pas lui offrir de solution viable.

"S'enfuir serait trop dangereux," chuchota-t-elle, d'une voix ferme. "Vous ne devez pas vous enfuir. Les professeurs à l'école ne peuvent pas vous aider ? Ils pourraient peut-être faire quelque chose si vous pouviez leur parler."

Comme s'adresser aux Services Sociaux, songea-t-elle, M. Dellucci "enquêterait" sur leur cas et s'assurerait que le dossier finisse aux oubliettes.

"Je ne sais pas quel professeur pourrait nous aider," chuchota Venetia. "J'ai essayé de demander à l'un d'entre eux de nous aider avant les vacances de Noël, mais elle l'a dit à ma mère qui était très en colère, je n'ai pas eu le droit de manger le jour dc Noël. Nous n'avons plus le droit de jouer avec nos jouets maintenant. C'est pour ça qu'ils sont là-haut sur l'étagère."

"Oh, Venetia."

Cassie serra étroitement ses petites mains. Quelle autre solution pouvait exister ? Venetia lui faisait confiance pour l'aider. C'était sa dernière chance de trouver une issue.

Un cri retentit dans le couloir, toutes deux sursautèrent alors qu'elle se creusait la tête pour trouver une réponse.

"Obéis !" hurlait Mme Rossi. "Ne dis jamais non, tu m'entends, jamais. Tu dois obéir !"

Cassie écoutait, Venetia, aussi immobile qu'une statue dans ses bras, n'osait respirer, on entendit un bruit de bagarre, suivi d'une gifle cinglante.

Un cri aigu retentit.

"Nina ?" Venetia pleurait, d'une petite voix impuissante.

Cassie sortit de la chambre et courut en direction du bruit sans réfléchir.

Chapitre Vingt-Trois

Les cris se firent plus stridents alors que Cassie courait sur le sol dallé. Elle entendit un autre cri, suivi d'une autre gifle.

"Rentre dans cette pièce !" Mme Rossi écumait de rage.

"Non, je t'en supplie ! Ne me force pas !" Nina était désespérée, terrifiée. "Je ne peux pas !"

"Tu vas aider ta grand-mère à prendre sa douche immédiatement et tu lui mettras sa chemise de nuit. Ce sera ta tâche quotidienne, tu devras t'y habituer."

"Je ne sais pas comment faire. Elle me fait peur."

Cassie tourna à l'angle et vit Mme Rossi dominer la jeune fille, recroquevillée sur ses genoux. La femme d'affaires, penchée en avant, giflait Nina violemment.

Nina hurlait, le visage dans ses bras, Mme Rossi faisait pleuvoir une grêle de coups, lui assénait des gifles et des coups de poing sur les épaules, en vociférant comme une possédée.

"Tu m'obéiras quand je te le dirais. Tu oses me défier ? Je vais te punir, tu vas souffrir, espèce de sale gosse, inutile, nulle que tu es !"

Cassie poussa un cri devant cette scène épouvantable. Mme Rossi était dans une colère noire, déterminée à faire mal à Nina. Mme Rossi était bien plus qu'une mère abusive, perchée sur ses talons ridiculement hauts, à donner des coups de poing à sa fille en larmes. Une folle qui prenait un malin plaisir à faire du mal à des individus plus petits et plus faibles.

"Ne la frappez pas !" Cassie se précipita et la saisit par le bras, espérant parvenir à la retenir suffisamment longtemps pour que Nina s'échappe et s'enferme quelque part, elle luttait contre la poigne d'acier de Mme Rossi, grande et robuste.

"Vous n'avez pas d'ordres à me donner dans ma propre maison."

Mme Rossi dégagea son bras et poussa Cassie en arrière.

Cassie, déséquilibrée, glissa et tomba la tête la première sur l'angle de la table en acajou située à l'extérieur de la chambre d'amis.

Le choc fut atrocement douloureux. La douleur lui vrillait le crâne, elle vit les étoiles.

Sa tête tournait, l'espace de quelques instants, elle resta allongée, étendue par terre, jusqu'à ce que le plafond ouvragé au-dessus de sa tête cesse de tourner. Les battements de son cœur pulsaient dans ses oreilles. Elle se leva, sonnée.

Mme Rossi traînait Nina sur le sol, tirait son bras droit. L'enfant hurlait comme un beau diable en lui donnant des coups de pied. Elle essaya de s'agripper à une porte ouverte de sa main libre alors qu'elles dépassaient une chambre d'amis mais ses petits doigts ne purent s'en emparer, sa mère la tira facilement.

"Tu vas descendre dans la pièce réservée aux punitions, tu y resteras un jour et une nuit entière. Sans nourriture, sans eau, dans le noir. Tu seras assise seule dans le noir et le froid pour réfléchir à tes agissements. Quand tu sortiras de cette pièce, tu iras dans la chambre de Nonna, tu dormiras dans le même lit qu'elle et t'occuperas d'elle matin et soir."

Mme Rossi écumait de rage, Nina hurlait en guise de protestation, perdant tout contrôle, en proie à une crise d'hystérie.

Cassie en était littéralement malade.

C'était démesuré. Que cette femme soit plus forte qu'elle importait peu, elle devait les tirer de là. Elle parviendrait peut-être à les enfermer en lieu sûr ou les emmener au poste de policc et décrire exactement ce qui venait de se passer.

Si la police locale était corrompue, elle contacterait leurs supérieurs. Elle ne s'avouerait pas vaincue — hors de question — tant que ces enfants ne seraient pas protégées de ces abus.

Elle s'élança après Mme Rossi, s'agrippa de nouveau à son bras, et parvint cette fois-ci à la déséquilibrer. Elle lâché sa fille en jurant et Nina, en sanglots, rampa hors de sa portée.

Cassie vit de nouveau les étoiles lorsque Mme Rossi la gifla l'instant d'après avec une violence prodigieuse.

Le choc de l'impact lui coupa le souffle, une autre gifle traîtresse la fit reculer, sans qu'elle ait le temps de reprendre ses esprits.

Mme Rossi la frappait sans relâche, Cassie l'entendait grogner sous l'effort, le souffle court à chaque gifle. Les coups pleuvaient sur ses joues, son cou, sa bouche. Elle tomba à genoux, recula, se recroquevilla.

Elle entendit sa propre voix, un gémissement étouffé.

"Arrêtez ! Arrêtez, vous me faites mal. Arrêtez !"

Mais les coups de poing et les gifles ne cessaient de pleuvoir.

Cassie se revit soudain à l'âge de neuf ans, fillette terrifiée et sans défense, accroupie dans un coin de la cuisine pendant qu'on la bourrait de coups de pied et qu'on la bousculait. Son agresseur avait hurlé des propos incohérents, sa bouche pâteuse empestait les vapeurs d'alcool.

Il ne s'agissait pas de son père, pas cette fois-ci. L'attaque était venue de la plus agressive et la plus déséquilibrée de ses petites amies, Elaine, la blonde au rire perçant. Cassie s'était méfiée d'elle dès le départ et s'était vite mise à la haïr et à la craindre.

Elle n'avait pas eu d'autre choix qu'endurer ses sévices — même si son sentiment d'impuissance lui avait laissé de profondes cicatrices psychiques. Les mauvais traitements subis revinrent en mémoire de Cassie, elle s'était sentie faible, impuissante, toute seule, et s'était juré, en quittant la maison, que plus rien de tout cela ne se reproduirait un jour.

Jamais ô grand jamais, plus jamais personne ne lui ferait de mal.

Mais l'histoire se répétait, Cassie sentit un facteur déclenchant, comme si Mme Rossi avait franchi une limite dont Cassie ne connaissait pas l'existence jusqu'alors.

Elle puisa la force et la vitesse nécessaires pour esquiver le coup suivant, de sorte que le coup de poing brutal ne l'atteigne pas. Cassie sauta sur ses pieds et poussa Mme Rossi, ainsi déséquilibrée, en arrière.

La grande femme recula en vacillant sur ses talons tandis que Cassie prenait son élan et la frappait au visage de toutes ses forces.

Le coup sonna comme un coup de fouet, la tête de Mme Rossi partit de côté. Elle criait maintenant, mais sur un tout autre ton, tandis que Cassie passait à l'offensive. Toute la colère, la frustration face au traitement ignoble des enfants, se déversait. Le coup de poing termina sa course au niveau du cou de Mme Rossi, qui tomba à genoux.

Cassie écarta ses bras qu'elle agitait en tous sens et lui décocha un autre coup de poing en pleine mâchoire. Elle profita de son déséquilibre pour lui asséner un coup de pied dans le genou de toutes ses forces. Mme Rossi s'effondra en criant, allongée par terre, hurlant de douleur et d'indignation.

Cassie prit son élan et lui asséna un autre coup de pied, dans la tête cette fois.

Les cris de Mme Rossi cessèrent sur le champ.

Cassie se tenait sur elle, haletante, incapable de croire ce qui venait de se passer. La grande femme respirait rapidement, les yeux mi-clos, le nez en sang. Cassie pensa que son coup de pied à la tête l'avait assommée.

Elle fut tentée de lui en donner un autre, de shooter de toutes ses forces dans ses cheveux bruns au brushing impeccable, mais sa fureur aveugle était retombée. Ça suffisait. Elle s'était battue contre cette femme, avait triomphé, l'avait mise hors d'état de nuire.

Désormais, sa principale priorité était les enfants.

Elle devait les mettre en lieu sûr le plus rapidement possible, puis appeler d'urgence les autorités pour qu'elles interviennent.

Chapitre Vingt-Quatre

"Nina ? Venetia ?" demanda Cassie. Elle se dépêcha de retourner dans le couloir, espérant que les filles aillent bien, qu'elles ne soient pas trop traumatisées par ce qui venait de se passer. Leurs plans d'évasion pourraient se voir retardés si Nina était blessée suite à ce déluge de coups.

Elles étaient là, blotties sous la table en acajou du couloir, se protégeant de leur mieux.

"Venez, les filles", dit-elle dans un souffle, elle se pencha pour les aider à sortir de leur abri de fortune. "Nina, ça va ? Tu n'es pas trop blessée ?"

"Je crois que ça va. Où allons-nous ?" demanda Nina, d'une voix tremblante et stridente.

"Nous devons trouver un lieu sûr. Je vais—" Cassie hésita, réfléchissait à toute allure. La responsabilité de leur sécurité reposait désormais sur ses épaules.

"Je vous emmène au poste de police." Elle pourrait se rendre à l'autre bout de la ville en voiture et, avec un peu de chance, trouver un commissariat où la police n'avait pas été soudoyée. "Vous aurez le courage de raconter ce qui vous est arrivé et demander à la police d'empêcher que ça se reproduise ?"

"Oui," promit Venetia, en adressant un signe de tête à Nina.

"Moi aussi."

"Parfait."

Cassie tremblait suite à la bagarre. Elle était toute courbaturée, sa tête pulsait, son visage était un puits de douleur, elle savait que les coups reçus lui laisseraient des marques. Malgré cela, elle s'était défendue et avait gagné, ce qui lui avait permis de gagner quelques précieuses minutes pour s'échapper et trouver un lieu sûr.

Le visage de Venetia se crispa de peur tandis qu'elle aidait la jeune fille à sortir de sous la table.

"Attention !"

Son regard se focalisa derrière Cassie, le cliquètement des talons se rapprochant l'avertirent mais trop tard, son adversaire ne s'avouait pas vaincue.

La panique la gagna. Elle fit volte-face mais fut déstabilisée, l'attaque était trop rapide et traîtresse pour qu'elle puisse se protéger.

Mme Rossi fracassa un grand vase de porcelaine sur la tête de Cassie au moment où elle se retournait.

Cassie poussa en cri et tituba. Comme si on lui avait fendu le crâne. Des éclats s'éparpillèrent alentour, elle chuta contre la table. Son bord tranchant entailla le bas de son dos.

"Stop ! Arrêtez ! C'est de la folie. Nous devons nous calmer !" criait Cassie, sa voix lui semblait lointaine, elle réalisa que la situation avait déjà dégénéré, échappait à tout contrôle.

Ignorant ses paroles, Mme Rossi lui sauta au cou, vociférant des menaces. Cassie réalisa qu'elle n'avait que deux choix possibles — fuir ou riposter. Fuir était exclu, les mains aux ongles longs s'emparèrent d'elle et la poussèrent tels des lames de rasoir, la clouant contre la table.

Cassie esquiva de justesse et évita ainsi d'avoir l'œil crevé par un coup d'ongle. Qui se borna à lui effleurer la joue. Elle donna des coups de pied et se débattit, se défendait contre une femme en furie, une main griffue fonçait vers elle à chaque fois qu'elle ouvrait les yeux.

Mme Rossi attrapa sa main et replia son doigt si fort en arrière que Cassie crut qu'il allait se casser. La douleur était si soudaine et si violente qu'elle eut la nausée. Puis, elle serra ses mains autour de la gorge de Cassie, elle l'étouffait, l'étranglait, ses doigts s'enfonçaient dans son larynx, se resserraient sur sa trachée.

Terrifiée, Cassie comprit que Mme Rossi faisait plus qu'essayer de la dominer, elle voulait la tuer. Ces doigts osseux durs comme de l'acier mordaient profondément dans sa chair, elle ne pouvait pas la faire lâcher.

La vue de Cassie s'obscurcit peu à peu, sa circulation sanguine pulsait dans ses orbites.

Mme Rossi se retourna soudainement en poussant un rugissement de colère.

L'étau mortel au niveau du cou se relâcha, Cassie était libre. Alors qu'elle se traînait pour reprendre son souffle, étouffée, Cassie vit que Nina avait attaqué sa mère par derrière, avait sauté sur son dos et se cramponnait à ses cheveux à pleines poignées. Elle tirait dessus, lui décochait de toutes ses forces des coups de pied dans les cuisses et les genoux.

Cassie, étouffée, était presque incapable de respirer et encore moins de parler. Elle se redressa en titubant, sonnée.

Mme Rossi pivota et saisit la robe de sa fille, alors même que Nina martelait son bras avec l'énergie du désespoir. Elle s'en débarrassera en la poussant violemment.

"Comment oses-tu !" Sa main vola et frappa Nina durement au visage. Puis elle se retourna et s'en prit à Cassie, prononçant des malédictions et des menaces à glacer le sang.

"Tu ne t'en tireras pas comme ça, petite salope. Tu as signé ton arrêt de mort. Comment oses-tu monter mes enfants contre moi et m'attaquer dans ma propre maison. Demande à tous ceux qui s'en sont pris à moi. Je vais t'écrabouiller, te détruire. Ta vie est fichue !"

Son plan pour faire échapper les enfants de la maison s'écroulait. Aucunes d'entre elles ne quitterait la maison désormais, Cassie osait à peine imaginer de quoi était capable Mme Rossi pour se venger.

Elle attrapa en désespoir de cause le bras de la grande femme, qui fut plus rapide. Ses ongles s'enfoncèrent dans le poignet de Cassie et le tordirent violemment.

Cassie cria et effectua un repli pour essayer de protéger son poignet.

"Lâchez-moi !" mais Mme Rossi s'acharnait de toutes ses forces sur son poignet, la douleur s'intensifia lorsque Cassie sentit l'articulation sur le point de se briser.

"Non !" pleurait Venetia. "Arrête ! C'est toi qui nous fais du mal, je te déteste !"

La jeune fille se jeta sur sa mère en agitant les bras en tous sens, une vraie furie, elle percuta son ventre comme un boulet de canon, lui coupant la respiration.

Cassie écarta son poignet. Cette femme ne lâchait pas l'affaire. Elle devait la mettre hors d'état de nuire, essayer de lui cogner la tête par terre et cette fois, lui décocher un coup de pied suffisamment puissant pour qu'elle ne s'en relève pas. Des pensées folles lui traversèrent l'esprit, comme l'attacher avec une de ses ceintures, afin de leur laisser une chance de s'échapper.

"Lâche-moi !" cria Mme Rossi après sa fille, mais Venetia esquiva de côté, évita la poigne de sa mère, et lui donna un nouveau coup dans le ventre, Mme Rossi recula en titubant.

Elle devait saisir sa chance.

Cassie se précipita vers elle, bras tendus. C'était le moment ou jamais de lui sauter au cou et la faire basculer.

Cassie entendit Nina crier quelque chose derrière elle et réalisa en un instant que dans la lutte, elles étaient arrivées en haut du grand escalier.

Déséquilibrée par le coup, Mme Rossi oscilla au bord des escaliers en marbre, son talon argenté n'était qu'à un cheveu de la première marche.

Cassie baissa la tête, serra les poings et s'élança en l'avant. Du coin de l'œil, elle vit Nina s'élancer de son côté.

Mme Rossi poussa un cri de stupéfaction.

Cassie regarda la femme tomber et dévaler les escaliers. Elle atterrit lourdement sur le dos. Dans la chute, sa tête vrilla sur le côté, son cri se tut brusquement. On aurait dit une poupée de chiffon désarticulée qui dégringolait — elle atteignit le bas des escaliers dans un silence écrasant, elle gisait sur le sol, inerte.

Cassie regardait ses mains d'un œil vide. Les poings serrés, les bras toujours tendus devant elle.

Que s'était-il passé ?

Elle baissa ses mains qui tremblaient violemment, regarda la silhouette en contrebas, au pied de l'escalier de marbre. Recroquevillée, toute petite.

Elle avait le vertige et s'agrippa à la balustrade pour ne pas tomber, Nina la saisit par derrière et la retint de toutes ses forces.

“Ne tombe pas, ne tombe pas,” implorait Nina, Cassie voyait tout tourner, osciller, sa main, moite de sueur, glissait sur la balustrade polie. Elle s’y agrippa de toutes ses forces, haletante, la nausée montait.

Son regard était rivé sur la silhouette au pied de l’escalier, complètement inerte, mais elle ne parvenait pas à appréhender la réalité de la situation.

La femme d’affaires était simplement sonnée ?

Elle se relèverait d’un moment à l’autre et reprendrait le combat.

“Mme Rossi ?” Cassie reconnut à peine sa voix réduite à un murmure rauque, sa gorge était meurtrie et douloureuse.

“Mme Rossi ? Mme Rossi ?”

Cassie eut beau tendre l’oreille, seul le silence lui répondit.

Chapitre Vingt-Cinq

“Fais attention en descendant s’il te plaît.”

Cassie entendit la voix inquiète de Nina, semblant provenir de très loin. Elle descendit une marche en titubant, s’accrochant à la rampe de toutes ses forces.

“Nous devons — nous devons aller voir.”

Les escaliers semblaient interminables, vertigineux. Son regard choqué se focalisait sur de menus détails chemin faisant.

Quelques mèches de cheveux bruns ondulés sur le marbre.

Une tache rouge. Du sang ou du rouge à lèvres ? Tache sombre et rougie sur le marbre blanc.

Un clou argenté — il fallut un moment à Cassie pour comprendre qu’il s’agissait d’un talon de ses élégantes bottes. Il s’était arraché et se trouvait à mi-chemin dans l’escalier de marbre.

Plus bas, quelques éclats de verre miroitaient. D’où venaient-ils ?

Cassie tressaillit en voyant le visage de Mme Rossi une marche plus bas.

Ses yeux vitreux étaient grands ouverts. Sa bouche était ouverte, immobile, le filet de sang de son nez séché était couleur de rouille. Cassie reprenait encore son souffle après la lutte mais la poitrine de Mme Rossi ne se soulevait pas. Elle ne respirait plus.

Son bras gauche était tordu dans un angle improbable, le cadran de sa montre en or était brisé.

Cassie la regarda fixement, hébétée, incapable d’en croire ses yeux.

Elle se souvenait d’avoir tendu les bras, de l’avoir attrapée. Elle comptait l’attraper par le cou mais ensuite elle avait serré les poings, comme si elle avait voulu repousser quelque chose, ou quelqu’un. Elle ne se rappelait pas l’avoir touchée.

Mme Rossi se tenait au bord des escaliers. Elle avait été déséquilibrée, malgré les avertissements de Nina. Ce n'était pas possible — c'était impossible — face à l'urgence de la situation, Cassie l'avait, en une fraction de seconde, percuté de tout son poids, lui était rentrée dedans et l'avait fait dévaler la volée de marches abruptes.

Mme Rossi était sûrement tombée avant que Cassie ne l'atteigne ? Sa botte s'était endommagée durant la lutte, le talon s'était cassé, elle avait basculé en arrière, avait dégringolé les escaliers.

En dépit de ses efforts, une voix froide et insistante disait à Cassie que la vérité était toute autre. Qu'elle avait profité de cette occasion pour la pousser dans les escaliers de toutes ses forces, qu'elle voulait lui faire mal, qu'elle espérait occasionner des séquelles durables et irréversibles.

Cassie sentit les sanglots affluer en réalisant le motif de ses actes. Elle s'affolait en prenant conscience des conséquences. Mme Rossi gisait raide morte, poussée par Cassie.

Puis, elle poussa un cri en réalisant que les filles avaient tout vu. Elles s'étaient battues à leurs côtés. Elles avaient vu leur propre mère mourir. Malgré les mauvais traitements, les punitions terribles, elle demeurait leur mère. Les filles lui en voudraient. Bien sûr, peu importe ce qu'elle leur avait fait par le passé. La meilleure chose que Cassie puisse faire était appeler la police, faire des aveux complets et se rendre.

Ces jeunes filles se remettraient-elles un jour de ce dont elles avaient été témoins ?

Cassie ravala ses larmes. Elle ne pouvait supporter la vue de ce corps démantibulé un instant de plus — ces membres tordus, ces yeux vides et fixes, cette chaussure cassée. Le témoignage de la fin, le résultat inéluctable de ses actes, sans aucun espoir de retour.

Cassie tendit de nouveau ses petites mains devant elle et regarda ses doigts fins et effilés.

Ses mains avaient vraiment poussé une femme à la mort ? Etait-ce possible ?

Cassie, effrayée, leva les yeux et contempla les escaliers de marbre. Tout en haut, les filles se tenaient immobiles, la dévisageaient en silence.

Cassie monta en tremblant, un pas après l'autre. Elle redoutait ce qui allait se passer quand elle se retrouverait devant elle. Comment annoncer la nouvelle aux enfants ? Elles devaient s'en douter, mais attendaient qu'elle leur donne confirmation.

Un regret teinté d'amertume l'envahit. Les conséquences étaient irréversibles. Il n'y avait pas de retour arrière possible, Cassie savait que si elle avait pu rejouer la scène en haut des escaliers, elle aurait agi différemment, la mort de leur mère changerait la vie des enfants et la sienne à jamais.

Son esprit tentait de fuir la confrontation, les reproches de colère, les larmes qui s'ensuivraient. Elle savait qu'elle n'aurait pas la force de les affronter. Aucune excuse au monde ne pourrait pardonner le désastre qu'elle avait provoqué. Elle devait trouver la force de survivre au cauchemar des prochaines minutes. Après, la police prendrait les choses en main.

La police lui poserait des questions auxquelles elle devrait répondre. Mais comment, alors qu'elle ne se souvenait pas clairement du déroulement des faits ?

Cassie atteignit la dernière marche. Elle prit une profonde inspiration et s'efforça de regarder les enfants en face. Elle devait faire preuve de franchise, leur expliquer ce qui s'était passé et comment. Elle devait en assumer la responsabilité, n'avait pas le choix.

"Les filles." Sa voix était réduite à un chuchotement.

Nina la regarda, Cassie ne vit rien hormis de la confiance dans ses grands yeux bruns.

"Les filles, je suis sincèrement désolée. Infiniment désolée. Votre mère est morte."

Un silence assourdissant résonna à ses oreilles.

Elle vit les enfants se tourner l'une vers l'autre et échanger ce regard qui lui était familier, symbole d'une entente tacite et silence.

Puis, Nina leva à nouveau les yeux vers elle.

"Je sais," acquiesça-t-elle, d'un air sinistre. "Elle ne bouge pas, elle est bel et bien morte. Je pense que nous devrions nettoyer tout ça avant que quelqu'un le découvre."

Cassie resta bouche bée en dévisageant la fillette qui la regardait, calme et sûre d'elle.

Avait-elle des hallucinations après cette expérience terrible ? Nina suggérait-elle vraiment de dissimuler les preuves de la dispute ?

Cassie pensa que Nina était sous le choc. Elle n'avait probablement pas compris ce qui s'était passé et proposait tout naturellement de nettoyer.

"On ne peut pas. Nous ne sommes pas seules au monde, vous savez. Nous devons prévenir la police," dit Cassie, la voix haut perchée, le souffle court.

Les filles échangèrent un autre regard étrange.

"La police ne doit pas savoir que nous nous sommes battues avec Mama," dit Nina. "On ferait peut-être mieux de ne pas les appeler du tout."

"On doit appeler la police en cas de décès, sans quoi on risque de gros soucis," expliqua Cassie, même si elle savait qu'il n'y avait aucun moyen d'éviter les ennuis qui surgiraient inévitablement dans sa vie dès qu'elle aurait passé ce fameux appel.

Nina secoua la tête.

"Alors on ne leur dira pas toute la vérité. Si on raconte qu'il y a eu une bagarre, ils seront en colère et nous jetteront en prison. Mama nous a bien prévenue. Je ne veux pas aller en prison, je pense qu'il vaut mieux tout nettoyer."

Venetia hocha la tête.

Maman disait toujours 'Vous devez dire à la police que c'était un accident et que vous êtes tombées de cheval. Que tout va bien et que vous ne vous êtes pas fait mal'.

À la stupéfaction de Cassie, les deux filles poursuivirent en chœur, comme s'il s'agissait d'instructions apprises par cœur.

"Vous direz la même chose chaque fois qu'on vous le demandera, ne changez pas votre version des faits. Même si on vous le demande différemment, pour essayer de vous piéger."

Elles se regardaient avec le plus grand sérieux, comme pour confirmer que c'était exact.

Nina ajouta "Nous n'avons qu'à dire à la police que maman a trébuché et est tombée."

Cassie avait le vertige. La stratégie de leur mère était claire. Mentir à la police, point final. Cela avait dû se produire par le passé, les enfants répétaient maintenant automatiquement les consignes qu'on leur avait apprises.

Les faits étaient bien plus graves que dissimuler une simple raclée. Il s'agissait d'un meurtre.

Elle était une adulte, pas une enfant ne connaissant pas les procédures à suivre en pareil cas.

Cassie se mit à trembler en songeant aux conséquences. La police débarquerait. Elle devait les appeler et répondre à leurs questions dès leur arrivée, pour le meilleur ou pour le pire. Mme Rossi n'était pas une personne ordinaire mais à la tête d'un immense empire de la mode. Sa mort ferait l'objet d'une enquête approfondie.

Que faire ?

Avouer en toute franchise qu'une dispute avait éclaté, qu'elle était directement impliquée dans cette horrible chute ?

Ou opter pour le scénario que les filles avaient spontanément évoqué ?

Réécrire le passé, effacer le conflit. Nettoyer et prétendre qu'il s'agissait d'un terrible accident, d'une chute fatale, que ce magnifique talon argenté avait lâché, précipitant la femme vers la mort.

Cassie prit une profonde inspiration.

Mentir n'était pas la solution. Une folie pure — un comportement risqué qui, s'il venait à être découvert, lui causerait bien plus d'ennuis qu'avouer la vérité. Mais au moins, cela lui laisserait une chance.

Si elle avouait la bagarre, disait qu'elle se tenait en haut des escaliers, qu'elle avait poussé Mme Rossi en bas, elle serait sans aucun doute accusée de meurtre. Un acte, un choix délibéré.

Elle passerait des semaines ou des mois en prison, comment feraitelle pour payer un avocat qui pencherait pour sa version des faits, ferait le poids face à l'arsenal juridique déployé par l'empire Rossi ? La tempête médiatique qui s'ensuivrait la rendrait défavorablement célèbre.

Cassie savait que très peu de gens étaient au courant des mauvais traitements infligés aux enfants, ceux qui savaient ne voulaient pas parler. La police avait été soudoyée pour ignorer les plaintes, les services sociaux, achetés. Aux yeux de tous, Mme Rossi incarnait la mère parfaite, Cassie serait automatiquement considérée comme coupable, celle ayant déclenché une violente dispute, celle ayant poussé et tué une innocente.

L'avenir des filles était à prendre en compte. Le scandale qui résulterait d'une inculpation pour meurtre les traumatiserait davantage, et plus durablement, que si tout le monde s'accordait sur le fait qu'il s'agissait d'un tragique accident.

Toute sa vie était en jeu. La décision qu'elle prendrait impacterait sa vie et celle des enfants pour toujours. Elle devait la prendre immédiatement, chaque instant comptait.

"On va tout nettoyer," dit-elle aux filles.

Chapitre Vingt-Six

Les filles se mirent à la tâche pour nettoyer le désordre de façon méthodique, Cassie suivit leur exemple. Nina ramassa les plus gros fragments du vase cassé, Venetia alla chercher une pelle et une balai.

Cassie se sentait étrangement ailleurs, comme si elle se voyait réaliser cette tâche de loin. Si elle réfléchissait trop à la réalité des faits, elle paniquerait et resterait les bras ballants, incapable de continuer.

La falsification délibérée d'une scène de crime était un acte illégal qui lui causerait de graves ennuis en cas de découverte. Une femme assassinée gisait en bas. Elles auraient dû appeler la police immédiatement. Il était trop tard désormais. Alors qu'elle balayait les miettes de porcelaine dans la pelle en plastique, Cassie sut qu'elle n'avait pas d'autre choix que donner suite à sa décision.

Elles arpentèrent tout le couloir après avoir balayé les éclats, scrutant les carrelages à la recherche de la moindre trace de lutte.

Venetia ramassa une poignée de longs cheveux bruns. Nina avait dû les arracher à Mme Rossi lors de son attaque brutale, Cassie comprenait désormais que ces cheveux lui avaient sauvé la vie. Elle n'avait jamais cru que la femme arrêterait de l'étrangler, elle aurait continué jusqu'à ce que la mort de Cassie s'ensuive.

Elle aurait probablement nettoyé la scène de la même manière si Cassie était morte, en forçant les enfants à l'aider et en se débarrassant du corps d'une manière ou d'une autre. Peut-être que Maurice, toujours partant, aurait creusé une "tranchée" dans le jardin, pendant que Mme Rossi se serait débarrassée de la voiture de Cassie.

Cassie se sentit mieux, plus forte, en songeant à ce tout autre scénario.

Elles avaient survécu. Tout au moins, elles seraient toujours en vie lorsqu'elles auraient terminé. La plupart des victimes d'un individu violent n'avaient pas cette chance.

Cassie était malade, horrifiée à l'idée que la police doive encore venir, que la mort d'une femme d'affaires très en vue fasse l'objet d'une enquête approfondie.

Il aurait été plus sûr de laisser la scène intacte et plaider la perte de mémoire.

Mais Cassie savait que, si la police se rendait compte qu'une violente bagarre avait éclaté, personne ne croirait à sa pseudo-amnésie, ils essaieraient de reconstituer ce qui s'était passé. Ils se rendraient compte qu'elle, et peut-être les enfants, avaient été impliqués dans la bagarre, mais qu'en tant qu'adulte, seule Cassie en subirait les conséquences.

Venetia indiqua une tache de sang sur le carrelage.

"Je vais l'essuyer. Tu as du sang dans les cheveux", dit-elle à Cassie.

Cassie toucha son cuir chevelu du bout des doigts. Elle ressentit une douleur atroce, ses doigts poissaient de sang.

"Je vais me faire un shampoing."

"Tu devrais peut-être dire à la police que tu étais dans la salle de bain quand Mama est tombée," suggéra Nina, Cassie restait stupéfaite par tant d'à-propos.

"J'étais dans la salle de bain. Je prenais une douche pendant que vous étiez avec votre mère, je suis arrivée en courant quand je vous ai entendu crier."

"On allait manger notre tiramisu avec Nonna," poursuivit Venetia.

Cassie se figea net, pétrie d'horreur.

Dans l'agitation, elle avait complètement oublié la vieille dame, désormais confortablement installée dans la chambre isolée au bout du couloir. Nonna attendait que sa fille déguste son tiramisu avec elle. Il faudrait désormais lui annoncer sa mort.

Cassie était désemparée, comment lui annoncer la nouvelle ? Elle souffrait déjà d'une grande détresse psychique, un risque bien réel existait si Nonna avait toute sa tête et commençait à poser des questions. C'était le travail de la police. Pour le moment, elle devait essayer de rester le plus calme possible, et coucher tranquillement la vieille dame avant de les prévenir.

Mais Cassie s'aperçut que la chambre était vide lorsqu'elle frappa à la porte.

"Nonna ?" appela-t-elle doucement. Sa voix était encore rauque suite à l'étranglement subi. Pas de réponse.

Où la vieille dame avait-elle pu aller ? Dans la salle à manger, peut-être ?

Terrifiée à l'idée d'avoir déjà trop tardé pour contacter la police, qui se rendrait compte du temps écoulé lorsqu'ils examineraient le corps, Cassie courut à la salle à manger, espérant y trouver Nonna.

La pièce était vide.

Cassie l'aperçut uniquement lors du trajet retour.

Elle était sortie de sa chambre et s'était assise sur le lit d'une autre chambre d'amis.

Cassie regarda la vieille dame et le haut des marches, réalisant avec horreur que cette chambre offrait une vue parfaite sur les escaliers.

Nonna avait tout vu.

Cassie eut le souffle coupé, frappée par la réalité de la situation. Sa tête tournait, la pièce semblait se refermer sur elle. Elle s'agrippa au mur, s'y appuya jusqu'à ce que le vertige cesse, elle ne devait pas s'évanouir, elle avait encore fort à faire.

Tout d'abord, et c'était le plus important, découvrir l'étendue des problèmes dans lesquels elle nageait.

Elle entra sans bruit et parla doucement.

"Bonjour, Nonna."

La femme âgée la fixait du regard, une expression indéchiffrable.

Cassie hésita. Elle ne savait pas si Nonna était vraiment fatiguée et confuse, ou si le fait d'être témoin de la dispute l'avait choquée et réduite au silence. Quoi qu'il en soit, Cassie devait en avoir le cœur net.

"Vous êtes là depuis longtemps ?" demanda-t-elle, espérant que cela éclairerait sa lanterne.

"Qu'est-ce que vous dites ? *Non capisco*," répondit Nonna, mécontente.

"Cette chambre. Vous venez d'y entrer ?"

"Je ne sais pas," répondit la vieille femme. Elle semblait désorientée, Cassie supposa qu'elle n'avait pas compris la question.

Elle craignait que Nonna ne se soit glissée hors de sa chambre au moment où Mme Rossi avait commencé à se disputer avec Nina, peut-être gênée par le bruit. Aucune des deux ne l'avait remarquée, en pleine bagarre.

Nonna chuchota quelque chose d'inaudible.

"Je n'ai pas compris, je suis désolée."

Cassie s'approcha de Nonna qui chuchota à nouveau, son estomac se noua devant le mot "police". Nonna lui demandait de les appeler ? Si oui, elle avait non seulement vu, mais compris ce qui s'était passé.

Cassie avait peut-être mal entendu, Nonna avait dit "s'il vous plaît" ?

"Allez-y," dit Nonna d'une voix plus claire.

Cassie lui adressa signe de tête pour la rassurer, son ventre se tordait d'anxiété. Elle était incapable de comprendre ce que Nonna avait dit. Elle décida qu'il serait plus sûr de faire comme si elle n'avait rien entendu et la coucher, espérant qu'à supposer qu'elle ait vu la dispute, elle oublierait les détails le matin venu.

"Vous avez eu une longue journée, il est déjà dix-neuf heures trente," dit-elle en vérifiant l'heure sur son téléphone. "Je peux vous aider à retourner dans votre chambre et votre lit ? Je suis sûre que vous devez être fatiguée."

La dame âgée la regardait fixement, Cassie avait des sueurs froides, elle était persuadée que Nonna savait, vue son expression. Elle en était convaincue.

"Où est Stefano ?" demanda-t-elle, Cassie souffla lentement, le cœur battant la chamade. Elle était visiblement confuse, soit elle n'avait pas vu l'incident, soit elle n'avait pas compris ce qu'elle avait vu.

"Il est vraiment l'heure de se coucher," lui assura Cassie, soulagée qu'elle n'ait pas demandé où était Ottavia, Cassie se serait trouvée dans de beaux draps.

Elle parvint à conserver un semblant de normalité, du moins l'espérait-elle. Elle aida la vieille femme à se lever en silence. Elle ne se sentait pas assez forte psychiquement pour pouvoir répondre aux questions les plus basiques.

Elle guida Nonna dans le couloir jusqu'à sa petite chambre douillette. Cassie chercha rapidement une chemise de nuit dans le placard et aida la vieille dame à se coucher.

Le temps passait, elle craignait que le plan mis en œuvre avec les enfants n'échoue. Cassie réalisa, perdue, qu'échauffauder une toute autre version des faits était loin d'être simple. Il suffisait d'un faux pas pour tout faire foirer.

"Votre salle de bain se trouve face à la chambre. Je laisse la porte ouverte et la lumière allumée pour que vous puissiez y voir la nuit. Je vous apporte de l'eau ou une tasse de thé ?"

"Non."

Elle jeta une nouvelle fois à Cassie un regard perçant et interrogateur qui la troubla profondément.

"Je passe vous voir tout à l'heure," promit Cassie, avant de fermer la porte.

Elle réintégra sa chambre au pas de course, stressée à en pleurer. Elle s'arrêta, horrifiée, en voyant son reflet dans le miroir.

Le sang dans ses cheveux avait coagulé, formant une masse poisseuse, coulé sur son oreille gauche et sa tempe. Elle avait une nouvelle égratignure sur la joue, une croûte et un gros bleu sur la pommette suite à la gifle reçue hier avec la ceinture. Ses cheveux étaient en bataille, son regard, apeuré, son cou rouge vif suite à la tentative de strangulation.

Cassie se contemplait, horrifiée. Elle avait l'air coupable, comme si elle avait été impliquée dans une sale bagarre. C'est l'image qu'elle avait donné à Nonna, qui ne risquerait pas de l'oublier.

Elle n'avait aucune idée de la façon dont se rendre présentable avant l'arrivée de la police.

Cassie entra sous la douche et poussa une grimace de douleur alors que l'eau éclaboussa la plaie à vif de son crâne. L'eau vira au rouge, puis au rose, et enfin limpide, du sang suintait encore de la blessure.

En sortant de la douche, elle se coiffa en mettant ses cheveux de l'autre côté afin de masquer sa blessure. Les larmes lui montèrent aux yeux lorsqu'elle le peigne toucha la plaie. Elle sécha ses cheveux quelques minutes — une vraie torture, même à basse température — jusqu'à ce qu'elle soit sûre qu'ils resteraient en place. Elle ne voulait pas les sécher plus longtemps puisque, d'après leur version des faits, elle se trouvait sous la douche lorsque Mme Rossi était tombée.

Recouvrir les égratignures et les contusions sur son visage s'avéra difficile. Personne ne se maquillait après la douche, elle devait faire en sorte que son camouflage soit subtil, afin que la police ne le remarque pas. Dans la panique, Cassie se demanda si elle ne devrait pas inventer une toute autre histoire concernant l'endroit où elle se trouvait au moment des faits — mais cela ne ferait que compliquer les choses, n'importe quelle histoire comporterait les mêmes lacunes. Mentir et trouver un alibi n'était pas chose aisée, Cassie était de plus en plus convaincue qu'elle serait découverte.

Les ecchymoses sombres nécessitèrent une tonne de maquillage, Cassie en appliqua sur son autre joue afin que son teint soit uniforme. Elle devait faire attention de ne pas toucher son visage, le fond de teint partait facilement, le bleu se verrait.

Son cou était pire encore, la marque rouge n'avait pas disparu. Cassie s'aperçut que les marques de doigts étaient bien visibles.

Elle avait fait ses bagages mais le moment était venu de les déballer. Cassie vida ses affaires du sac, en quête du seul vêtement qu'elle possédait susceptible de les masquer — un polo couleur crème.

Elle l'enfila et se regarda avec inquiétude dans le miroir, fut soulagée de constater que son pull dissimulait cet indice de taille.

Elle alla voir les enfants. Nina et Venetia avaient terminé de nettoyer, le couloir du haut était immaculé, leur plan était le bon depuis le début. Elles étaient toutes les deux dans la chambre de Venetia, blotties l'une contre l'autre sur son lit, elles la regardèrent avec inquiétude lorsqu'elle ouvrit la porte.

"Je vais appeler la police," dit Cassie.

Elle se dirigea vers le téléphone, malade d'angoisse.

Ce n'est que lorsqu'elle composa le numéro et que l'appel aboutit qu'elle se souvint que le fait que la police locale ait été soudoyée ou "encouragée" à ignorer les abus ne signifiait pas pour autant qu'elle ignorait les faits.

Ils considéreraient bien évidemment la mort comme suspecte.

Leur premier suspect, le suspect immédiat, étant Cassie.

Chapitre Vingt-Sept

L'inspecteur Francesca Falcone venait de terminer une réunion avec son équipe lorsque l'appel arriva.

Il provenait d'une zone où son unité n'opérait pas habituellement, au sud de Milan, mais un vol à main armée et une fusillade dans un supermarché voisin avaient lieu plus tôt dans la soirée, tous les flic du poste de police local étaient déjà sur place. L'appel leur fut par conséquent redirigé.

Elle vérifia le dossier. Mort accidentelle. Mme Rossi, une femme d'une quarantaine d'années, avait succombé suite à une chute dans les escaliers. L'appel avait été passé par une jeune femme, à l'accent étranger, parlant anglais, employée au foyer.

Falcone savait qu'il s'agissait certainement d'un dossier banal mais l'acte criminel était toujours possible dès lors qu'une personne jeune et en bonne santé mourait d'un "accident" domestique.

"Vous pouvez préparer le matériel ? J'avance la voiture," dit-elle à ses deux jeunes recrues, avant de sortir en trombe de son bureau.

Deux minutes plus tard, ils étaient en route, le jeune inspecteur contactait le médecin légiste par radio pendant que Falcone conduisait.

La maison se trouvait dans un quartier aisé, sécurisée par un grand portail en fer forgé. Il ne fut pas nécessaire de sonner, une jeune femme attendait derrière le portail, blottie dans un vieux blouson, la capuche relevée.

Elle ouvrit le portail en voyant la voiture arriver et se porta au-devant de l'équipe dans l'allée.

Falcone sortit de la voiture.

"Bonsoir."

"Bonsoir."

"Inspecteur Falcone." Elle lui tendit la main et remarqua à son grand étonnement que l'autre femme tressaillit en l'entendant prononcer le mot " inspecteur."

"Cassie Vale."

Sa main glacée tremblait visiblement.

"Pouvez-vous me montrer le corps ?" demanda Falcone. Elle s'arrêta sur le pas de la porte, enfila des surchaussures et des gants avant d'entrer.

Elle se planta dans le couloir, devant la scène macabre.

Un grand escalier de marbre se trouvait à l'extrémité du hall d'entrée décoré avec un goût exquis, la réplique géante d'une chaussure fantaisie trônait à sa droite. Le corps gisait au bas de l'escalier, recroquevillé et inerte.

Falcone embrassa la scène du regard avec une précision toute photographique.

Rien ne semblait déplacé. Le couloir n'était pas en désordre. Aucunes traces de pas ou d'éraflures sur le carrelage lustré devant elle, la maison était calme.

Elle s'approcha lentement du cadavre et jeta un coup d'œil à l'escalier de marbre.

Il était assez haut et suffisamment raide pour provoquer une chute mortelle, mais une femme d'une quarantaine d'années en bonne santé ne tombait généralement pas dans son propre escalier sans motif.

Son regard se fit soudainement plus attentif, elle remarqua qu'un talon manquait à l'une des élégantes bottes. Elle supposa que ce qui scintillait au milieu de l'escalier était un talon. La chaussure s'était cassée, provoquant la chute ? Ou pendant la chute ?

Elle se demanda brièvement, vu le nom de la victime, en voyant ces bottes de luxe et la grande copie au pied de l'escalier, si la femme n'était pas un membre de la famille fortunée propriétaire de Rossi Shoes. Si tel était le cas, l'enquête serait sous le coup des projecteurs, elle et son équipe ne pourraient pas se permettre de commettre la moindre erreur.

Elle se pencha et prit le pouls de la femme. Elle ne s'attendait pas à en trouver un, il n'y en avait pas. Sa peau était froide mais la rigor mortis ne s'était pas encore emparée du cadavre.

L'appel remontait à une demi-heure, aucune alarme ne s'était déclenchée durant ce délai. Elle remarqua, en s'accroupissant et en regardant de plus près, que le visage de la victime portait une grande marque de griffure sur la joue. Le sang avait séché au niveau de la blessure, qui ressortait sur son visage pâle. Elle nota une contusion sur sa pommette, elle avait saigné du nez, ses cheveux étaient emmêlés.

L'inspecteur Falcone prit doucement la main droite de la femme impeccablement habillée et remarqua que ses phalanges étaient éraflées.

Elle jeta un nouveau coup d'œil dans l'escalier.

Ces blessures avaient pu se produire pendant la chute — mais le visage, la tête, les phalanges — ces zones l'alertèrent. Tout laissait croire à une bagarre, une lutte.

"Vous n'avez pas touché la scène, de quelque manière que ce soit ?" demanda-t-elle à la jeune fille à quelques mètres de là, qui se tordait les mains en se dandinant d'un pied sur l'autre. Elle semblait extrêmement nerveuse, Falcone se demanda une fois de plus si sa nervosité n'était pas disproportionnée par rapport aux faits.

"Non. Je n'ai touché à rien."

Falcone comprit cette fois qu'elle était américaine. Une américaine travaillait dans cette maison. En tant que femme de ménage ou fille au pair ? Qui d'autre résidait ici ?

"Y a-t-il quelqu'un d'autre à la maison ce soir ?" demanda-t-elle gentiment.

"Mme Rossi a deux enfants, Nina et Venetia. Elles sont en haut dans leur chambre. Elles sont au courant. Et Nonna, la mère de Mme Rossi. Elle est arrivée plus tôt dans la journée, se trouve dans une des chambres d'amis. Elle ne le sait pas encore. Elle semble souffrir d'Alzheimer, je n'ai pas eu le courage de le lui annoncer."

Falcone acquiesça.

"Elle souffre d'Alzheimer ? Quelqu'un s'occupe d'elle ?"

Cassie Vale haussa les sourcils d'un air inquiet, Falcone se demanda pourquoi sa question provoquait pareille réaction.

"Je—pas vraiment. Mme Rossi devait s'occuper d'elle mais elle est tombée." Elle ne savait que dire, elle fixa son cadavre quelques instants et respira profondément, comme si elle faisait un effort surhumain pour se ressaisir. “J’ai aidé Nonna à enfiler sa chemise de nuit et me suis assurée qu’elle soit couchée,” affirma-t-elle à Falcone.

Falcone se leva. Le corps fourmillait d’indices. Certains qu’elle avait identifiés, d’autres que le légiste délivrerait lors de l’autopsie plus tard dans la soirée. Ce qui l’intéressait, c’était la fille, elle semblait s’être battue.

Sous la vive lumière du lustre du hall d’entrée, Falcone distinguait nettement une égratignure sur sa joue, ainsi qu’une ombre sur sa pommette qui devait masquer une contusion, couverte par du maquillage. Elle avait vu de nombreuses blessures similaires, et des tentatives de dissimulation, dans les affaires de violence domestique qu’elle avait traitées.

“Le père des enfants ? Où est-il ?”

La femme à la chevelure auburn secoua la tête et regarda Falcone d’un air impuissant.

“Je ne sais pas. Ils ont divorcé l’année dernière, d’après ce que j’ai compris, les enfants ne l’ont pas revu depuis. Je ne connais même pas son nom de famille. Elle s’appelle Rossi. Elle est—était—propriétaire d’une entreprise de chaussures.”

Falcone acquiesça. Sa supposition était la bonne. La défunte était une femme d’affaires très connue et très en vue.

“Je vais demander à un membre de mon équipe de le localiser et le contacter.”

Falcone s’éloigna du corps et monta à l’étage. Lentement, pas à pas, en examinant de près le moindre indice qui se présenterait.

Il y avait quelques mèches de cheveux dans les escaliers. Encore un fait inhabituel lors d’une chute, plus symptomatique d’une bagarre. Des taches de sang—de rouge à lèvres, qui sait ? L’équipe médico-légale le déterminerait dès son arrivée.

Le talon argenté pointu, gisait dans les escaliers, tel un ongle long.

Falcone adorait les chaussures et la mode ; c’était dans l’ADN des Italiens. En dehors de ses heures de travail, elle aimait bien s’habiller et dépensait beaucoup d’argent — probablement trop, pour être honnête — dans des vêtements de qualité. Sa garde-robe comptait quelques paires de chaussures Rossi mais même elle n’aurait jamais porté des bottes aussi peu pratiques à talons si hauts. Le sang de fashionista passionnées coulait peut-être dans ses veines depuis des générations, elle avait dû trouver un équilibre avec les exigences inhérentes à son poste.

Son père était inspecteur depuis de nombreuses années. Il avait pris sa retraite après un pontage et dirigeait maintenant la police locale du village où il s'était installé, un coin tranquille, en banlieue de Rome.

Il avait toujours encouragé Falcone à suivre ses traces et fut excessivement fier de sa décision lorsqu'elle intégra finalement la police. Dès son plus jeune âge, il l'avait non seulement encouragée à regarder, mais également à voir, remarquer, observer. Il lui avait dit à de nombreuses reprises, en lui montrant l'exemple, qu'un officier de police pouvait devoir intervenir à tout moment, qu'il soit en service ou non.

Falcone avait par conséquent toujours trouvé que ses goûts en matière de chaussures se devaient d'être à la fois pratiques et beaux. Les talons d'accord, mais dans la limite du raisonnable, lorsqu'elle se chaussait, sa première question était : est-ce que je peux courir avec, si besoin est ?

Cela excluait les modèles les plus audacieux, même si elle était fière de pouvoir courir à vive allure en talons hauts. Mais ces chaussures ? Des trucs de fou. On aurait dit des prototypes pour un défilé, à peine relookés pour être vendus dans des boutiques chic.

Falcone essaya d'imaginer ce qui s'était passé si le talon avait soudainement lâché, la femme avait peut-être mis tout son poids dessus.

Elle aurait certainement été déstabilisée avec un talon aussi haut. Falcone imaginait qu'une blessure sérieuse à la cheville, une entorse ou même une fracture, était plus envisageable qu'une chute, elle savait que tout dépendait des circonstances.

"Avez-vous été témoin de la chute ?" demanda-t-elle à Mlle Vale, qui attendait en bas dans le couloir, à quelques mètres de l'escalier, en se tordant les mains de nervosité.

"Non. Mais les enfants oui."

"Vraiment ?" Falcone était extrêmement préoccupée. "Les enfants ont vu leur mère après ? Comment vont-elles ?"

Elle prit son téléphone dans sa poche, prête à appeler et mandater immédiatement une infirmière ou un psychologue.

Mlle Vale parut brièvement indécise, comme si elle ne savait pas trop quoi répondre.

“Elles vont bien. Elles ont été visiblement secouées mais je — je suppose qu’elles ne réalisent pas encore.”

“Quel âge ont-elles ?”

“Huit et neuf ans.”

Falcone haussa les sourcils. Elle se serait attendue à une crise de nerfs ; deux enfants choquées et inconsolables se précipitant vers leur mère, la secouant, la bousculant, contaminant par inadvertance la scène alors qu’elles faisaient de leur mieux pour la réveiller.

La jeune fille au pair venait de dire que rien de tout ça n’avait eu lieu, ce qui était hautement improbable. Les enfants étaient peut-être allées la voir sans qu’elle le sache, puisque, d’après ses dires, elle n’était pas présente à ce moment. Falcone savait que la nervosité pouvait également jouer sur le souvenir des événements.

Malgré cela, Falcone sentait que quelque chose clochait.

Chapitre Vingt-Huit

"Pourrions-nous nous asseoir quelque part ?" demanda l'inspecteur Falcone à Cassie Vale.

Elle était curieuse d'approfondir le récit que la fille au pair lui avait servi jusqu'à présent. Falcone subodorait, au vu de sa nervosité, que sa version serait truffée d'incohérences et de semi-vérités, mais elle savait que les mensonges pouvaient parfois s'avérer aussi révélateurs que la franchise, et pouvaient guider un interrogateur perspicace à connaître la réalité des faits.

"Il y a— il y a une pièce à l'étage. C'était un salon, mais il a été transformé en salle à manger aujourd'hui pour que Nonna, la grand-mère des enfants, puisse y accéder. Elle a eu du mal à monter les escaliers lors de son arrivée."

Mlle Vale prit une inspiration hésitante, comme si ses mots lui rappelaient combien les escaliers pouvaient être mortels.

"Montez en restant bien sur la droite," lui conseilla Falcone. Mme Rossi était tombée du côté gauche des escaliers. Elle regarda attentivement la jeune femme monter les escaliers. Elle se colla contre la rampe, semblait avoir besoin de soutien, et se détourna du corps en passant.

L'équipe médico-légale était sur le point d'arriver. Son bras droit était occupé à relater les faits au légiste, qui venait d'arriver. Ils allaient photographier la scène et prélever des échantillons avant d'emmener le corps.

Falcone travaillait avec ces inspecteurs et ce légiste depuis des années. Elle leur faisait confiance, ils effectuaient un excellent travail, sans qu'elle ait à interférer ou s'en mêler. Elle savait que sa force résidait dans l'interrogatoire, elle disposait d'une capacité exceptionnelle à relever les indices physiques et poser les bonnes questions.

Elle partageait ses premières impressions avec son équipe dès l'entretien terminé, qui avait probablement les mêmes préoccupations qu'elle.

"Depuis quand travaillez-vous ici ?" Falcone se fit soudainement curieuse. Elle sentait que la fille au pair n'était pas à son aise.

"Moi ? Trois jours."

Falcone fronça les sourcils en pénétrant dans la pièce à l'étage, visiblement réaménagée, au vu de la décoration et des fauteuils empilés le long du mur du fond.

Elle tira une chaise de la table et remarqua une soupière, cinq bols vides empilés sur le buffet ainsi qu'une bouteille de vin rouge vide. La famille avait dîné ici précédemment. Puis, l'impensable s'était produit.

Falcone sortit son bloc-notes et le magnétophone de son sac.

Elle demanda confirmation du nom complet et des coordonnées de la femme bouleversée et demanda "Puis-je voir votre passeport, s'il vous plaît ?

Un spasme nerveux traversa le beau visage de la jeune femme.

"Mon passeport ? C'est nécessaire ? Vous allez le garder ou je pourrais le récupérer ?"

"C'est la procédure habituelle pour obtenir une preuve photographique de l'identité de tous les témoins n'étant pas de la famille directe," lui assura Falcone.

L'inquiétude de Mlle Vale à l'idée de remettre son passeport, son attitude défensive, l'intriguait fortement.

Falcone feuilleta le document et photographia les pages concernées avant de le lui rendre, elle fut surprise de constater que la jeune femme s'en empara et le glissa immédiatement dans la poche latérale de son sac à main.

Falcone poursuivit son interrogatoire.

"Vous êtes donc arrivée voilà trois jours ? Vous avez été embauchée à ce moment-là ?"

"Oui."

“Pourquoi avait-elle besoin d’une fille au pair ? Vous remplacez quelqu’un qui est parti ?”

“Euh—non, je ne crois pas. Mme Rossi m’a dit être divorcée, qu’elle était très occupée par son travail et avait besoin de quelqu’un pour s’occuper des enfants.”

“Pour combien de temps avez-vous été engagée ?”

Falcone se redressa, sa question innocente avait fait mouche. Cassie Vale semblait troublée. Elle se mordit la lèvre, baissa les yeux, regarda la porte comme si un chevalier imaginaire allait faire irruption pour la délivrer. Désemparée, elle fixa à nouveau Falcone.

“Pour trois mois à la base. Jusqu’à ce que Nonna, la grand-mère, s’installe. Puis—euh—elle a emménager plus tôt que prévu. Je devais partir demain.”

Falcone fixait Cassie. Il pouvait s’agir d’une information cruciale. L’arrivée précoce de la grand-mère était forcément fondée. La question était de savoir si cela avait un lien avec les événements qui s’étaient déroulés ce soir. Falcone le soupçonnait.

“Que s’est-il passé plus tôt dans la journée et comment cela s’est-il produit ? Veuillez décrire les événements de votre point de vue.”

“Nonna est arrivée après déjeuner. J’ai juste—” Mlle Vale hésita, comme si elle choisissait ses mots avec soin. “J’étais sortie. Je suis rentrée avant son arrivée, vers quatorze heures, les enfants sont revenues de l’école une demi-heure après environ. J’ai passé l’après-midi à faire mes valises. Les femmes de ménage ont monté la table au premier pendant ce temps. Je suis entrée dans la salle à manger à dix-huit heures, nous avons dîner ensemble.”

Falcone ne comprenait pas sa version des faits. La fille au pair était rongée par l’anxiété. Elle bégayait, s’agitait, parlait d’une voix tremblante. Mais ce qui troubla le plus Falcone soit qu’elle n’ait pas passé l’après-midi avec les enfants.

Quels bagages pouvait bien avoir une fille au pair ? Une ou deux valises ? Une heure était amplement suffisant pour faire ses bagages. Pourquoi cela lui avait-il pris tout l’après-midi, pourquoi ne pas s’être occupée des enfants — en jouant avec elles, en les aidant à faire leurs devoirs, ou en effectuant toute autre tâche pour laquelle elle avait sûrement été payée ?

Falcone sentit une certaine oppression l'envahir. Quelque chose clochait. Soit Mlle Vale avait délibérément choisi de ne pas passer l'après-midi avec les enfants, soit elle avait reçu un ordre contraire de sa patronne. Ce qui soulevait de nombreuses questions, auxquelles Mme Rossi ne pouvait malheureusement pas répondre.

Falcone espérait que les enfants parleraient. Elle devrait faire preuve de subtilité en les interrogeant. Cela prendrait du temps, nécessiterait de la patience. Elle n'obtiendrait peut-être pas toutes les informations nécessaires ce soir, surtout si elles étaient traumatisées.

"Vous avez dîné. Et après ?"

"Les enfants ont mangé leur tiramisu avec Mme Rossi et sa mère. Je suis retournée dans ma chambre. J'ai terminé de faire mes bagages et pris ma douche."

Encore des bagages ? Falcone s'efforçait de masquer son incrédulité devant cette tâche herculéenne.

La jeune fille au pair s'exprimait d'une voix basse et tremblante.

"J'étais dans ma chambre, après m'être douchée, quand— non, j'étais encore dans la salle de bain. J'ai entendu les enfants m'appeler peu après être sortie de la douche. Nina criait, on aurait dit que quelque chose n'allait pas, je me suis habillée et les ai rejointes le plus vite possible. C'est alors que je l'ai vue. Je l'ai vue."

Cassie Vale prit son visage entre ses mains et éclata en sanglots déchirants.

Falcone attendit. Elle ne fit preuve d'aucune compassion, bien qu'elle ne pouvant s'empêcher d'en éprouver, face à la détresse évidente de la jeune femme. Elle resta sagement assise jusqu'à ce qu'elle se soit reprise avant de poursuivre.

"Comment ont réagi les enfants ?"

"Elles étaient sous le choc. Vraiment choquées."

La jeune fille au pair hocha la tête, comme pour s'en persuader.

"Où étaient-elles ?"

"Où étaient-elles ? elle répéta la question de Falcone d'une voix perçante et paniquée, marqua une pause avant de poursuivre. "En haut des escaliers. Tout en haut. Je n'ai pas vraiment regardé pour tout vous dire. Je—je ne pouvais plus détacher mes yeux du corps étendu."

Elle regarda Falcone, qui avait saisi sa prière muette dans ses yeux bleus embués de larmes.

"Leur avez-vous demandé ce qui s'est passé ?"

Elle hocha la tête.

"Elles m'ont dit qu'elle était tombée. Peut-être à cause du talon de sa botte qui s'est cassé, les enfants n'en étaient pas certaines."

"Elle montait ou descendait les escaliers ?"

"Je—je ne sais pas. Je ne le leur ai pas demandé. Peut-être qu'elle les descendait. Pour aller chercher le tiramisu."

Falcone se souvint de la bouteille de vin vide.

"Avait-elle bu au dîner ?"

Cassie Vale acquiesça avec emphase.

"Oui. Elle a débouché la bouteille avant dîner. Je suppose que c'était pour fêter l'arrivée de sa mère. Elle a servi un petit verre à Nonna, je pense qu'elle a bu le reste."

Du vin, des talons meurtriers, un escalier raide. C'était fort probable mais quelque chose ne collait pas.

Falcone fixa délibérément Cassie.

"Vous avez une coupure au visage. Vous pouvez m'expliquer comment et quand c'est arrivé ?"

La jeune fille au pair porta la main à son visage, désemparée.

"Une coupure ?"

Falcone jugea sa surprise feinte, tout comme le maquillage dissimulant son ecchymose.

"Comment est-ce arrivé ?" insista-t-elle.

"Je—ça alors, je ne m'en étais même pas aperçue."

Falcone était persuadée qu'il s'agissait d'un mensonge. L'entaille était suffisamment profonde pour être nettement visible. Impossible de ne pas la voir, un simple regard dans un miroir suffisait. La blessure devait être douloureuse, quelle que soit la façon dont elle se l'était faite.

"Peut-être quand je jouais à cache-cache avec les filles hier," tenta Mlle Vale. "Je me suis glissée sous une branche pointue, j'ai remarqué que mes vêtements étaient déchirés."

Falcone devait tenir compte du fait que, vu le froid glacial et dans l'excitation du jeu, son visage était peut-être assez engourdi pour ne rien sentir sur le coup, mais cela n'expliquait pas pourquoi elle ne l'avait pas vu.

Réflexion faite, le témoignage de la jeune femme ne lui inspirait pas du tout confiance. Elle était visiblement inquiète, ne semblait pas sûre de sa version. Son anxiété rendait peut-être ses souvenirs difficiles. Falcone avait interrogé de nombreux témoins qui avaient réagi de même et avaient eu du mal à se souvenir, après un événement stressant.

Mlle Vale n'était toutefois pas stressée lorsqu'elle avait joué à cache-cache la veille. D'après son témoignage, tout était parfaitement normal jusqu'à ce que les enfants l'appellent alors qu'elle était dans sa chambre. Ou dans la salle de bain, comme elle l'avait elle-même rectifié. L'événement perturbateur s'était produit ce moment-là, ce qui, d'après son emploi du temps, remontait à un peu plus d'une demi-heure.

Bien que la vue de cette femme morte soit choquante, elle n'avait pas eu le réflexe de consoler des enfants hystériques. D'après son témoignage, elles n'étaient pas vraiment affectées. La famille gardait un calme qui avait de quoi déstabiliser les premières personnes arrivées sur les lieux.

Falcone secoua la tête.

Mais il n'y avait pas que ça. Elle en était convaincue. Elle réalisa toutefois que Mlle Vale n'était pas en mesure de lui fournir des réponses. Elle espérait que les enfants combleraient ces lacunes, que leurs réactions et leur comportement l'aideraient à comprendre cette situation troublante.

"Puis-je parler aux fillettes ? Quelques minutes à peine, juste pour établir les faits, si elles ne sont pas trop bouleversées."

La fille au pair parut extrêmement soulagée que l'interrogatoire se termine, pour le moment du moins.

"Oui bien sûr." Elle bondit de sa chaise, le visage en feu.

Tandis qu'elle la suivait dans le vaste couloir dallé, Falcone était intimement convaincue que le récit des faits de la jeune fille au pair s'avérait erroné — ou du moins, inexact. Elle était persuadée qu'interroger les enfants lui permettrait d'appréhender la réalité sous un autre angle.

Falcone avait une fille âgée de sept ans, à peine plus jeune que ces deux fillettes. Elle aimait sa fille plus que tout au monde et savait cet amour réciproque. Falcone ne pouvait imaginer l'horreur qu'éprouverait son enfant en voyant sa mère morte.

Il y aurait des larmes—bien sûr, Falcone savait qu'elle aurait du mal à ne pas s'effondrer, en tant que témoin de la peine et de l'anéantissement de deux petites filles dont le monde changerait à jamais, tout en prodiguant des paroles de réconfort qui ne fourniraient qu'une maigre consolation.

Falcone ressentit une vive colère alors qu'elle se dirigeait vers les chambres au vu de cette situation tordue. Falcone se jura que si le geste de Cassie Vale avait fait deux orphelines, la jeune fille au pair répondrait de ses actes devant la loi.

Chapitre Vingt-Neuf

L'inspecteur Falcone frappa à la porte de la chambre de la fille aînée et attendit qu'elle réponde.

C'était la chambre de Nina. Une petite fille dont le monde avait soudainement et brutalement basculé se trouvait là, effrayée et seule, probablement en larmes. Quoi que Falcone fasse, rien ne ramènerait sa mère. Elle ferma les yeux un instant, ressentit l'horreur de la situation et se fit violence pour la réprimer. Elle se préparait à affronter l'interrogatoire avec le tact et l'empathie nécessaires.

La jeune fille au pair se tenait derrière elle, se dandinant nerveusement d'un pied sur l'autre.

Falcone voulut lui demander de retourner dans la salle à manger mais décida de n'en rien faire. Elle verrait d'abord la réaction des filles devant Mlle Vale, ce qui lui fournirait un précieux indice.

“Entrez,” répondit une petite voix.

Falcone s'écarta et laissa Cassie Vale ouvrir la porte. Elle appréhendait la scène alors que la porte pivotait.

Une chambre digne d'une maison de poupée—spacieuse, bien décorée, parfaitement rangée. Des jouets placés sur une étagère beaucoup trop haute et hors de portée d'un enfant. Cet indice ne retint que brièvement l'attention de Falcone, elle se focalisa sur les deux fillettes, toutes deux dans la chambre.

Elles étaient assises côte à côte sur le lit, vêtues de chemises de nuit couleur crème, et lisaient un livre d'images. Elles levèrent les yeux en voyant entrer les deux adultes, Falcone fut immédiatement frappée par leur calme et leur sang-froid, totalement déplacé — presque sinistre.

La jeune fille au pair se racla nerveusement la gorge.

"Nina et Venetia, je vous présente l'inspecteur Falcone, elle aimerait vous poser quelques questions."

"Bonsoir," répondirent les filles en chœur.

Elles semblaient à l'aise avec la fille au pair, pas effrayées, mais Falcone avait compris que leurs réactions étaient loin d'être normales. Ce qu'elle ignorait encore, c'était pourquoi.

"Bonsoir, Nina et Venetia," dit doucement Falcone.

Elle se tourna vers Cassie. "Je m'en occupe, vous pouvez patienter dans la salle à manger."

Falcone s'approcha du lit lorsque Cassie referma la porte.

"Je peux m'asseoir à côté de vous ?"

Elle se jucha au bord afin d'être au même niveau que les filles.

"Je suis sincèrement désolée pour votre maman."

De plus près, elle voyait que les filles avaient pleuré. Leurs yeux étaient rougis, leurs visages, baignés de larmes. Elles étaient peut-être très introverties, on leur peut-être avait appris à ne pas montrer leurs émotions en public.

"Nous aussi. C'est un choc immense, nous sommes traumatisées," déclara Nina calmement.

Falcone se rendit compte qu'elle s'exprimait avec une éloquence inhabituelle pour son âge au vu des mots employés.

"Je peux te parler seule, et ensuite parler à Venetia seule ?"

"Oui."

Venetia se leva et sortit de la chambre, Falcone remarqua une fois de plus qu'elles n'opposaient pas la moindre résistance, ne faisaient pas de crises d'hystérie. Les filles étaient impeccablement éduquées.

"Tu peux me dire ce qui s'est passé ce soir ?"

Elle attendit, Nina, sourcils froncés, prit le temps de réfléchir avant de répondre.

"Nous avons tous dîné avec Nonna, qui venait d'arriver," elle parlait d'une voix forte et distincte, bien que Falcone soit juste à côté d'elle.

"Mama a dit qu'on mangerait du tiramisu avec Nonna dans sa chambre, avant d'aller au lit. Elle est allée chercher le tiramisu. Nous avons décidé d'y aller aussi, au cas où elle aurait besoin d'aide, on l'a suivie. Je l'ai vue en haut des escaliers, puis elle a glissé et j'ai entendu des coups et un grand fracas, j'ai compris qu'elle avait dévalé les escaliers. C'était affreux. Je ne comprenais pas ce qui se passait, si elle allait bien. J'ai appelé Cassie qui est venue rapidement."

"Tu n'as pas couru voir ta maman ?"

"J'avais trop peur de descendre. J'avais trop peur qu'elle meure," dit Nina, toujours d'une voix haute et claire.

"Ta maman a dit quelque chose ou a crié avant de tomber ?"

Nina réfléchit un instant.

"Je ne m'en souviens pas. C'est arrivé si vite."

"Quand Cassie vous a-t-elle quitté après dîner ?"

"Elle s'est levée de table dès que nous avons terminé, a dit qu'elle allait prendre une douche et continuer à faire ses bagages."

Falcone acquiesça, contrariée de constater que son récit correspondait en tous points à celui de Cassie Vale, Nina, imperturbable, gardait son sang-froid.

"Ta maman était gentille avec toi ?"

"Elle était très gentille et très affectueuse," répondit doucement Nina en reniflant. "Elle va terriblement me manquer."

"Pourquoi Cassie Vale est restée avec vous si peu de temps ?" hasarda Falcone.

"Elle devait partir demain. Je ne sais pas pourquoi."

Falcone se souvint de la version de Cassie et se demanda soudain comment une femme frappée de démence pouvait s'occuper de deux enfants. Elle n'en serait pas capable, Mme Rossi devait le savoir. Que cachait toute cette histoire ? Elle se demanda soudainement si Cassie Vale avait été chargée de s'occuper de la vieille femme dans le cadre de ses fonctions, avait refusé, s'était fâchée devant l'insistance de Mme Rossi.

"Ta maman s'est déjà disputée avec Cassie Vale, la fille au pair ?"

Nina réfléchit une minute.

"Je n'ai jamais vu Mama et Cassie se battre, ni entendu d'éclats de voix."

Une évidence frappa soudain Falcone, comme un éclair, une évidence choquante, mais malheureusement trop tard. Nina parlait d'une voix étonnamment claire, sa voix portait — pas uniquement pour s'exprimer distinctement devant elle. Pour que sa sœur entende ce qu'elle disait et lui livre la même version.

Falcone était persuadée, que, si elle allait en silence vers la porte close et l'ouvrait subitement, elle trouverait Venetia debout derrière, l'oreille collée contre la serrure, elle en aurait mis sa tête à couper. Et elle était intimement persuadée que Venetia ferait des réponses identiques, au mot près, si elle allait à côté et lui posait ces mêmes questions.

Mais elle n'en fit rien. Primo, parce que c'était de sa faute. Elle aurait dû prévoir que les enfants seraient complices. Et deusio, parce que quelles que soient les circonstances, elles avaient passé une soirée infernale. Même si les deux filles étaient d'un sang-froid à toute épreuve, elles avaient pleuré et subi un traumatisme et une perte qu'aucun jeune enfant ne devrait endurer. Elle ne voulait pas aggraver la situation en faisant voler en éclat ce que les deux fillettes avaient brillamment planifié, même s'il était pour le moins gênant pour un inspecteur chevronné, de se faire rouler dans la farine par deux enfants de moins de dix ans.

"Merci beaucoup. Je vais poser quelques questions à Venetia."

Falcone était sûre d'avoir entendu des bruits des pas s'éloigner rapidement.

Venetia était assise sur son lit l'air de rien lorsque Falcone entra. Sa chambre était la copie conforme de celle de sa sœur. Les mêmes meubles, la même étagère haut placée avec des jouets hors d'atteinte.

"Je suis sincèrement désolé," déclara Falcone avec compassion.

Elle posa une main réconfortante sur le dos de la fillette tout en s'asseyant sur le lit à côté d'elle.

À sa grande surprise, Venetia s'éloigna, Falcone vit son visage se crisper de douleur.

"Ça va ? Tu as mal au dos ? demanda-t-elle, inquiète. C'était la première réponse honnête et spontanée de la part des enfants. Elle ne s'y attendait pas du tout. Etaient-elles battues ou maltraitées ?

"Je suis tombée de cheval. Ça va passer."

"Je vois. J'espère que ce n'est pas trop grave. Et j'espère que tu n'es pas trop bouleversée après ce qui s'est passé ce soir."

"C'est un choc immense. Nous sommes complètement bouleversées. Maman était gentille et affectueuse, elle va terriblement nous manquer."

Mot pour mot, comme Falcone s'en doutait.

Elle réfléchit à cette affaire, examina les comportements étranges de ces filles et les compara avec d'autres affaires plus anciennes dont elle s'était occupée, grâce à la formation reçue.

Ce calme imperturbable qui ne les quittait jamais, ces filles faisaient plus âgées que leur âge, et cette douleur quand elle avait touché le dos de Venetia. Après cela, la fillette s'était à nouveau renfermée, la chute de cheval semblait une bonne excuse.

Falcone commençait à se demander si ces filles n'étaient pas maltraitées.

L'interrogatoire de Venetia terminé, elle s'arrêta devant la pièce qu'on lui avait indiquée —celle où Nonna, nouvellement arrivée, avait été installée.

Falcone frappa doucement à la porte, réalisant que la vieille dame ne savait pas encore ce qui était arrivé à sa fille. La tâche s'avérait difficile. Si elle était trop bouleversée, Falcone ferait venir un agent de police qui veillerait sur elle la nuit, afin de la rassurer et s'assurer qu'elle ne se blesse pas dans sa détresse.

Pas de réponse, elle ouvrit la porte et entra sans bruit.

La pièce était sombre, elle respirait le souffle court, dans son lit.

Elle alluma la lumière et vit Nonna allongée sur le dos, bouche ouverte, profondément endormie. Falcone fut frappé par la pâleur et la fragilité de la vieille dame, visiblement en mauvaise santé.

"Mme Rossi ?" demanda-t-elle doucement.

Elle traversa la chambre et serra doucement sa main fine et osseuse.

"Vous pouvez parler ?"

La grand-mère marmonna des paroles incohérentes, et replongea dans un profond sommeil.

Falcone se dirigea vers la porte. L'interrogatoire attendrait. La vieille dame avait passé une dure journée avec le déménagement. Elle serait reposée demain et se souviendrait peut-être de ce qu'elle avait vu.

⚜ ⚜ ⚜

Cassie attendait dans la salle à manger, de plus en plus nerveuse au fur et à mesure que les secondes s'écoulaient. Elle aurait bien voulu savoir ce que l'inspecteur leur posait comme questions, si sa gentillesse et sa perspicacité lui avaient permis de percer à jour la version des filles et laisser ainsi éclater la vérité.

Elle serait dans un sacré pétrin si tel était le cas. La dissimulation de preuves et l'altération délibérée d'une scène de crime était un crime pur et simple. Même si, par miracle, elle était lavée des accusations de meurtre, les autres accusations pèseraient toujours, quelque chose dans le comportement calme et déterminé de l'inspecteur laissait dire à Cassie qu'elle ne reculerait pas si elle soupçonnait quelque chose de louche.

La situation, depuis son arrivée, était hors norme. Cassie regrettait amèrement de ne pas avoir fait preuve de franchise. Quelle folie d'essayer de dissimuler les faits.

En attendant, elle se rejouait la scène en boucle.

Comment aurait-elle pu dire la vérité, alors qu'elle n'était même pas certaine de la vérité, justement ?

Les faits s'étaient enchaînés dans un tourbillon de panique. Après la lutte acharnée, Cassie avait surfé sur une vague d'adrénaline, un instinct primaire. La logique n'y avait pas sa place.

Elle songea de nouveau à Nina se précipiter en avant, son geste lui parut soudain plus évocateur.

La jeune fille avait-elle poussé sa mère dans les escaliers ?

A moins que Cassie, dans le feu de l'action, se rendant compte de la position fâcheuse de Mme Rossi, l'ait poussée au lieu de la rattraper ?

Elle n'en avait aucun souvenir, même pas flou ; le black-out total. Elle se rejoua encore et encore la scène, désespérant y voir plus clair. Elle avait soif de certitude, bien qu'elle redoute la réponse, finit par se souvenir avoir foncé dans Mme Rossi poings en avant, son geste l'avait fait basculer en arrière.

Cassie respira profondément, la nausée l'envahit.

Son talon cassé avait pu générer sa chute, après tout, il était incontestablement cassé. Cassie priait pour que le talon soit en cause. Ce talon la laverait de tout soupçon. Sans quoi, elle serait écrasée à jamais par le poids de la culpabilité.

Elle se leva en entendant la démarche rapide de l'inspecteur et vit avec appréhension la femme brune pénétrer dans la pièce. Qu'avaient raconté les enfants ?

L'inspecteur dit simplement "Je vous remercie pour le temps que vous m'avez accordé. J'ai vérifié avec mon équipe, nous avons terminé en bas. La scène a été nettoyée, nous sommes tous sur le départ, vous pouvez utiliser l'escalier comme à l'accoutumée."

"D'accord," dit Cassie, elle se sentait faible mais soulagée qu'ils partent sans l'arrêter.

"Nous avons contacté le père des filles, il est à l'étranger et n'arrivera que demain soir. Souhaitez-vous rester ici ce soir et demain, êtes-vous en mesure de vous occuper de la grand-mère et des enfants ?"

"Oui, absolument. Sans problème."

"Si vous avez le moindre doute, je peux demander à un policier de dormir ici cette nuit pour vous aider."

"Je me sens bien. Vraiment."

Falcone opina du chef.

"La mère de Mme Rossi dort profondément, je ne l'ai pas dérangée. Ce qui signifie qu'elle n'est pas encore au courant de la mort de sa fille. Je serai de retour demain matin, il vaut mieux attendre que je sois présente avant de le lui annoncer. Le père des filles me dit prendre des dispositions pour qu'une infirmière à domicile s'occupe d'elle, en attendant d'autres mesures, quelqu'un sera là pour elle dès demain soir."

"Merci. J'attendrai votre retour."

"Nous vous contacterons demain à la première heure. Je vais vous laisser désormais, enfermez-vous à double tour."

"Voulez-vous les clés ? Vous et votre équipe pourrez aller et venir à votre guise. Il y a un jeu supplémentaire dans la cuisine si je devais sortir, je pense que les enfants resteront à la maison demain."

"Merci."

Cassie remit la clé de la porte d'entrée et la télécommande du portail à l'inspecteur Falcone.

L'inspecteur tourna les talons et partit.

Cassie lui emboîta le pas, anxieuse, profondément préoccupée que l'inspecteur la soupçonne malgré tout. Falcone paraissait très intelligente, bien que calme et réservée, Cassie n'avait aucune idée de ce qu'elle pensait réellement. Elle reconstituerait facilement le déroulement des faits et découvrirait leur piètre tentative de dissimulation.

Falcone s'arrêta alors qu'elle traversait le couloir, regarda fixement et se pencha.

Cassie retint son souffle, la tête lui tourna alors que Falcone ramassait un mince éclat de porcelaine. Elles avaient oublié cet éclat blanc et mince au cours du nettoyage.

"Qu'est-ce que c'est que ça ?" demanda-t-elle en se tournant vers Cassie.

La panique la gagna.

"Je—je ne sais pas. Je ne sais pas, je suis désolée de ne pouvoir vous fournir d'explication. D'où ça peut-il bien venir ?" bégaya-t-elle.

"Je me le demande," répondit l'inspecteur.

Elle ouvrit sa mallette et en sortit un petit sachet destiné à recueillir les preuves, y déposa l'éclat, toujours pensive, comme sur le point d'additionner deux et deux et trouver la réponse exacte.

Puis, elle fit quelque chose qui sonna le glas de Cassie.

L'inspecteur Falcone jeta un œil discret à la caméra de vidéosurveillance en haut des escaliers et effectua un petit signe de tête d'entendement.

Elle referma sa mallette sans parler à Cassie et se dirigea vers les escaliers.

Chapitre Trente

Cassie se retint jusqu'à ce que l'inspecteur referme la porte derrière elle.

Puis elle s'effondra, ses jambes ne la portaient plus.

La caméra de télésurveillance avait fidèlement enregistré les moindres détails. Elle avait complètement oublié la présence de ces yeux inquisiteurs dissimulés dans la maison. Les enregistrements ne mentaient pas. La position de cette caméra signifiait qu'elle avait enregistré la dispute et la chute fatale dans ses moindres détails. Une autre, placée plus loin dans le couloir, avait enregistré toute la bagarre.

Elle réalisa, en frémissant d'horreur, que la vidéo montrerait également le nettoyage qui s'était ensuivi, le balayage minutieux du sol, à la recherche d'indices qu'elles auraient pu manquer, les cheveux ramassés dans le couloir et l'effacement de toute trace de lutte.

Elle savait que les caméras fonctionnaient puisque Mme Rossi avait vu Cassie dessus, assez distinctement pour savoir exactement ce qu'elle faisait en fouillant la maison.

C'était une catastrophe. Le seul élément pas pris en compte allait anéantir tout espoir de réussir ce plan fou et insensé.

Les images de vidéosurveillance l'accuseraient, établiraient sa culpabilité sans l'ombre d'un doute.

Cassie enfouit sa tête dans ses mains, son esprit tournait en boucle, elle réfléchissait à toute allure.

Lorsque Mme Rossi avait téléphoné à la maison ce jour-là, elle avait pu accéder personnellement aux images. Elle avait dit les avoir regardées en l'appelant. Elle n'avait pas mentionné que la société de télésurveillance l'avait contactée, il y avait peut-être un serveur ou un enregistreur dans la maison, sur lequel les données étaient sauvegardées.

Où pouvait-il bien être ? Comment le trouver, y avait-il une chance qu'elle puisse y accéder et efface les images ?

Cassie releva la tête, sentant une petite lueur d'espoir dans la noirceur de son désespoir.

Seul problème, le serveur pouvait se trouver n'importe où, si elle le cherchait sans le trouver, les caméras la filmeraient en train de chercher, ce qui ne ferait qu'aggraver les choses.

"Je sais !" s'exclama-t-elle.

Elle se rua dans sa chambre.

Une personne travaillant en étroite collaboration avec Mme Rossi savait, indubitablement, où les bandes étaient sauvegardées. Son assistant, Maurice Smithers. Il avait donné sa carte de visite à Cassie le matin-même, elle était sûre qu'il répondrait si elle appelait du numéro de la maison.

Priant pour ne pas avoir jeté la carte en faisant ses bagages, Cassie fouilla dans son sac mais ne la trouva nulle part.

Elle avait dû la jeter incidemment en vidant son sac à main de tous les vieux papiers et objets inutiles. Elle en avait jeté beaucoup, sans tous les vérifier, sans penser qu'elle aurait un jour besoin de cette carte.

Abigail le connaissait peut-être ?

Cassie secoua la tête. Abigail était venue à la maison parce qu'elle ne connaissait pas le numéro personnel de Maurice. Elle se souvenait de leur conversation et avait songé à l'époque que Maurice ne donnait pas son numéro à beaucoup de monde. Elle comprenait maintenant pourquoi il s'était montré si réticent pour donner sa carte à Cassie.

Elle regretta amèrement de l'avoir jetée, il était trop tard désormais. Elle n'avait aucun moyen d'accéder aux enregistrements ce soir, et par conséquent aucun espoir de les effacer. Ils attendaient, stockés sur le serveur, les secondes qui s'écoulaient signaient son arrêt de mort.

Cassie se leva et poussa un profond soupir.

Les enfants avaient besoin d'elle. Elle devait faire son travail et les coucher, essayer de ne pas penser au lendemain.

Elle traversa la maison d'un pas pesant afin de se rendre dans leurs chambres. Elle espérait les trouver calmes après l'interrogatoire de la policière. L'inspecteur Falcone avait promis que l'entretien serait court, cela n'avait pas pris beaucoup de temps, elle avait promis de ne pas les perturber — ce qui n'était pas le cas de Cassie.

Cassie se força à prendre sur elle malgré son épuisement, à ne pas montrer son état alarmant. Elle devait faire son possible pour réconforter les filles et être pleinement présente pour elles. Elle ne pouvait pas se laisser aller en s'attardant sur les images de télésurveillance qui anéantiraient son avenir.

Elle frappa à la porte de Nina et entra.

Les filles étaient assises sur le lit, Cassie fut surprise de constater qu'elles avaient descendu tous les jouets de leur étagère haut placée. Elle n'osait imaginer comment ces deux-là avaient fait. Elles avaient vraisemblablement mis la chaise sur le bureau et étaient montées dessus. Elles ne s'étaient pas rompu les os, c'était l'essentiel, les jouets colorés étaient désormais sagement alignés sur le bureau.

Les fillettes parlaient doucement avec la belle poupée installée entre elles sur le lit. Nina tressait les cheveux de la poupée tandis que Venetia choisissait un vêtement de rechange dans la petite garde-robe qui se trouvait dans la boîte.

Elles levèrent les yeux lorsqu'elle entra, Nina la dévisagea d'un air anxieux, comme si elle avait instinctivement peur d'avoir des ennuis pour avoir joué avec.

"Vous vous amusez bien ?" Cassie faisait son possible pour paraître joyeuse et calme. Elle était heureuse de voir toute tension disparaître du visage de Nina, bientôt remplacée par un timide sourire.

"Oui," déclara Nina. "Ça fait longtemps qu'on n'a pas joué avec Allegra, notre poupée. Regarde comme elle est belle."

"La pauvre petite était enfermée dans sa boîte et portait les mêmes vêtements depuis si longtemps, elle s'ennuyait tellement. Elle nous l'a dit," chuchota Venetia d'un air complice. "Elle a besoin d'une nouvelle tenue, nous lui en avons choisi une."

Cassie était soulagée de les voir jouer, les filles commençaient à réaliser que leur martyre était terminé, que les terribles maltraitances qui avaient émaillé leur vie étaient désormais du passé.

"La police a retrouvé votre papa. Il n'était pas en prison mais à étranger. Il arrive demain soir."

Cassie espérait que les filles seraient enchantées à l'annonce de la nouvelle, mais elle ne s'attendait pas à une telle excitation.

Nina était stupéfaite. Elle ouvrit sa bouche en grand, qui s'élargit en un sourire de ravissement.

"Pour de bon ? C'est vrai, Cassie ?"

"Oui, c'est vrai."

"Oh, je suis si contente, si heureuse. C'est encore mieux que Noël."

Elle rayonnait de bonheur. Venetia se mit à sauter sur le lit d'excitation.

"C'est mieux que Noël et les anniversaires," s'écria Venetia. "Papa va revenir ! Il est sain et sauf, on va le voir bientôt ! J'ai trop hâte !"

"Je suis sûre qu'il est lui aussi très impatient de vous voir." Elle se souvint, le cœur gros, qu'elle ne serait pas là pour assister aux retrouvailles. D'ici là, les enregistrements de télésurveillance auraient été examinés, elle croupirait en prison.

"Allez les filles, il est l'heure de se coucher. Il est tard, vous devez être très fatiguées. Vous voulez une tasse de chocolat pour vous aider à dormir ?"

"Oui, s'il te plaît," répondit Nina, Venetia hocha la tête à son tour.

"Je vous l'apporte d'ici dix minutes. Quand je reviens, je veux voir tous les deux au lit, d'accord ?"

"Promis," déclara Nina.

Cassie sortit de la chambre, étonnée par ce changement stupéfiant dans leur comportement. Comme si leur personnalité avait été enfermée dans une coquille dont elles s'étaient maintenant débarrassées. Si elles se sentaient déjà mieux, elle espérait qu'elles pourraient oublier ces abus, qu'elles n'en subiraient pas trop les conséquences à long terme. Avec un peu de chance, elles ne seraient pas marquées à vie, elles pourraient dépasser cette horrible parenthèse.

Elle entra dans la cuisine, alluma la lumière et resta bouche bée.

La carte de visite de Maurice était sur le comptoir près de la bouilloire.

"J'y crois pas !"

Un vrai miracle. Elle jurerait l'avoir mise dans son sac, mais Cassie ne savait que trop bien que le stress lui créait des trous de mémoire, ou qu'elle oubliait complètement certaines choses. Au lieu de la prendre, elle l'avait posée sur le comptoir et y était restée. Bien que la cuisinière ait fait des allées venues depuis, Cassie supposa qu'elle avait reçu l'ordre de ne rien toucher qui relève du professionnel, et avait donc laissé la carte en place.

Elle la prit, sa lueur d'espoir se mua en détermination. Il était tard, vingt-et-une heures trente passées, mais c'était sa seule chance, elle était persuadée que ce brillant inspecteur se pointerait à la première heure demain matin. Cassie devait mettre la main sur cette vidéo.

Elle prit le téléphone de la cuisine et composa le numéro, espérant que Maurice décroche et réponde, il répondrait à n'importe quelle heure s'agissant de la ligne fixe des Rossi.

Maurice répondit au bout de deux sonneries à peine.

"Signora ? Que puis-je pour vous ?"

Cassie se souvint, sous le choc, qu'il ignorait qui s'était passé la veille. Maurice croyait que Mme Rossi, bien vivante, l'appelait à titre professionnel. Elle devait lui annoncer la nouvelle, puis l'interroger sur la télésurveillance de façon à ne pas éveiller ses soupçons.

Cassie craignait que cela exige un tact et un aplomb qui dépassent ses capacités. À ce stade de la soirée, elle était à court d'idée et abattit ses dernières cartes.

Malgré tout, elle n'avait pas d'autre choix qu'essayer. L'à-propos n'avait jamais été son fort, Cassie, en proie au désespoir et l'horloge tournant inexorablement, s'efforça d'être sur la même longueur d'ondes que Maurice.

"C'est moi, Cassie. Si vous saviez comme je suis contente de vous entendre."

Elle faisait semblant d'être essoufflée et aux cent coups.

"Qu'est-ce se passe-t-il ?" lâcha Maurice. Le ton agréable adopté lorsqu'il avait décroché avait disparu.

"Maurice, il y a eu un terrible et tragique accident. Mme Rossi — je ne sais pas comment vous l'annoncer, c'est trop horrible — est morte."

"Quoi ? s'écria Maurice d'une voix perçante. "Vous plaisantez ! Signora ? Je n'y crois pas. Je suis dévasté. Je dois m'asseoir."

Il devait être avec des amis, réalisa Cassie, peut-être en train de dîner. Elle l'entendit demander une chaise, le murmure de voix inquiètes dans le fond.

“Que s’est-il passé ? Vous êtes sûre qu’elle est—” Maurice ne pouvait se résoudre à employer le terme. “ Vous êtes sûre qu’elle est morte ?”

“Sûre certaine. La police a confirmé le décès,” dit doucement Cassie.

“Que s’est-il passé ? Racontcz-moi. Oui, scrs-moi à boire s’il te plaît, j’en ai grand besoin.”

Cassie devina que les convives faisaient cercle autour de lui.

“Je ne sais pas. J’étais sous la douche mais les enfants ont tout vu. Elle se précipitait en bas pour aller chercher du tiramisu. Je crois qu’elles devaient prendre le dessert dans la chambre de Nonna. Les enfants pensent que son talon s’est cassé. En tout cas, elle a fait une très mauvaise chute et s’est brisé la nuque.”

“Oh, Seigneur,” répondit Maurice à voix basse. “Elle portait les Grattacielo ? Les bottes avec les talons argentés ?”

“Oui.”

“Magnifiques, mais si peu pratique,” murmura-t-il. “J’avais essayé de la dissuader de porter ces prototypes de défilé chez elle.”

Puis, d’une voix plus assurée, “Oui, c’est ma patronne, Suzanne — ça l’était du moins. J’étais employé à titre privé, ce qui signifie que je me retrouve sans travail. C’était un poste si spécial, unique. J’adorais mon travail et le salaire était— enfin, j’étais récompensé à ma juste valeur, selon mes efforts et mon expérience, mon dévouement.”

Sa voix tremblait d’émotion.

Cassie entendait des voix compatissantes en arrière-plan, la panique la gagnait. Maurice connaissait les circonstances de l’accident, sa patronne désormais morte, il n’avait plus aucune raison de rester en ligne avec elle. Elle le sentait impatient de retrouver ses amis et boire pour se remonter le moral.

Ses paroles le confirmèrent.

“Eh bien, merci d’avoir appelé. Je suis à une soirée comme vous l’entendez, je ne peux pas laisser cette terrible nouvelle nous perturber davantage, si vous voulez—”

“Attendez !” faillit crier Cassie.

Surtout pas. S’il raccrochait elle était fichue. Il ne lui répondrait plus. Trop occupé avec sa fête merdique.

“Quoi ?” Maurice était agacé.

"Maurice, je vous appelle parce que les filles et moi sommes complètement traumatisées. Visionner les enregistrements de la télésurveillance pourrait s'avérer utile. Vous savez que la maison est équipée de caméras ?"

"Oui, mais je ne vois pas en quoi cela peut être utile."

"Les filles étaient en larmes tout à l'heure. Venetia s'en voulait, disant que si elle n'avait pas parlé à sa mère en descendant les escaliers, elle ne se serait pas retournée et ne serait pas tombée. Nina insiste sur le fait qu'elle ne s'était pas retournée. Je leur ai dit que je regarderai les images, mais j'ignore où elles sont stockées. J'aimerais le faire, pour elles. Ce serait terrible si Venetia devait vivre avec la culpabilité."

Cassie savait à quel point c'était terrible, le fait d'en parler la rendait malade. Elle priait pour que personne ne découvre le mensonge échafaudé de toutes pièces qu'elle servait à Maurice.

"Je n'en sais rien, peut-être sur son ordinateur portable. C'est de là qu'elle surveillait les caméras. Son ordinateur est dans son bureau, le mot de passe est Rossi, avec un R majuscule."

Maurice se tut, puis ajouta, avec une empathie qu'elle ne lui connaissait pas, "Il serait peut-être préférable de dire à la petite que sa mère n'a pas tourné la tête, même si c'est effectivement le cas. Montrez-lui simplement la photo prise par la caméra, si nécessaire. Sinon, elle s'en voudra pour toujours, non ?"

"Oui, oui, assurément. Excellent conseil. J'apprécie vraiment. Merci beaucoup, Maurice."

Cassie raccrocha, à la fois stupéfaite par la conversation et le fait d'accéder aux enregistrements.

La bouilloire avait sifflé à un moment durant son appel. Elle n'avait même pas remarqué. Cassie prépara vite fait le chocolat chaud aux filles et le leur monta à l'étage. Comme promis, elles étaient toutes les deux au lit et dormaient presque.

"Bonne nuit," chuchota-t-elle en déposant les tasses sur leurs tables de chevet. Elle n'avait plus de temps à perdre désormais.

Cassie était oppressée par toute cette tension, tandis qu'elle se précipitait dans le bureau de Mme Rossi au rez-de-chaussée.

Elle ouvrit la porte en silence. Il faisait sombre à l'intérieur, Cassie ressentait étrangement la présence dominatrice de cette femme, toujours tangible ici, encore tapie dans la pièce. Elle entra, mal à l'aise.

Cassie alluma la lumière sans faire de bruit et contourna le bureau sur la pointe des pieds.

L'ordinateur portable était là, un modèle argenté, très cher.

Cassie s'installa sur le fauteuil en cuir de Mme Rossi, l'ouvrit et entra le mot de passe, priant pour que cela fonctionne et qu'elle n'ait pas commis d'erreur.

L'écran s'alluma, elle se pencha anxieusement. Où étaient stockées les images ?

Elle regarda les icônes à l'écran. Voilà. Elle avait trouvé ce qu'elle cherchait.

Cassie plaça le curseur dessus et sentit à cet instant une ombre dans l'embrasure de la porte.

Elle releva la tête et fixa, horrifiée, l'inspecteur Falcone.

Chapitre Trente-Et-Un

Cassie comprit immédiatement pourquoi l'Inspecteur Falcone était revenue si vite, afin de se rendre directement dans le bureau de Mme Rossi ; pour accéder aux enregistrements, bien sûr. Elle était plantée là, ordinateur ouvert, à patienter. Cassie était maudite, sa présence dans cette pièce ne faisant qu'asseoir sa culpabilité.

Elle avait été trop lente, une minute de trop, elle s'en voulait, elle aurait pu écourter la conversation avec Maurice, se précipiter directement au bureau et apporter aux filles leur chocolat plus tard.

Il était trop tard désormais, l'Inspecteur Falcone était convaincue de sa culpabilité, aussi clairement que si Cassie lui avait fait des aveux. Cassie réalisa avec un malaise croissant que sa présence ici avait même pu faciliter le travail de Falcone, elle avait certainement noté le mot de passe, l'inspecteur aurait mis un certain temps avant de le découvrir.

L'inspecteur la gratifia d'un "Bonsoir." Cassie sentait la colère gronder sous son calme apparent. "Il me semble que nous sommes ici pour le même motif."

Elle effectua rapidement le tour du bureau, Cassie se leva d'un bond.

"Ne bougez pas." La voix douce de Falcone stoppa Cassie net. "Je suppose que vous étiez sur le point d'accéder aux enregistrements. Quel dommage que je n'ai pas su qu'ils se trouvaient ici plus tôt. J'ai imaginé que la société de télésurveillance conservait les enregistrements, je les ai contactés, ils m'ont appris que Mme Rossi les avait déconnectés de leurs serveurs suite à son divorce."

"Je vois," déclara Cassie, bien qu'elle n'ait aucune idée de la raison pour laquelle Mme Rossi aurait fait cela, ni pourquoi l'Inspecteur Falcone lui en parlait. Elle devait trouver une excuse pour justifier sa présence ici. L'histoire qui avait fonctionné avec Maurice ne marcherait pas avec l'inspecteur, Falcone avait déjà interrogé les filles.

"Je—je voulais jeter un coup d'œil. Je suis au plus mal avec cette tragédie, je suis complètement désemparée, effondrée. Je voulais voir par moi-même le déroulement des faits, au cas où quelque chose m'aurait échappé, ou aux filles. Ça m'arrive, sous l'effet du stress."

Cassie savait qu'elle bafouillait mais ne pouvait pas s'en empêcher. Quand Falcone aurait visionné ces images accablantes, plus rien de ce qu'elle avait dit n'aurait d'importance. Elle serait arrêtée sur le champ, Falcone supposerait qu'elle avait forcé les filles à livrer une version erronée des faits pour se protéger.

L'icône clignota, une mosaïque d'images s'afficha à l'écran. Douze caméras différentes, douze angles différents de la maison, y compris celle la montrant avec Falcone, là, dans le bureau. Mais Cassie fut immédiatement attirée par la photo la montrant en haut des escaliers.

En couleur, l'image parlait d'elle-même, Cassie se mordit la lèvre jusqu'au sang, elle imaginait à quoi ressemblerait la dispute lorsque Falcone appuierait sur Replay.

Cassie réalisa d'emblée que Falcone n'aurait qu'à remonter un peu plus loin, pour accéder aux images de Cassie en train de fouiller le bureau et la chambre — fouillant les tiroirs, ouvrant les armoires, jetant même un œil aux écrins à bijoux en velours.

Ces enregistrements séparés tous mis à bout constituaient autant de preuves l'accusant irrémédiablement. Elle avait volé sa riche patronne, qui s'en était aperçue. Elles s'étaient battues, Cassie l'avait poussée dans les escaliers — non seulement sous l'effet de la colère, mais également pour dissimuler son précédent crime.

Cassie était persuadée que Falcone examinerait scrupuleusement toutes les vidéos à disposition. Elle était manifestement minutieuse et se demandait certainement pourquoi Cassie était employée depuis si peu de temps. Elle chercherait des preuves qui expliqueraient cette embauche étonnement brève, tout en faisant la lumière sur le supposé accident. Elle trouverait des preuves suffisantes pour anéantir Cassie à jamais.

Les larmes lui montèrent aux yeux lorsqu'elle comprit que sa quête pour retrouver sa sœur prenait fin. Elle ne saurait jamais si Jacqui était morte ou vivante, ni n'enquêterait sur les informations bouleversantes que la propriétaire de la boutique lui avait fournies. C'était son objectif premier, la raison de sa venue en Italie. Tout se terminait par un désastre ?

Clignant furieusement des yeux, Cassie fixait le sol, incapable de regarder Falcone faire défiler dans les images, les secondes s'écoulaient avec une lenteur mortelle. Elle vivait les derniers moments de sa vie en tant que présumée innocente.

Falcone poussa un soupir de frustration au bout de ce qui lui parut une éternité.

"C'est du direct. Cela ne sauvegarde pas les images, nulle part," dit-elle, consternée.

Cassie poussa un soupir audible. Elle s'appuya contre le bureau, incapable d'y croire. Ce sursis était incroyable. Presque surréaliste, elle s'attendait à ce que Falcone dise à tout moment "Oh, mais c'est bien sûr, je me suis trompée. Voilà les images."

Elle regarda Falcone vérifier une dernière fois.

"Rien," dit l'inspecteur.

Elle referma l'icône de vidéosurveillance et éteignit l'ordinateur avec un soupir exaspéré.

Cassie comprit pourquoi aucun enregistrement n'était stocké nulle part.

Parce que ces caméras auraient filmé Mme Rossi en train de maltraiter ses enfants. Les horreurs auraient été enregistrées, stocker ces images n'importe où était simplement trop risqué. Tout ce dont la femme d'affaires avait besoin était garder un œil sur ce qui se passait chez elle, avoir la main en direct quand bon lui semblait.

En cherchant un peu, Cassie supposa que les abus avaient empiré après le divorce. Avant, les caméras étaient reliées au quartier général de télésurveillance, le père des filles vivait encore au domicile.

Cassie sursauta en réalisant que l'inspecteur Falcone la regardait curieusement.

"Je me demandais si vous pouviez me redonner votre version des faits."

"Je—oui, bien sûr. Pourquoi ?"

Le visage de Cassie s'illumina lorsqu'elle réalisa qu'elle venait de remettre en question la décision de l'inspecteur. Elle n'en avait pas l'intention. Le mot lui avait échappé dans la confusion.

Falcone ne lui dit pas pourquoi. Elle sortit le magnétophone de son sac et indiqua à Cassie de s'installer en face.

C'était exactement là qu'elle s'était assise lorsqu'elle était entrée pour l'entretien d'embauche, Cassie eut l'impression que tout était irréel. Elle espérait débuter dans un nouvel emploi, avait eu la certitude de retrouver sa sœur, l'impression de pouvoir s'occuper de ces enfants et de cette famille. Elle se souvint de son optimisme lorsque Mme Rossi lui avait fait miroiter la possibilité d'un stage à l'issue du contrat au pair.

Tous ses rêves s'étaient évanouis, elle se trouvait maintenant face à un détective qui savait, instinctivement, qu'elle avait menti, dont l'intelligence n'aurait de cesse de découvrir la réalité des faits.

"Par où voulez-vous que je commence ?"

"Pourquoi n'avez-vous travaillé ici que pendant trois jours ?"

"Parce que Nonna est arrivée plus tôt."

"Plus tôt que quoi ? Quelle était la durée initiale de votre contrat ?"

"Une semaine," déclara Cassie. Prétendre avoir été engagée pour une période plus courte rendrait son départ au bout de trois jours plus plausible.

Tout en débitant ce mensonge, elle se souvint avec horreur que l'inspecteur lui avait posé la même question dans la salle à manger, quelques heures auparavant. Elle lui avait dit la vérité et donné la bonne réponse. Changer sa version maintenant ne ferait que renforcer les soupçons de l'inspecteur et prouver qu'elle mentait.

"Excusez-moi. Je vous ai mal compris. Je veux dire — je veux dire, quelques mois," rectifia-t-elle. "Deux ou trois mois."

"Et on vous a demandé de partir au bout de trois jours ?"

"Comme je vous l'ai dit, Nonna est arrivée plus tôt."

"Mais Nonna souffre de démence. Qui allait s'occuper d'elle ?"

"On m'a simplement annoncé qu'elle emménageait ici, que je pouvais m'en aller," insista Cassie.

"Que s'est-il passé ce matin ? Depuis votre réveil. Pouvez-vous me donner un aperçu de votre journée ?"

"Je me suis réveillée en retard. Mon réveil n'était pas réglé à la bonne heure, la matinée a été mouvementée. Les enfants sont parties à l'école. Je — je n'avais pas grand-chose à faire. Je suis allée en ville régler certaines affaires. A mon retour, Mme Rossi était déjà là, elle préparait l'arrivée de sa mère. Elle a dit aux femmes de ménage de monter les meubles de la salle à manger à l'étage, pour que Nonna n'ait pas à descendre."

Cassie fronça les sourcils.

"Non, non, c'était après l'arrivée de Nonna, voyant qu'elle avait du mal à monter les escaliers. Bref, je suis allée faire mes valises, puis j'ai dîné avec la famille. Je suis retournée dans ma chambre, ai pris une douche, j'ai entendu les enfants m'appeler juste après."

"Quel enfant ?"

"Comment ça ?"

"Quel enfant vous a appelé ?"

"Je— je n'en sais rien. Leurs voix se ressemblent beaucoup. Peut-être les deux."

Cassie avait le visage en feu. Elle était certaine d'avoir donné une version différente lors du précédent interrogatoire mais ne se rappelait pas des détails, ni de qui il s'agissait. Elle savait que cet inspecteur avait remarqué la différence. Elle le voyait à l'expression réfléchie de son visage intelligent.

Elle s'attendait à ce que l'inspecteur l'accuse immédiatement de crime ou lui demande de l'accompagner pour un interrogatoire plus approfondi, mais elle n'en fit rien.

Elle la gratifia calmement d'un "Merci" et éteignit l'enregistreur.

Cassie était au plus mal.

⚜ ⚜ ⚜

De retour au commissariat, Falcone se pencha sur les faits dont elle disposait. Son père lui avait toujours enseigné que les preuves étaient comme un puzzle, elles s'imbriquaient. En faisant preuve de logique, on s'apercevait que certaines s'imbriquaient plus facilement que d'autres, vraisemblablement pas à la bonne place. Son père lui avait également appris qu'il n'était pas nécessaire d'avoir toutes les pièces pour visualiser le puzzle. Tout devenait clair dès lors que les pièces étaient à la bonne place.

Falcone soupira. Dans le cas présent, les faits étaient clairs mais quelque chose clochait. Trop d'éléments manquaient, certaines pièces s'emboîtaient mal. Il y avait un manque flagrant de preuves, elle était agacée par les versions concordantes des deux filles, qu'elle soupçonnait être fausses, et l'absence d'enregistrement.

Falcone se demanda soudainement pourquoi la transmission des images de télésurveillance avait été annulée. Peut-être que Mme Rossi n'était pas aussi à cheval sur la sécurité que son ex-mari, mais alors, pourquoi ces caméras ?

La question des enregistrements demeurait sans réponse. Alors, comment savoir la vérité ?

Falcone se souvint de la façon dont Venetia, la plus jeune, s'était écartée lorsqu'elle l'avait touchée. Son dos lui faisait mal. Personne ne pouvait masquer sa réaction à la douleur. Elle avait expliqué avoir chuté de cheval, Falcone pensait qu'il s'agissait d'une phrase toute faite, d'une excuse.

Les enfants étaient maltraitées ?

Si oui, par qui ?

Mme Rossi avait vu Cassie Vale les gifler ou les frapper ? Débouchant sur une bagarre ?

Elle se souvint de l'éclat de porcelaine, du nombre disproportionné de blessures et éraflures que Mme Rossi avait subi lors de sa chute, de l'éraflure et de l'ecchymose mal camouflée sur le visage de Cassie Vale. Sa version était truffée d'invraisemblances, elle avait entendu deux versions en l'espace de quelques heures, comportant des différences notoires, Falcone était convaincue qu'aucune des deux n'était vraie.

Une mère découvrant que ses enfants étaient maltraitées serait hors d'elle, la confrontation avait pu dégénérer en bagarre et provoquer la chute — à moins qu'on ne l'ait poussée. Mais alors, pourquoi les enfants n'étaient pas plus bouleversées que ça ? Elles avaient peut-être subi des pressions de la part de la fille au pair, réprimer un vrai chagrin ne durait jamais bien longtemps, Falcone n'avait observé aucun signe de chagrin chez les enfants.

L'autre scénario était que Mme Rossi maltraitait ses enfants, Cassie Vale l'avait découvert et avait voulu les protéger.

Falcone se demandait si la famille Rossi avait des antécédents probants de maltraitance ou comportements violents. Elle contacterait la police locale et les services sociaux dès le lendemain, verrait si elle découvrirait des incidents ou rapports antérieurs.

Une autre idée lui vint germa dans son l'esprit. Elle trouverait peut-être quelque chose à propos de Cassie Vale. Lorsqu'elle avait photographié son passeport aux fins d'identification, elle avait remarqué un visa de travail français en cours de validité, elle avait récemment séjourné au Royaume-Uni.

Falcone commençait à se demander si la tension extrême de Cassie Vale à l'idée de voir son passeport retiré n'était pas lié au fait qu'elle ait eu des problèmes. La police de l'air et des frontières le lui avait peut-être confisqué, voire, retenu par la police par le passé. Une affaire récente puisqu'elle n'avait quitté les États-Unis que depuis quelques mois.

Deux inspecteurs de son équipe avaient des relations à l'échelon international. L'un était un ancien employé d'Europol, l'autre avait travaillé en France et en Allemagne. Falcone décida de leur demander de faire des recherches sur la fille au pair, de prendre attache auprès de leurs contacts voir si son nom apparaissait quelque part.

Après tout, les agresseurs étaient souvent des récidivistes, les meurtriers aussi.

Chapitre Trente-Deux

Cassie revoyait cette horrible scène fatidique dans les escaliers dès qu'elle fermait les yeux. Elle se la rejouait un nombre incalculable de fois mais n'avait de cesse de changer de version en dépit de ses efforts pour se rappeler des faits somme toute nébuleux.

Dans une des versions, elle poussait délibérément Mme Rossi en bas, bien qu'elle fasse son possible pour se remémorer les faits, Cassie ne se souvenait pas l'avoir poussée, bras tendus. Cela ne signifiait pas qu'elle ne l'ait pas fait, simplement qu'elle ne s'en souvenait pas. Dans l'autre, Nina s'avançait et poussait sa mère de toutes ses forces. Nina s'était effectivement élancée en avant, mais Cassie n'avait aucun souvenir du geste en lui-même.

Elle avait dû fermer les yeux au moment des faits, elle ne s'en souvenait pas. Elle était complètement perdue. Toutes les versions étaient vraies, mais l'instant d'après, plus aucune ne semblait la bonne.

Mme Rossi avait crié, menacé Cassie de mort. Elle avait hurlé qu'elle la tuerait, que Cassie ne sortirait pas de la maison vivante. Elle s'était précipitée en avant, pour essayer d'attraper Cassie et l'étrangler.

Non, cela ne s'était pas produit dans les escaliers, mais avant.

Comment la bagarre avait dégénéré jusque dans cette zone, après que Cassie ait failli être étranglée, bloquée contre le bureau en acajou du couloir ? Cassie s'était écartée ? Pire encore, l'autre femme s'était éloignée, Cassie l'avait alors poursuivie et poussée de toutes ses forces alors qu'elle avait le dos tourné ?

C'était le pire des scénarios, Cassie avait des sueurs froides, se sentait oppressée à chaque fois qu'elle y pensait, un meurtre de sang-froid, délibéré. Si elle avait agi de la sorte, la légitime défense serait exclue.

Elle se souvint de ses mains tendues, seul souvenir parfaitement distinct qui demeurait gravé dans sa mémoire. Les poings serrés, les mains jointes. Comptait-elle la pousser, l'avait-elle poussé, Mme Rossi était-elle tombée dans la bagarre ? Que faisait Nina pendant ce temps ?

A chaque fois que Cassie pensait à la jeune fille, essayait de mimer ses gestes, il lui semblait que Nina était partie prenante, jusqu'à ce que Cassie soit finalement convaincue qu'elle ait soit poussé sa mère, soit essayé de le faire pendant que Cassie la repoussait.

Elle avait fait de son mieux pour aider Cassie et la protéger, jusqu'où ses tentatives l'avaient-elle conduite ?

Cassie se retourna et tapota son oreiller pour essayer de le rendre plus confortable. Impossible de fermer l'œil, même après avoir pris deux fois ses médicaments au coucher afin de tenter, sans succès, de juguler son angoisse croissante, son oreiller ne réglerait en rien le problème.

Elle s'avoua vaincue et vérifia l'heure.

Il était sept heures et demie, l'heure de réveiller les filles et mettre fin à cette cogitation sans fin. Elle avait déjà donné sa version à l'enquêteur. Elle ne pouvait plus revenir en arrière et la modifier. Son destin n'était plus entre ses mains. Tout dépendait de ce que cet inspecteur silencieuse et intelligente aurait réussi à découvrir, la façon dont elle avait choisi d'utiliser les informations en sa possession.

Cassie se leva et avala un autre comprimé, espérant que cette prise supplémentaire l'aiderait à garder son calme et faire face au lot de mauvaises nouvelles que la journée apporterait. Elle s'habilla rapidement et alla réveiller les enfants.

Malgré son stress croissant, sa tension s'évanouit partiellement en entendant leurs voix joyeuses au bout du couloir.

"Bonjour, les filles."

Venetia avait dû rejoindre Nina dans sa chambre durant la nuit, elles étaient blotties l'une contre l'autre dans le lit de Nina, et feuilletaient un magazine sur les poneys.

"Bonjour," répondirent-elles en chœur.

"Qui veut un petit déjeuner ? On pourrait faire des tartines au Nutella ce matin, et voir s'il y a du bacon ou des saucisses au frigo." Cassie était soulagée par son calme, les enfants ne semblaient pas avoir saisi l'affolement qui la rongeait.

"Ouais !" s'écria Venetia, "Miam."

"J'en salive d'avance," affirma Nina.

"Très bien. Je descends tout préparer, entre temps, habillez-vous les filles. Réfléchissez à ce que vous aimeriez faire aujourd'hui, votre papa n'arrive que ce soir."

Cassie descendit, soulagée de pouvoir regarder dans le frigo sans avoir l'impression d'outrepasser ses droits. Mme Rossi morte, Cassie réalisait à quel point sa poigne de fer et son obsession de tout contrôler se répercutait sur toute la maisonnée. Bien que les enfants soient les principales victimes, ses méthodes devaient avoir des répercussions sur tous ceux qui franchissaient le seuil de cette maison.

La cuisinière n'était pas encore arrivée et Cassie se rendit compte que le personnel n'était pas encore au courant. Annoncer la nouvelle ne lui incombait pas, tâche ardue de par la barrière de la langue. Cassie décida de demander à l'inspecteur dès son retour. Elle lui donnerait sa version officielle en italien.

Cassie trouva un paquet de saucisses dans le réfrigérateur. Elle les fit revenir dans la poêle en fonte utilisée par la cuisinière, les enfants descendirent dix minutes plus tard, comme attirées par le délicieux fumet.

"Des saucisses pour le petit déjeuner," souffla Nina, comme si c'était un miracle.

"On n'a pas mangé de saucisses depuis des lustres," précisa Venetia.

"Parce que c'est salissant," expliqua Nina. "Mama disait qu'on devait faire la vaisselle et ranger après le petit-déjeuner. Elle inspectait toujours la cuisine."

"Ah bon ?" demanda Cassie en déposant les saucisses dans une assiette. Elle était contente que les enfants se sentent prêts à partager les horribles expériences qu'elles avaient endurées.

"Oui, et s'il y avait ne serait-ce qu'une miette sur le comptoir, on était privées de déjeuner," renchérit Venetia. "J'ai eu souvent très faim après que le départ de Papa."

"Si on se servait sans le savoir de nourriture dont elle avait besoin pour un repas, elle se mettait en colère et nous étions alors privées de dîner, nous devions faire des choses comme ranger et nettoyer tout le frigo," dit Nina. "Tu sais pourquoi elle était comme ça, Cassie ? Pourquoi elle était tellement fâchée contre nous ?"

"Et pourquoi elle ne voulait pas nous donner à manger ?" ajouta Venetia.

Cassie secoua la tête d'un air compatissant.

"Traiter des enfants de cette façon n'est pas normal. C'est elle qui se comportait mal, pas vous," elle décida de s'en tenir là.

Pas étonnant que les enfants n'aient opté que pour des tartines beurrées. Elle se demandait pourquoi elles avaient des goûts aussi basiques. Venetia s'était montrée courageuse en demandant de la confiture, Cassie comprenait désormais pourquoi elle avait tant insisté pour la ranger.

On aurait dit que Mme Rossi prenait un malin plaisir à prendre ses enfants en défaut, dans le seul but d'avoir la satisfaction de les punir. Le geste de Cassie était certes terrible mais elle était soulagée d'avoir évité aux enfants d'en subir davantage. Leur vie était devenue un enfer, la situation serait allée en empirant.

"Souviens-toi toutefois, qu'on n'a pas le droit d'en parler à la dame inspecteur," rappela Nina à sa sœur.

Venetia acquiesça d'un air complice, Cassie comprit que les filles garderaient le secret. Elles avaient forcément décidé que c'était la meilleure solution.

Le savoir ne soulageait pas la tension croissante qu'éprouvait Cassie. Peu importe ce que les filles choisiraient, elles étaient mineures et innocentes, elles n'auraient pas d'ennuis si on découvrait la vérité. Tout était envisageable, elle y arriverait.

Tout dépendait de ce que l'inspecteur Falcone découvrirait.

⚜ ⚜ ⚜

L'inspecteur Falcone débutait sa journée par un footing à cinq heures et demie du matin. À cette époque de l'année, elle courait dans l'obscurité et, ce jour-là, sous une légère bruine. Elle adorait courir. Cela lui donnait de l'énergie et lui permettait de se préparer à la journée qui l'attendait. Son parcours habituel empruntait les rues sinueuses de la banlieue de Milan et traversait le parc où, le week-end, elle amenait sa fille jouer. Elle avait souvent des idées ou même des éclairs de génie concernant des dossiers sensibles pendant cette heure de course à pied. Falcone supposa que c'était imputable à une meilleure oxygénation de son organisme.

Lorsqu'elle avait commencé à courir après la naissance de sa fille, Marco, son mari, avait plaisanté en disant qu'elle pourrait tout aussi bien dynamiser son cerveau grâce à la caféine et au sucre, et pourquoi pas profiter d'un sommeil plus que nécessaire, prendre un cappuccino fort et bien sucré pour le même résultat ? Ses taquineries étaient d'autant plus déplacées qu'il avait coutume de se lever aussi tôt qu'elle et faire une promenade à vélo de deux heures la plupart du temps.

Elle n'arrivait pas à croire que près de cinq ans se soient déjà écoulés depuis sa mort. Son univers avait basculé. Des semaines d'inquiétude allant crescendo s'étaient ensuivies par l'annonce dévastatrice de son décès, suivie par un choc émotionnel ayant perduré des mois.

Personne n'avait compris pourquoi son mari, avocat à succès ambitieux et bien payé, la trentaine, s'était effondré et avait été admis en soins intensifs après s'être plaint des semaines durant qu'il ne se sentait pas bien. Les tests s'étaient enchaînés mais les résultats n'avaient jamais été concluants. Ses reins étaient endommagés, son foie défaillant, des lésions étaient apparues sur sa peau. Il s'était mis à avoir des convulsions, sa tension artérielle était très élevée, il ne s'alimentait plus.

Falcone avait été avocate pour un cabinet spécialisé en droit civil avant de devenir inspecteur. Elle s'était mise en disponibilité pour rester à son chevet, à regarder son état se détériorer jour après jour, des journées ponctuées de lueurs d'espoir à mesure qu'on essayait de nouveaux traitements, suivies d'un désespoir infini au moindre échec.

Un diagnostic avait finalement été posé, diagnostic qui avait fait voler son univers en éclats.

De nouveaux tests avaient été effectués juste avant sa dernière crise, fatale, la cause de cette étrange affliction avait été identifiée. Son mari,

Marco, souffrait depuis longtemps d'un empoisonnement de l'organisme aux métaux lourds.

Falcone accéléra la cadence, dépassait ses limites au souvenir de son horreur et son incrédulité face au diagnostic. Comment était-ce possible ? Marco ne travaillait pas au contact des produits chimiques, et en tant que cycliste aspirant à devenir professionnel, ou du moins, remporter des médailles d'or en tant qu'amateur, il jouissait d'une forme excellente.

La police avait mené l'enquête, elle était l'un des principaux suspects en tant que bénéficiaire de son assurance-vie. Luttant pour affronter son deuil et répondre aux exigences de sa petite fille, Falcone avait vu sa maison fouillée et retournée en tous sens non pas une fois, mais plusieurs. Elle avait été testée, interrogée, questionnée, son téléphone et son ordinateur portable avaient été saisis, s'était rendue à plusieurs reprises au commissariat pour des interrogatoires.

Le soutien inconditionnel de son père et la nécessité de s'occuper de son enfant en bas âge l'avaient sauvée d'une grave dépression, même si elle la savait proche. De nouveaux éléments étaient apparus —atroces, terribles et inattendus. Ces bombes l'avaient dévastée au point de croire de ne jamais s'en remettre.

Marco était en litige avec l'un des associés du cabinet d'avocats qui voulait le ficher dehors ou le forcer à démissionner, mais il avait refusé.

Nouvelle plus destructrice encore, elle avait appris que Marco avait eu une liaison avec l'une de ses secrétaires, peu après la naissance de leur fille. L'affaire étant devenue sérieuse, elle avait fait pression sur lui pour qu'il quitte Falcone. À ce stade, six mois avant sa mort, Marco avait rompu, mais cette femme insatisfaite exerçait toujours au cabinet.

Falcone traversa le parc au sprint tête baissée, jambes en feu. Elle courait à fond sur ce chemin plat et droit. Elle se souvenait avoir été horrifiée en découvrant que son univers s'effondrait. La vie qu'elle croyait si parfaite s'était révélée une imposture. Son ignorance avait été le pire. Comment une femme intelligente et diplômée en droit pouvait ne s'être doutée de rien ? Etait-elle à ce point plongée dans son univers, au point de ne pas en avoir conscience ?

L'enquête s'était quelque peu étiolée, à l'image d'un terrible nuage noir, laissant dans son sillage des incertitudes, les résultats ne s'étant pas avérés concluants. La police n'avait pas pu établir de lien quelconque concernant la mort de Marco. En fin de compte, la théorie retenue est qu'il avait ingéré des compléments alimentaires contaminés pour sa musculation.

Falcone s'était rendu compte de la quantité de boissons, poudres et comprimés qu'il prenait, afin de garder sa forme et acquérir la puissance musculaire qui font la différence entre la victoire et la défaite. Elle l'avait taquiné à ce sujet à de nombreuses reprises, mais il avait insisté sur le fait que son rêve était de passer professionnel, quoi qu'il en coûte.

D'après la police, les compléments alimentaires qu'il se procurait n'avait pas tous d'agréments. Certains avaient été obtenus par connaissances interposées, d'autres, auprès de fabricants non agréés. Un surdosage pendant plusieurs mois concernant un lot contaminé avait pu provoquer une accumulation toxique fatale et irréversible, mais il n'y avait plus de poudre disponible pour les tests dans les boîtes désormais vides que Marco avait continué de consommer, même après avoir commencé à se sentir trop mal pour faire du vélo.

Jusqu'alors, Falcone avait toujours été réticente quant à la vocation de fonctionnaire de son père. Elle avait réalisé, après que son univers ait basculé, qu'elle n'avait d'autre choix que marcher dans ses traces pour obtenir la tranquillité d'esprit et le recul nécessaire.

Falcone avait démissionné peu de temps après pour rejoindre le commissariat de police local en tant que jeune recrue. Elle avait rapidement gravi les échelons et avait été promue au rang d'inspecteur deux ans plus tard, puis chef de service un an plus tard. Sa formation juridique lui donnait un précieux avantage au sein du service, mais ses propres expériences lui insufflaient la détermination et la ténacité nécessaire à la poursuite de ses dossiers, s'engager dans toutes les voies et ne négliger aucune preuve, aussi infime soit-elle.

Son sprint achevé, Falcone ralentit, à bout de souffle. Elle pensait avoir explosé son record sur ce parcours et se réjouissait de pouvoir vérifier son Fitbit de retour à la maison. Le seul problème était qu'en essayant de se débarrasser des mauvais souvenirs qui l'avaient assaillie de façon inattendue, elle n'avait plus réfléchi à sa dernière affaire. L'air frais n'avait pas réussi à déclencher la petite étincelle nécessaire.

L'inspiration n'était pas au rendez-vous, un travail acharné y pourvoirait.

Falcone se rendit au travail après le branle-bas matinal habituel du petit déjeuner, habiller sa fille et attendre l'arrivée de son bus scolaire. Elle était impatiente de voir si son intuition de la veille s'avèrerait payante, si les inspecteurs locaux, ou les services sociaux, auraient des informations utiles à lui fournir.

L'inspecteur Bianchi se pressa d'aller à sa rencontre dès son arrivée, il avait l'air excité.

"Bonjour. Je suis au téléphone, en ligne depuis ce matin, j'ai trouvé des informations concernant la suspecte Cassandra Vale."

Falcone ressentit une pointe d'excitation. Cela pourrait lui apporter l'indice manquant, ou du moins, orienter l'enquête en bonne voie. Révéler un schéma de comportement qui l'aiderait à faire en sorte que les pièces du puzzle s'emboîtent.

"Dites-moi tout," elle suivit Bianchi, impatiente, qui se dirigeait vers son petit bureau.

Chapitre Trente-Trois

Falcone s'installa en face de Bianchi, notant, comme à l'accoutumée, à quel point son bureau était rangé ; le reflet d'un esprit très organisé et méthodique. Ce n'était pourtant pas sa plus grande force, mais certainement son naturel agréable qui lui avait permis de travailler en tant qu'enquêteur international respecté dans trois postes à l'étranger, et maintenir des relations étroites avec ses équipes même après son départ.

"Mes collègues français m'ont informé d'une affaire en cours. Vous en avez peut-être entendu parler. Pierre Dubois, accusé d'avoir assassiné sa fiancée. Le dossier est en cours d'instruction."

Falcone acquiesça lentement.

"Je crois m'en souvenir ou l'avoir lu quelque part. Ce nom ne m'est pas inconnu."

"Une affaire intéressante. Des preuves circonstancielles mais un manque de preuves concrètes, le procureur doute qu'il soit inculpé. Mais au tribunal, qui sait ? C'est toujours aussi imprévisible."

"Quel rôle joue Cassie Vale là-dedans ?"

"Elle travaillait à l'époque comme fille au pair dans cette famille depuis moins d'une semaine."

Falcone soupira bruyamment.

"Dans son témoignage, Pierre Dubois déclare avoir vu Cassie Vale se battre avec la victime, Margot Fabron. Elle est morte plus tard dans la nuit, en tombant d'un balcon."

Ou a été poussée, pensa Falcone, avec un regain d'excitation. Etrange coïncidence.

"Autre chose," ajouta l'inspecteur. "Pierre Dubois vient de certifier voilà quelques jours à peine qu'un individu — Cassie Vale était la seule occupante de la maison familiale à l'époque, hormis les enfants — avait fouillé la maison et détruit les images de télésurveillance qu'il conservait. Des caméras étaient apparemment opérationnelles dans sa chambre."

"Pourquoi ne pas avoir recueilli son témoignage ?"

"Dubois n'a découvert la disparition des enregistrements qu'à sa sortie de prison. Il s'est momentanément vu refuser la liberté sous caution, il était devenu violent après son arrestation, a tenté d'agresser un des inspecteurs. Depuis, la police l'a innocentée et elle a quitté la France."

"Et se retrouve ici."

"Elle ne figure pas sur leur liste des témoins. Elle n'est plus suspecte ; ils se sont servis de son témoignage, point barre. Nous pourrions l'interpeller et la leur remettre mais je préférais d'abord avoir votre avis. Dans le cas peu probable où elle serait autorisée à témoigner, la renvoyer en France nous compliquerait la tâche."

"Oui, cela nous retarderait, et comme vous dites, il est peu probable que les tribunaux français nous donnent leur aval à ce stade. Je reconnais que c'est très intéressant, les similitudes entre les deux affaires sont étonnantes. Les enregistrements des Rossi n'ont pas fonctionné, c'était uniquement du direct, mais Cassandra Vale les cherchait dans ce bureau. Je me demande ce qu'elle essayait d'effacer."

Bianchi opina du chef.

"J'aurais dû y penser lorsque Mme Rossi a fait cette chute mortelle. D'après vos informations, tout indique qu'une bagarre a eu lieu."

"Exactement. Une bagarre violente, mais pourquoi ? Mme Rossi maltraitait ses enfants, Cassie Vale les a défendues, ou le contraire ? La fille au pair a transgressé les règles – frappé les enfants, volé sa patronne – générant ainsi une bagarre ? Quelle hypothèse est la bonne ?

Falcone sentit monter sa frustration coutumière, le drame de ne pas savoir la vérité, devoir vivre avec des doutes et des soupçons qui ne seraient jamais levés parce que la vie était semée d'embûches, l'avenir, incertain, les motivations des coupables étaient d'ordinaire difficiles à comprendre ou à cerner.

"Ce qui laisse supposer, en tout état de cause, que cette jeune femme attire les ennuis, qu'elle essaie de brouiller les pistes et n'a pas peur de se battre," suggéra Bianchi.

Falcone hocha la tête et le laissa poursuivre

“Nous avons besoin d’une preuve, cette affaire souffre d’un manque flagrant de preuves jusqu’à présent. Par où commencer ?”

“Je vais contacter les services sociaux et la police locale,” déclara Falcone. “Ils nous fourniront peut-être une pièce du puzzle manquante.”

Elle parcourut le couloir menant à son bureau. Une pièce exiguë – bien qu’elle soit très organisée, Falcone n’était pas une maniaque de l’ordre, elle avait compris que plus elle avait de l’espace, plus ça débordait, et plus vite elle arrivait à un stade où le garder en ordre devenait impossible.

Elle avait donc opté pour un espace plus restreint, espace dans lequel elle parvenait à maîtriser plus rigoureusement la montagne de paperasse en constante accumulation.

Son téléphone sonna alors qu’elle entrait dans son bureau. Elle répondit, le PDG de Rossi Shoes était au bout du fil. Elle lui avait laissé un message hier soir en lui demandant de la rappeler de toute urgence. Falcone l’imaginait assis dans un bureau luxueux, désemparé alors qu’elle lui annonçait la nouvelle, un cappuccino fumant posé devant lui sur un plateau d’argent.

“C’est terrible, une vraie tragédie. Pouvez-vous me dire ce qui s’est passé ?”

“Mme Rossi est morte hier soir, en tombant chez elle dans les escaliers.”

“C’est incroyable ! Comment une telle chose a pu se produire ?

“Nous sommes en pleine enquête. Il s’agirait d’un accident. Le talon de sa chaussure s’est cassé.”

Il y eut un silence écrasant, Falcone réalisa trop tard, que sa théorie ne serait pas bien accueillie par la direction de Rossi.

“Vous êtes en train de me dire que la chaussure s’est cassée, ce qui a provoqué sa chute mortelle ? Avez-vous des preuves ? demanda-t-il, soupçonneux.

“Nous n’en avons pas la preuve. La chaussure s’est peut-être endommagée pendant la chute.” Elle entendit un soupir de soulagement et poursuivit. “Nous recoupons les faits et interrogeons les suspects.”

“S’agit-il d’un meurtre ?” le PDG était horrifié.

“Nous n’en avons pas la certitude à ce stade.”

Il répondit la voix tremblante. “Mme Rossi était une visionnaire, un être hors du commun. Elle a réussi à hisser une entreprise familiale au rang de fleuron de l’industrie. Pouvez-vous nous donner de plus amples informations quant à ce meurtre présumé ? Comment un tel crime a pu se produire ?”

Falcone se rendit compte qu’elle était sur haut-parleur. Elle modula sa voix afin qu’elle s’adapte à une grande salle de conférence, avec une longue table pourvue de fauteuils en cuir à haut dossier. Elle entendit des voix inquiètes, ça discutait actions, diverses transactions internationales sur le point d’être conclues.

“Un meurtre risque de tout compromettre,” elle entendait une voix féminine perçante. “Les transactions seront affectées. Les actions vont chuter.”

Falcone se mordit la langue. Elle n’éprouvait en général que peu de sympathie envers les grandes entreprises, mais elle ne pouvait s’empêcher de réaliser à quel point la situation était délicate dans ce cas, combien il était de sa responsabilité d’effectuer une enquête la plus minutieuse possible.

Si elle et son équipe finissaient par accuser quelqu’un de meurtre, ils auraient besoin de preuves en béton, voire, d’un témoin oculaire.

Dans le cas contraire, les intérêts de l’entreprise étant en jeu, la police serait qualifiée d’incompétente, ce qui aurait un effet négatif sur toutes les personnes concernées et nuirait à la réputation de son équipe. Falcone était bien consciente que les Italiens affectionnaient beaucoup plus le monde de la mode et ses marques emblématiques nationales que le travail infatigable des forces de l’ordre.

“Je vous propose de nous rencontrer ce matin à onze heures,” déclara-t-elle. “Nous devrions avoir de plus amples informations d’ici là et serons à même de vous donner une idée plus précise de l’orientation de l’enquête.”

“Très bien, Inspecteur. Merci pour cette réunion. Puis-je vous demander si vous pouvez y assister dans nos bureaux, afin que le conseil d’administration soit présent ?”

Falcone accepta. Elle entendit de nouveau le murmure des voix inquiètes et comprit qu’une conférence de presse était prévue pour midi.

Le conseil d'administration de Rossi voulait de toute évidence prendre les devants et annoncer publiquement la nouvelle avant que des rumeurs ne circulent, rumeurs qui feraient chuter le cours des actions ou faire péricliter les futures transactions.

La conversation terminée, Falcone prit connaissance du rapport du légiste qui venait d'arriver. Il confirmait que le taux d'alcoolémie de Mme Rossi était élevé au moment de la mort, que la chute avait engendré une fracture de la nuque qui l'avait tuée sur le coup. Le légiste confirmait que les autres blessures au visage et à la tête avaient été causées à peu près au même moment, mais il ne put établir avec certitude si elles avaient été causées par la chute ou non.

Falcone referma le document, hocha la tête et fit la moue, boudeuse. Elle ne s'attendait franchement pas à ce que le rapport fournisse des indices miraculeux, mais confirme tout de même ce qu'ils avaient observé. Elle poursuivit ses vérifications de routine pour voir s'il existait d'autres rapports concernant la famille Rossi par le passé. Son premier appel fut pour la police locale.

Le sergent qui répondit la transférera au commandant dès que Falcone mentionna son nom et la raison de son appel.

Falcone patienta une minute, le sergent reprit la communication.

"Le commandant est malheureusement à l'extérieur aujourd'hui mais j'ai regardé dans notre logiciel. Nous n'avons reçu aucun rapport à cette adresse."

"Merci."

Ce n'est qu'après avoir raccroché qu'elle commença à réaliser que cette conversation avait quelque chose d'étrange. Le sergent avait fourni l'information à une vitesse que Falcone n'aurait jamais cru possible. Sa recherche s'était avérée incroyablement rapide, même par voie informatique.

Si rapide qu'elle soupçonnât qu'elle n'ait peut-être pas été faite du tout.

En marge de cette enquête, Falcone décida de surveiller personnellement le commandant lorsqu'elle aurait plus de temps, lui expliquer que son personnel prenait des raccourcis avec la procédure, qu'il devrait y veiller.

Falcone contacta ensuite les services sociaux, elle eut plus de chance puisqu'elle tomba sur la personne dont elle avait besoin. Elle avait été mise en relation directement avec M. Dellucci, le chef de service.

"Que puis-je pour vous, inspecteur ?"

"Je mène une enquête suite à un décès accidentel, qui semble s'être déroulé dans des circonstances suspectes. J'aimerais savoir si vous avez reçu des appels de l'adresse concernée, ou si quelqu'un vous a contacté récemment – voire, alerté ?

"Si vous voulez bien éclairer ma lanterne."

Elle remarqua avec étonnement que M. Dellucci semblait soudain moins enthousiaste et plus soupçonneux.

"Au nom de Mme Rossi. L'adresse est la suivante."

Falcone la lut attentivement.

"Allô ?" dit-elle perplexe, elle se demandait si la ligne avait été coupée, elle n'entendait plus rien hormis du silence. "Vous êtes toujours là ?"

"Je suis désolé," bafouilla le directeur. "On m'appelle pour une réunion urgente. Soyez assurée, Inspecteur, que je vous reviens dès que possible avec tous les renseignements utiles."

Il raccrocha en hâte, Falcone était des plus perplexe.

Il ne lui avait même pas demandé son numéro de téléphone. Que se passait-il ?

Elle essaya de rappeler mais ne fut absolument pas surprise de se faire entendre dire, lorsqu'elle demanda le directeur, qu'il n'était pas disponible.

Falcone réfléchit un moment à ce qui venait de se passer.

Il s'agissait peut-être simplement de la bureaucratie, de l'inefficacité des services de l'État à l'œuvre. Le directeur des services sociaux était peut-être stressé et surchargé de travail, avait été appelé pour une réunion urgente. Elle l'aurait cru plus facilement s'il n'avait pas changé de ton pendant la conversation, en subodorant la raison de son appel.

Autre explication plausible, le nom et l'adresse avaient alerté la police et les services sociaux, parce que le sujet avec déjà été évoqué au niveau du gouvernement. Falcone ne savait que trop bien que c'était monnaie courante.

Mme Rossi s'était-elle mêlée de la procédure, avait soudoyé certains services pour éviter que des plaintes ne figurent au dossier ?

Falcone savait que cela serait difficile à prouver si tel était le cas. Les fonctionnaires corrompus qui acceptaient des pots-de-vin étaient fuyants comme des anguilles, et étaient passés maîtres dans l'art de protéger leurs arrières et s'assurer qu'aucun dossier sensible ne soit accessible. Il était par conséquent en général impossible de savoir si tel était le cas, à moins que la personne qui ait porté plainte ne demande l'aide d'un autre service ou d'un bureau de police situé hors du rayon d'action du corrupteur.

M. Dellucci semblait paniqué. Qu'est-ce que cela signifiait ?

Falcone secoua la tête. Tout cela s'avérait frustrant et peu concluant.

Tout ce dont elle disposait à ce stade était un indice concernant la fille au pair qui avait déjà eu des démêlés, les enfants Rossi étaient peut-être maltraitées.

Une autre piste s'offrait à elle en la personne de la grand-mère âgée qui venait d'emménager dans la famille, et qu'elle envisageait d'interroger.

Falcone vérifia sa montre. Il était temps de rendre une nouvelle visite chez les Rossi pour voir si Nonna – son dernier espoir – serait à même de lui fournir des informations, ou mieux encore, un témoignage oculaire probant. Après tout, elle était présente dans la maison au moment des faits. Cette dame pourrait peut-être fournir à Falcone les pièces du puzzle manquantes et donner ainsi à Falcone ce qu'elle désirait – une preuve en béton qui confirmerait ses soupçons.

Chapitre Trente-Quatre

Cassie prépara un plateau pour Nonna et le monta à l'étage dès que les enfants eurent terminé de manger. Elle frappa à la porte de la chambre, redoutant d'entrer. Sa bouche était sèche, son ventre, noué.

Si Nonna était réveillée, semblait cohérente et demandait où était sa fille, Cassie devrait la retenir jusqu'à ce que la police arrive et lui annonce la nouvelle.

Elle réalisa que l'état psychologique de Nonna rendait ses réactions imprévisibles. Elle était entrée dans une autre chambre hier soir sans que personne ne s'en aperçoive. Cassie espérait qu'elle soit couchée et n'ait pas besoin d'elle pendant la nuit. Pourvu que la vieille dame ne se soit pas levée pendant un épisode de démence et se soit blessée.

Cassie était heureuse que ce soit son dernier jour ici. La vieille dame serait sous la responsabilité du père des filles dès ce soir, cette charge ne pèserait plus sur ses épaules.

Elle ouvrit la porte et constata que Nonna était assise dans son lit, éveillée et en forme.

"*Buongiorno*," la salua Cassie, avec une gaieté feinte.

Même si cette femme était probablement une mère abusive, la famille était la famille, sa fille restait sa fille. Cassie serait-elle capable d'éluder les questions sans rien laisser paraître ni craquer complètement si Nonna la questionnait à propos de sa fille ?

Cassie déposa le plateau sur la table de chevet et se demanda combien de maltraitances physiques et psychologiques Mme Rossi avait subi de la part de sa mère, et si cela avait contribué à faire d'elle la mère violente et dominatrice qu'elle était devenue.

"Nonna, voulez-vous prendre votre petit déjeuner ? Je vous ai apporté des tartines, du thé et quelques tranches de saucisses."

Nonna hocha la tête. Bien que frêle, les membres émaciés et tremblants, elle semblait cohérente ce matin. Elle chuchota doucement quelque chose en regardant Cassie droit dans les yeux.

Cassie s'approcha.

"Pardon ? Je suis désolée, je n'ai pas compris."

"J'ai tout vu." Nonna avait les yeux dans le vague mais la voix perçante. "J'ai vu ce que vous avez fait hier soir."

Cassie, pétrifiée et paniquée, dévisageait la vieille femme. Nonna, sombre et courroucée, ne la quittait pas des yeux.

"Je—je ne comprends pas," chuchota-t-elle, priant pour que Nonna parle d'autre chose, qu'elle n'insinue pas ce que Cassie redoutait.

"Je vous ai vu vous disputer hier soir," répéta distinctement Nonna, Cassie s'approcha plus près, comme attirée par ce regard vide et noir.

"Vous vous êtes disputée avec ma fille. Je vous ai vu l'agresser. C'était votre faute, entièrement votre faute. Vous étiez comme folle. C'est vous qui avez commencé, vous l'avez achevée. Vous avez mis vos mains comme ça."

Nonna leva ses membres tremblants. Cassie comprit avec horreur, malgré ses mains semblables à des serres, tordues par l'arthrite, qu'elle imitait la façon dont elle tenait ses poings devant elle ; seul souvenir précis qui lui restait après l'ivresse et la violence du combat.

"Vous l'avez poussée en bas des escaliers. Elle est tombée. Vous l'avez tuée, n'est-ce pas ? Vous êtes une meurtrière, jeune fille. *Assassina*."

Elle pointa son index tremblant vers Cassie.

Cassie était pétrifiée d'horreur. Cette femme âgée s'exprimait à la perfection malgré sa fragilité. Sa voix et ses paroles laissaient deviner la mère brutale et dominatrice que Nonna avait été jadis.

"Vous vous trompez," murmura-t-elle. "Ce n'est pas du tout ce qui s'est passé. Pas du tout."

"Oh, oui. C'est vrai. J'ai tout vu, *con i miei occhi*." Nonna indiqua ses yeux.

"Non. Ottavia m'a agressée. Elle était en train de frapper Nina et est devenue hystérique quand j'ai essayé de l'en empêcher. C'était de la légitime défense. Je ne voulais pas la pousser. Elle a voulu me tuer, alors je l'en ai empêchée. La chute était un accident," se justifia Cassie.

Elle ignorait si la démence de Nonna altérait ses souvenirs, ou si elle exagérait délibérément les faits pour faire porter le chapeau à Cassie.

Ou, pire encore, qu'une troisième option se présente. Et si c'était elle, la fautive, que Nonna disait vrai ?

Cassie baissa les yeux. Elle ne pouvait supporter le regard inquisiteur et mauvais de la vieille femme. La culpabilité l'écrasait à nouveau, elle se demandait si sa mémoire était à ce point défaillante, comment les événements s'étaient déroulés pendant cet instant chaotique.

Quelle que soit la vérité, elle savait que la version de Nonna causerait sa perte. Si la police recueillait son témoignage, ainsi que d'autres preuves circonstancielles, la balance pencherait en sa défaveur.

"Meurtrière. *Assassina*," répétait Nonna.

Cassie était horrifiée par la façon dont la vieille femme semblait presque la narguer par son savoir. Elle agrippa instinctivement un oreiller. Elle voulait le plaquer sur sa bouche pour étouffer ces paroles horribles – voire, la tuer.

Elle était frêle et âgée, qui s'en douterait ? Elle ne pourrait pas lutter ou résister, l'oreiller moelleux étoufferait ses cris. Elle trépasserait en quelques instants, l'unique témoin oculaire de cet acte terrible serait éliminé.

Cassie agrippa fermement l'oreiller. Quelques secondes de détermination suffiraient. Cela ferait taire ses croassements, ses railleries voilées qui emplissaient la pièce.

"*Sei colpevole.*"

Cassie la regarda fixement, incapable de comprendre le sens de ses paroles, bien que le ton accusateur de Nonna soit sans équivoque.

"Oui, vous êtes coupable," poursuivit Nonna, comme si elle sentait la confusion gagner Cassie, elle passa à l'anglais afin de s'assurer qu'elle comprenne. "Qu'avez-vous ressenti ? Vous croyez vous en tirer ? Vous êtes une meurtrière désormais. Ottavia voulait seulement se défendre suite à votre agression. Vous payerez votre geste le restant de vos jours, en prison."

"Ça suffit !" siffla Cassie, la vieille femme éclata d'un rire diabolique.

L'oreiller était doux et lourd dans la main de Cassie. Elle le souleva, plaça son autre main derrière la tête de la vieille femme. C'était la seule solution si elle voulait se sauver. Peu importe que la version de Nonna soit vraie ou exagérée, elle sonnerait le glas de Cassie.

Une petite minute et le tour serait joué.

Elle prit une profonde inspiration et souleva l'oreiller, le sang pulsait dans ses oreilles.

Mais réalisa qu'elle ne pouvait pas.

Cassie tremblait comme une feuille et reprit peu à peu son souffle.

Elle n'était pas comme ça. Accomplir cet acte délibéré était tout bonnement impossible, même pour sauver sa peau. L'idée était tentante mais la réalité était tout autre. Elle n'était pas comme ça. Pas du tout. Si le témoignage de Nonna sonnait sa condamnation pour meurtre, qu'il en soit ainsi. Alea jacta est.

Cassie plaça l'oreiller derrière la tête de Nonna, l'installa afin que la vieille femme soit confortablement soutenue. Elle ressentit un étrange soulagement sachant qu'elle ne pouvait se résoudre à étouffer un être humain, même vieux et faible, qui l'avait menacée en mentionnant des éléments qui causeraient sa perte. Elle n'était pas une tueuse-née, quelles que soient les circonstances.

Toute à ses réflexions, Cassie entendit la porte d'entrée s'ouvrir alors que Nonna égrenait encore son ricanement strident et moqueur.

Falcone était arrivée au pire moment possible.

Cassie se précipita hors de la chambre, espérant pouvoir détourner l'attention de l'inspecteur, bien qu'elle n'ait aucune idée de la façon dont procéder. Si Falcone suivait les plans qu'elle lui avait confiés hier, le portrait de Cassie serait brossé en quelques minutes, par une femme fragile mais vindicative ayant eu un éclair de lucidité pile au mauvais moment.

"Bonjour," la salua Falcone.

Son regard perçant remarqua les efforts pitoyables de Cassie pour recouvrer son calme, sonda son cœur apeuré et coupable.

"Bonjour," elle se demandait si Falcone entendait les battements de son cœur.

"Comment vont les enfants ?"

“Bien. Elles sont calmes et ont passé une bonne nuit. Voulez-vous leur parler ? Avez-vous autre chose à leur demander ?”

Cassie doutait que sa tentative de retarder le moment de l’interrogatoire fonctionne, il n’y avait aucune raison que l’inspectrice interroge les enfants une deuxième fois. Elle savait que Falcone ne manquerait pas de remarquer son stress.

“Nonna est réveillée ?”

Cassie sentit son estomac se nouer effroyablement et répondit, sa dernière heure était venue. “Oui, je viens de lui apporter son plateau.”

“Parfait. Je monte immédiatement l’interroger dans sa chambre.”

L’inspecteur monta l’escalier de marbre sans attendre.

Cassie avait l’impression que les paroles de la vieille femme restaient en suspens, que Falcone les sentirait en entrant. Nonna serait trop heureuse d’avoir un nouvel auditoire avec qui partager ses observations. Cassie était persuadée que l’interrogatoire serait très court, très productif et déboucherait sur son arrestation immédiate.

Cassie réalisa soudainement qu’elle ne pouvait pas supporter d’attendre le couperet final, l’effroyable machinerie du processus qui s’ensuivrait. Il y aurait un autre interrogatoire au poste de police – elle aurait déjà sombré dans la paranoïa qu’elle sentait s’installer. Son passeport serait confisqué, la malchance s’acharnait pour la troisième fois.

Cassie se figura le trajet jusqu’au commissariat. La panique, l’isolement, l’humiliation d’être fouillée, la prise d’empreintes digitales, sachant qu’elle était leur principal suspect depuis le début. Qu’ils détenaient désormais les preuves pour la condamner.

Elle ne pouvait s’y résoudre. Elle devait à tout prix élaborer un autre plan. S’enfuir. Elle pouvait quitter maison, la zone, avant que l’inspecteur ne s’en aperçoive. Elle conduirait jusqu’à la frontière suisse. Quitter l’Italie ne lui prendrait que quelques heures à peine. Elle traverserait la frontière avant que la police ne soit prévenue.

Prendrait ensuite le premier avion pour les États-Unis et fuirait, hors d’atteinte, mettrait un océan entre elle et ce voyage aux allures de catastrophe.

Cassie regagna rapidement sa chambre sans bruit. La principale difficulté consistait à sortir son sac sans que l’inspecteur ne s’en aperçoive. Avec un peu de chance, elle interrogerait Nonna porte fermée, pour laisser à la vieille femme plus de temps et d'intimité.

Cassie passa sa chambre au peigne fin, ramassa toutes ses affaires qu'elle fourra dans son sac. Elle libéra les quelques étagères qu'elle avait investie, se souvint in extrémis de ses comprimés planqués au fond du tiroir. Ses problèmes empireraient si elle oubliait ses médicaments. Elle rassembla les flacons et les rangea dans la poche zippée de son sac.

Un bruit à la porte la fit sursauter, elle fit volte-face.

Nina et Venetia étaient là, debout, la regardaient.

"Pourquoi tu fais tes valises, Cassie ?" demanda Nina.

Cassie esquissa un petit sourire forcé.

"Je vais y aller. Ça va aller maintenant les filles. Votre papa arrive dans la soirée."

Cassie essaya de rassurer les filles mais savait qu'en partant maintenant, elle les abandonnerait au moment où elles étaient le plus vulnérables. Elles seraient forcées de passer une journée seules et peu rassurées dans la maison, sans surveillance, sans personne pour veiller sur elle.

Venetia se rembrunit.

"Oh, Cassie, s'il te plaît, ne pars pas ! Je croyais que tu passais la journée avec nous. On est toute contentes. On est venues te voir pour te demander ce qu'on pourrait faire, on a des idées de jeux et activités."

"Ne pars pas," renchérit Nina. "Je vois bien que tu as peur après ce qui s'est passé, mais nous aussi on a peur de rester seules. S'il te plaît, reste avec nous jusqu'à ce que papa arrive."

Cassie les dévisageait, tourmentée et indécise.

Chaque instant passé ici avec les filles voyait ses chances de s'échapper s'éloigner.

Et quand bien même, avait-elle une chance ? Cet inspecteur efficace avait tout prévu. Vue sa chance, ils auraient probablement installé des barrages routiers avant que Cassie ne rejoigne l'autoroute, elle se retrouverait sans passeport à supposer qu'elle atteigne la frontière, son passeport serait alors confisqué.

Pire encore, les enfants ne comprendraient jamais pourquoi elle était partie.

Son départ serait forcément soudain en cas d'arrestation — mais elles sauraient alors pourquoi. Auquel cas, elle s'assurerait que Falcone veille à contacter quelqu'un pour rester auprès des filles et Nonna. Unique comportement responsable digne de ce nom.

Elle ne serait plus sûre de rien si elle partait comme une voleuse.

Cassie ravala ses larmes devant son manque d'empathie et son égoïsme si elle prenait ses affaires et partaient en laissant ces enfants désorientées, sortirait de leur vie à jamais.

"Non, bien sûr que non. Je ne pars pas maintenant. Je prépare juste mes affaires pour lorsque votre papa sera là. Et si on jouait au ballon dehors ? Il ne fait pas trop froid, les nuages se sont dissipés."

Nina courut chercher leur gros ballon coloré, toutes trois descendirent dans le jardin. Cassie réalisa en sortant que c'était peut-être la dernière fois qu'elle voyait le soleil et sentait le vent sur son visage avant longtemps.

Les filles semblaient ravies de dépenser leur trop-plein d'énergie, Cassie était certaine que se défouler et courir les aidait à relâcher la tension subie depuis de nombreux mois maintenant. Elles jouèrent sans s'arrêter pendant vingt minutes, Cassie faisant de son mieux pour oublier sa frayeur et être pleinement concentrée sur les enfants.

"Lance-la-moi, Cassie ! A moi !" criait Nina.

Cassie lança la balle en l'air, Nina dut courir après en criant, riant et sautant pour l'attraper avant qu'elle ne touche le sol. Elle la lança à Venetia, qui l'attrapa d'une main et poussa un cri de joie en voyant de quoi elle était capable.

Cassie s'efforçait de vivre le moment présent et refouler l'anxiété maladive qui menaçait de la submerger. Elle se rappela que tout était possible et qu'une issue positive, voire, un miracle, était envisageable. Redouter le pire équivaudrait à se voir déjà en prison, se reprocha-t-elle sévèrement.

Cassie n'avait jamais pu apaiser ses craintes. Elle supposait que les mauvais traitements subis durant son enfance impactaient forcément ses réactions. Lorsque le pouvoir était aux mains d'un parent qui l'utilisait de manière imprévisible et irresponsable, accepter le pire était la seule issue possible.

Cassie se rappela, en bondissant pour attraper le ballon, en respirant le bon air frais, en sentant le soleil d'hiver sur sa peau, qu'elle seule était en mesure de changer son attitude pour affronter la vie. Personne d'autre ne le ferait à sa place.

La panique ne lui serait d'aucune aide. Son destin était déjà scellé. Si elle était capable de garder son calme lorsque la bombe s'abattrait, peut-être aurait-elle la possibilité d'envisager d'autres solutions. Elle ne devait pas céder à la panique ni au désespoir.

Cassie lança le ballon le plus loin possible, Venetia courut après en criant, elle aurait tant souhaité mettre autant de distance entre elle et ses problèmes.

Malgré sa bonne résolution de garder son calme et rester maîtresse d'elle-même, Cassie sentit son estomac se tordre à en vomir, lorsque la porte d'entrée s'ouvrit.

L'inspecteur Falcone lança, la voix grave.

“Je vais devoir interrompre votre jeu, Cassie. Venez, s'il vous plaît. J'aimerais vous parler en privé.”

Chapitre Trente-Cinq

Cassie sentit son heure venue en entendant Falcone. Le moment tant redouté était arrivé.

Elle voulait s'effondrer en larmes, là, sur la pelouse impeccable. Elle fit un effort surhumain pour sourire aux enfants et faire comme si tout allait bien.

Ses jambes tremblaient lorsqu'elle entra dans la maison, mais elle parvint à garder la tête haute et ne pas éclater en sanglots.

Falcone avait l'air surprise par son comportement, comme s'il ne correspondait pas à l'image de Cassie qu'elle avait eu jusqu'à présent, à la réaction attendue.

"Pourrions-nous discuter au salon ?"

Une fois à l'intérieur, l'inspecteur prit tout son temps pour ouvrir son porte-documents et parcourir ses notes. Elle posa un verre d'eau sur la table basse et plaça le magnétophone à côté. Cassie était assise, nauséeuse, au bord d'un grand fauteuil à accoudoirs. Tout ce qu'elle pouvait espérer était réussir à négocier une dernière faveur.

Même si elle n'avait pas agi de sang-froid, qu'elle n'avait réalisé ce qu'elle faisait qu'au dernier moment, elle devrait bien sûr payer pour avoir ôté la vie d'autrui. Telle était la loi. La loi ne se souciait pas que Mme Rossi ait systématiquement maltraité ses enfants et qu'elles soient heureuses de s'en être débarrassées. La question était de savoir si le comportement de Cassie avait provoqué la mort de Mme Rossi, Falcone avait désormais un témoin oculaire.

Si elle restait calme et coopérait, la police accepterait peut-être qu'elle contacte une dernière fois la boutique de Mirabella depuis leur ligne fixe et essaie de découvrir la vérité au sujet de sa sœur, avant d'être placée en détention. La propriétaire de la boutique céderait peut-être si elle expliquait sa situation à Mirabella, et transmettrait son message à Jacqui, si elle était encore en vie.

Un coup de téléphone. Serait-ce permis ? L'inspecteur ne semblait pas agressive, bien qu'elle ne soit pas certaine de ses droits ni du déroulement de la procédure. Cassie décida que ce serait la faveur qu'elle demanderait, qu'elle la supplierait, ce serait sa dernière chance d'accomplir la quête dans laquelle elle s'était lancée.

L'inspecteur Falcone termina de compulser ses notes et leva les yeux.

Cassie se força de croiser son regard perçant, fixer ses yeux bruns.

"J'ai eu une discussion intéressante avec Nonna. Nous espérions avoir un témoin oculaire de ce qui s'est passé."

Cassie parvint à esquisser un léger signe de tête. Son estomac gargouillait.

"J'aimerais entendre à nouveau votre version, et cette fois, la plus précise et réelle possible. Je vous demande d'arrêter de mentir, cela jouera en votre faveur. Au pénal, le juge accorde souvent une réduction de peine aux individus faisant des aveux, croyez-moi, c'est le mieux que vous puissiez faire en l'état actuel."

Une réduction de peine. Cassie savait que la déclaration de Nonna avait assis sa culpabilité. Nous n'en étions plus au simple stade des soupçons, il s'agissait d'un crime.

Un aveu complet lui vaudrait une réduction de peine de combien ? Cela ne l'en dispenserait pas complètement. Sa peine serait diminuée de quelques mois, son emprisonnement réduit de façon drastique ? Cassie ne pensait pas que l'inspecteur le lui dirait si elle le lui demandait. Peut-être l'ignorait-elle elle-même.

Cassie regarda ses mains serrées si étroitement l'une contre l'autre que ses doigts étaient douloureux. Si elle avouait, Falcone lui permettrait d'appeler la boutique et faire une dernière tentative pour retrouver sa sœur. Elle se souvint de ses réflexions, à savoir rester calme et coopérer. Il était temps de les mettre en pratique.

Cassie regarda l'inspecteur et se mit à parler. Elle prononça le mot "je" et vit un tout petit signe, minuscule, signe qu'elle n'aurait jamais pensé pouvoir déceler dans cette situation de vie ou de mort, elle qui croyait tout espoir disparu.

Une lueur d'impatience inhabituelle brilla dans le regard de l'inspecteur.

Cassie feignit une quinte de toux, but une gorgée d'eau du verre posé sur la table, s'octroya quelques instants, voulant à tout prix comprendre ce que cela signifiait.

Il existait peut-être une chance – infime – que Falcone bluffe. Cassie avait constaté hier que l'état de lucidité de Nonna avait des hauts et des bas, telle une flamme vacillante. S'était-elle montrée incohérente avec Falcone, avait-elle livré une version incomplète, sans queue ni tête ?

Cassie décida de courir le risque.

Elle allait s'en tenir à sa version originelle, s'accrocher au fol espoir de l'absence de tout témoignage allant à l'encontre du sien.

"Je vous ai déjà raconté ce qui s'est passé." Sa voix était rauque et saccadée mais ses paroles suffisamment distinctes pour que le magnétophone les enregistre. "Je sais que j'étais bouleversée, que mon histoire était plutôt confuse mais elle était le plus précise possible d'après mes souvenirs. Je ne sais pas ce que vous voulez que j'avoue. Je ne comprends pas du tout ce que vous insinuez."

Falcone ne répondit pas. Elle prit la parole mais demeura totalement imperturbable.

"Je vous offre une dernière chance."

Cassie décida qu'elle était trop mouillée pour revenir en arrière.

"Je vous ai déjà dit ce qui s'est passé," répéta-t-elle d'une voix plus affirmée.

L'inspecteur fit un petit signe de tête.

"Je n'ai pas réussi à obtenir un déroulé clair des événements de la part de Nonna."

Cassie retint son souffle, son cœur battait à tout rompre. Elle avait été à deux doigts de craquer et tout avouer. Tout aurait pu se passer différemment, elle redoutait que cela soit toujours le cas. Elle se rendit compte qu'elle attendait que l'inspecteur dise "Mais—", que tout son univers bascule.

“Il m’a fallu énormément de temps pour lui expliquer que sa fille était morte, je ne suis toujours pas sûr qu’elle ait bien compris. En même temps, je crois qu’elle essayait de me dire quelque chose d’important à propos d’hier soir, mais elle n’a cessé de digresser. Elle délirait, bien que je ne doute pas qu’elle ait des moments de lucidité,” poursuivit Falcone.

Cassie se ressaisit, parvint à mobiliser le moindre ersatz de la force psychique qu’elle avait essayé d’invoquer plus tôt, et conserva une voix posée durant sa déclaration.

“Elle est comme ça depuis son arrivée. Je ne sais pas qui est Stefano. Son défunt mari, peut-être ? Quoi qu’il en soit, elle demandait après lui hier soir.”

“Vu l’étendue de sa démence, je doute que son témoignage fasse foi devant un tribunal. Elle ne pourra certainement pas subir de contre-interrogatoire, nous ne pourrons donc pas l’appeler en tant que témoin.”

“Je vois,” déclara Cassie. Sa voix semblait morne et terne, mais au moins, elle ne tremblait pas.

“De plus, les deux filles affirment qu’elles ont été témoins de la chute, purement accidentelle.”

Cassie acquiesça. Sa bouche était sèche au point de ne pouvoir avaler. Qu’allait lui annoncer l’inspecteur ? Comment allait-elle l’accuser ?

“Le conseil d’administration de Rossi Shoes a hâte que l’affaire soit close et résolue sans porter préjudice à la marque. Mon équipe et moi-même sommes conscients des conséquences négatives d’une accusation de meurtre, même si cela s’avère compliqué en l’absence de preuves.” Falcone soupira. “Compte tenu des antécédents, je n’ai pas d’autre choix que vous innocenter en tant que suspect, et déclarer officiellement la mort accidentelle.”

Cassie essaya de faire de son mieux pour ne pas montrer ses émotions mais c’était plus fort qu’elle. Des larmes de choc et de soulagement lui montèrent aux yeux, elle sentit les sanglots jaillir. Sa vie lui appartenait. L’inspecteur lui avait rendu son avenir.

“Merci,” murmura-t-elle. C’était tout ce qu’elle était en mesure de dire sans craquer complètement.

“Officieusement, entre nous soit dit, le nom de Pierre Dubois vous évoque quelque chose ?”

Cassie releva brusquement la tête. Elle fixa, consternée, l'inspecteur aux cheveux bruns. Elle savait que sa réaction confirmerait ses soupçons. Elle ne pouvait cacher avoir d'emblée reconnu ce nom.

L'inspecteur poursuivit calmement.

"Et M. Dellucci, du bureau des Services Sociaux de Milan ?"

Cassie haussa les sourcils et resta bouche bée. A quel jeu jouait-elle ? Etait-elle vraiment innocentée ou était-ce un plan machiavélique pour la piéger et la faire avouer ? Comment diable avait-elle découvert que Cassie l'avait rencontré ?

Le regard de Falcone se fit perçant, comme si elle lisait les pensées enfouies dans les tréfonds de l'esprit de Cassie.

"Vue votre réaction, ils ne vous sont pas inconnus. Il ne s'agit pas d'un simple accident, n'est-ce pas ?"

Cassie n'osait plus bouger, ni respirer. Qu'allait dire l'inspecteur ? Qu'elle était arrêtée pour différents chefs d'inculpation ?

L'inspecteur fit pire encore.

Elle prit un morceau de papier dans son sac à main, en sortit le petit éclat de céramique ramassé la veille.

Cassie fixa le morceau – brillant, comme rouillé à l'extérieur, blanc à l'intérieur. Elle se souvint de ce qu'elle avait ressenti lorsque ce vase s'était écrasé sur sa tête, elle avait soudain vu les étoiles. Elle se rappelait Mme Rossi transformée par la colère. Elle aurait pu tuer Cassie. Elle en était persuadée. Elle l'aurait tuée, qui sait quelles auraient été les conséquences, comment elle aurait tenté de dissimuler son geste ?

Elle aurait probablement mieux effectué le ménage que Cassie et les filles, n'aurait pas négligé cet éclat révélateur. Il avait dû tomber face blanche vers le haut, était demeuré quasiment invisible sur les dalles de granit clair.

"Il me semble étrange d'avoir trouvé ceci, dans une maison aussi bien rangée, sans rien d'autre de déplacé," poursuivit l'inspecteur d'une voix suave trompeuse. "Je ne peux m'empêcher d'y songer, ni à ce que cela pourrait impliquer. Et je ne peux m'empêcher de me demander si, en admettant que vous m'ayez dit toute la vérité, cela ne me permettrait pas de révéler des irrégularités dans le fonctionnement des services sociaux, qui pourraient sauver d'autres enfants à l'avenir. Vous êtes peut-être au courant de ces dysfonctionnement, pour les avoir vécus ?"

Notant qu'elle s'attendait à une réponse, Cassie hocha la tête en silence. Elle ne sentait pas suffisamment sûre d'elle pour s'exprimer.

"Vous savez, c'est parfois étrange, au sein-même des forces de l'ordre," poursuivit l'inspecteur sur le ton de la conversation. "On tombe parfois souvent sur les mêmes noms. Comme si certains individus se trouvaient toujours mêlés aux ennuis – qu'ils les attirent en quelque sorte."

Cassie la fixa sans mot dire.

"Je me souviendrai de vous. Et si votre nom ressort une fois de plus, croyez bien que je ferais tout ce qui est en mon pouvoir pour que la vérité éclate au grand jour et que justice soit faite, de quelque manière que ce soit."

L'inspecteur se leva, Cassie eut l'impression que l'atmosphère menaçante s'était quelque peu dissipée. Elle poursuivit, d'un ton calme et professionnel.

"Je vais saluer les filles puis j'informerai la cuisinière et les membres du personnel du tragique événement. Merci d'être restée sur place aujourd'hui. Le père des enfants, M. Morandi, arrive en début de soirée."

"Je continuerai à faire de mon mieux," avança Cassie d'une petite voix, Falcone fit volte-face et sortit.

Elle était comme sonnée par les paroles de l'inspecteur. Falcone avait laissé entendre qu'elle était, sinon une criminelle, du moins quelqu'un qui attirait les ennuis, qui avait jusqu'ici réussi à s'en sortir sans se faire pincer.

L'inspecteur partie, elle aurait aimé avoir le courage de s'exprimer. Lui expliquer qu'elle était totalement innocente, qu'elle avait essayé de survivre malgré la situation intenable. Elle n'avait jamais cherché à s'attirer d'ennuis, jamais ô grand jamais.

Puis Cassie se ressaisit, ce que l'inspecteur avait dit était peut-être vrai en partie. Chaque situation impliquait des choix. Elle se souvenait de ses mains – d'abord recourbées comme des serres, puis, en poings. Un choix. Elle ignorait si son choix était bon ou mauvais, mais ce choix aurait pu aisément la conduire en prison.

Avec le recul, Cassie n'arrivait pas à croire qu'elle s'en était tirée. Pas étonnant que l'inspecteur soit contrariée. Elle avait senti que la situation était plus complexe qu'il y paraissait, mais les circonstances et les témoignages avaient joué contre elle. Cassie devinait ce qu'elle ressentait, en tant qu'individu dont la mission consistait à faire respecter la loi et la justice. Un crime demeure un crime. Elle ressentit une pointe de culpabilité.

Puis elle songea à Nonna, et sa culpabilité se mua en désespoir. Elle ne pouvait pas croire que l'espace d'un moment d'égarement, elle avait sérieusement envisagé de la tuer pour supprimer un témoin.

Un crime odieux, de sang-froid, c'était peut-être contre cela que l'inspecteur l'avait mise en garde. Commettre un crime pouvait facilement en entraîner un autre, la chance finit toujours par tourner.

Rongée par le remords, Cassie monta à l'étage voir comment allait Nonna.

Elle ouvrit la porte de la chambre et entra, craignant que Nonna n'ait retrouvé ses esprits et renouvelle ces terribles accusations, ou n'exige le retour de l'officier de police. Cassie savait qu'elle devrait affronter ses craintes.

"Tout va bien ?" demanda-t-elle à la vieille dame. "Puis-je vous apporter quelque chose ? Une infirmière viendra s'occuper de vous plus tard. Le père des enfants a tout prévu."

Les yeux de la vieille dame étaient de nouveau noirs et brillants comme des billes.

"*Sto bene*. Je vais bien."

"Je vois que vous n'avez pas terminé votre thé. Voulez-vous le finir ?"

Cassie savait qu'il serait froid maintenant, le boire à température ambiante était peut-être plus facile pour Nonna, elle ne risquait pas de se brûler le palais.

Elle la releva sur les oreillers et lui tendit sa tasse.

Nonna le sirota doucement, les mains tremblantes.

"J'ai fait un rêve étrange tout à l'heure," dit Nonna, à voix basse, comme si elle confiait un secret à Cassie.

"Vraiment ?" la peur submergea Cassie. "Quel rêve ?"

"C'était lié à ma fille, mais j'ai oublié maintenant. J'aimerais pouvoir m'en souvenir, c'était *molto importante*."

La vieille dame fronça délicatement les lèvres.

Cassie la regarda avec inquiétude. Nonna avait-elle fait semblant d'être confuse lorsque le détective l'avait interrogée ? Ou était-elle réellement sujette à une crise de démence ?

"Buvez une autre gorgée de thé," dit Cassie, espérant que garder une voix calme, murmurer des paroles apaisantes, ne réveillerait pas la crainte de Nonna. Au fond d'elle-même, elle hurlait de peur. Cette femme avait été le témoin oculaire d'un incident qui aurait pu ruiner sa vie et l'envoyer en prison pour des années. Elle semblait désormais se moquer de Cassie, en lui disant qu'elle était en mesure de se souvenir de cette information importante à tout moment.

A moins que sa confusion soit un élément de démence à part entière ?

Cassie n'en avait aucune idée, mais elle éprouvait une terrible incertitude. Elle allait devoir vivre avec le fait que Nonna en savait plus qu'elle voulait bien le dire. Elle n'avait que la parole de l'inspecteur de police, à savoir que Nonna n'était pas un témoin fiable, mais que se passerait-il s'il d'autres moyens d'obtenir la preuve de sa part existaient, ne nécessitant pas de contre-interrogatoire ?

Elle savait que la peur d'être découverte ne la quitterait plus.

Chapitre Trente-Six

"Je n'en veux plus," déclara Nonna après avoir bu son thé.

"Donnez-moi votre tasse." Cassie la déposa sur le plateau. "Voulez-vous vous lever et vous asseoir avec les enfants ? Ou vous reposer ?"

"Je vais me reposer," répondit la vieille dame à son grand soulagement.

Cassie tapota ses oreillers, son coeur s'emballait à chaque fois que Nonna prenait une de ses respirations rauques et saccadées, comme si elle s'apprêtait à formuler d'autres terribles accusations. Elle fut bien aise de pouvoir quitter la chambre et refermer la porte.

Nina et Venetia étaient dans la cuisine.

"Qu'aimeriez-vous faire aujourd'hui ?"

"Aller au parc faire de la balançoire. Ça fait longtemps qu'on n'y est pas allées, Mama ne nous permettait pas de nous promener depuis le départ de Papa," déclara Nina.

"Et moi faire du cheval. Nos promenades nous manquent tellement, Cassie. Nous sommes censées avoir cours deux fois par semaine. On a commencé à n'avoir cours que le dimanche, puis plus du tout parce qu'on était méchantes," affirma Venetia.

Cassie hocha la tête, dépassée par la façon dont les filles acceptaient le décès de leur mère. Elle s'attendait à ce qu'elles soient en larmes ou tristes, mais non, on aurait dit qu'un poids énorme allégeait leurs vies et leurs cœurs. Elle supposa que l'aggravation des sévices n'avait pas seulement détruit l'amour filial, Mme Rossi avait réussi à anéantir le lien maternel.

Les filles se ruèrent à l'étage passer leurs tenues d'équitation après avoir décidé des activités de la journée. Leurs pieds martelant le sol dallé et leurs cris d'excitation quant à la couleur des hauts qu'elles porteraient apportaient une touche de chaleur et de convivialité dans cette grande maison, note totalement absente à l'arrivée de Cassie.

Elle se demanda si Nonna entendait leurs voix de sa chambre douillette. Si tel était le cas, Cassie était sûre qu'elle désapprouvait, estimant que les enfants ne devaient pas faire de bruit. Sous son règne et celui de sa fille, cette joyeuse exubérance était perçue comme un comportement turbulent devant être sanctionné.

Vêtues de leurs vêtements d'équitation, Nina et Venetia se précipitèrent en bas et grimpèrent dans la voiture de Cassie. Elles avaient l'impression de partir à l'aventure.

La route menant vers la campagne verdoyante et vallonnée au sud de la ville était incroyablement belle, le centre équestre était une pure merveille. Une courte promenade dans un chemin bordé d'arbres, avec vue sur des pâturages et des prés aux clôtures blanches, menait à un vaste espace donnant sur de grands boxes disposés en fer à cheval, autour d'une pelouse impeccable.

La directrice du centre équestre était une grande femme débrouillarde qui les accueillit avec un sourire amical. Elle parlait anglais, au grand soulagement de Cassie.

"Nina, Venetia, quel plaisir de vous voir. Vous n'êtes pas venues voir vos chevaux depuis des lustres. Je suis sûre que vous leur avez manqué. Vous voulez aller les chercher dans le pré ? Je vais demander à un des assistants de vous accompagner."

Elle cria de brèves instructions en italien, un jeune homme brun se précipita vers eux.

"Venez, les filles, allons chercher et toiletter vos chevaux."

Ceci fait, elle se tourna vers Cassie.

"Je m'appelle Roberta."

"Cassie, la fille au pair."

"Tout va bien pour elles ?" demanda Roberta, en baissant la voix. "Elles ne sont plus montées depuis très longtemps. Je ne les ai plus vues depuis que leurs parents ont divorcé, ça remonte à quatre ou cinq mois."

Cassie eut le cœur brisé en sachant que les filles n'avaient pas pu s'amuser, contraintes de mentir et prétexter être tombées de cheval pour expliquer leurs blessures et ecchymoses.

"Leur vie n'a pas été toute rose ces derniers temps. Leur mère est malheureusement décédée dans un tragique accident très récemment. Leur père arrive aujourd'hui."

Roberta plaqua sa main sur sa bouche.

"Quelle horreur. Les filles doivent être bouleversées par la mort de leur mère ?"

Cassie préféra user de prudence, ne sachant s'il s'agissait d'une question voilée.

"Elles sont très courageuses et tristes, bien sûr, mais leur père leur manque terriblement, elles sont impatientes de le revoir."

Elle espérait que Roberta accepterait son explication, fut soulagée de la voir acquiescer et se montrer compréhensive.

"Je sais que leur divorce s'est mal passé. L'assistant de Mme Rossi — Maurice, je crois — m'a dit que les chevaux seraient vendus parce que les filles n'en avaient plus besoin. M. Morandi, leur père, a insisté pour qu'on les garde, il a continué de payer leur pension. Il venait au centre les jours de leçon, espérant voir ses filles. Il a dû venir une dizaine ou une quinzaine de fois, il attendait que ses enfants viennent faire du cheval, pour repartir, déçu par leur absence."

Cassie comprenait maintenant pourquoi Mme Rossi avait interdit aux filles de faire du cheval.

Roberta regarda autour d'elle "Regardez. Les filles sont sur leurs poneys. Entrez dans le manège, regardez-les monter."

Cassie était impressionnée par la façon dont les filles montaient leurs magnifiques poneys gris, par leur côté intrépide. Elle les regardait, émerveillée, trotter et galoper dans l'arène, avant d'effectuer un petit parcours de sauts d'obstacles l'une après l'autre.

À bout de souffle et souriantes, les filles promenaient leurs poneys pour les calmer avant de descendre et aider à desseller.

"C'était fantastique," déclara Venetia, en courant vers Cassie pour l'embrasser. "Merci beaucoup de nous avoir amenées ici. J'étais tellement inquiète pour nos chevaux. Parfois, quand on était méchantes, Mama disait qu'elle les vendrait. Parfois, je ne dormais pas la nuit, j'avais peur qu'elle les vende pour de vrai."

"Ce n'était pas votre faute," déclara fermement Cassie. "Ne l'oubliez jamais, c'est très important. Vous étiez gentilles, vous empêcher de monter à cheval était une décision injuste, prise pour d'autres raisons."

Nina se tut un moment puis hocha la tête d'un air compréhensif.

"C'est bien ce que je me disais."

⚜ ⚜ ⚜

M. Morandi arriva à dix-sept heures précises. Les enfants sortirent de la maison en trombe et se précipitèrent vers le gros SUV noir en apercevant les phares.

"Papa !" s'exclamèrent-elles en chœur.

Cassie les suivit et vit un homme grand, aux cheveux gris ébouriffés descendre de voiture. Il se baissa pour embrasser ses filles, rayonnant de bonheur.

"Mes poupées. Nina, Venetia, comme vous avez grandi. Vous m'avez tellement manqué."

"Toi aussi tu nous as manqué, Papa. Pourquoi être parti si longtemps ?" demanda Nina.

"Des circonstances indépendantes de ma volonté m'ont contraint à m'éloigner. Je vous promets que cela ne se reproduira plus jamais."

Il se releva et aperçut Cassie.

"Vous devez être Cassie, la fille au pair. La police m'a dit que vous restiez vous occuper des enfants jusqu'à mon arrivée. Je ne vous remercierai jamais assez."

"Ravie de vous rencontrer," dit-elle timidement, en s'avançant.

"C'est notre amie," affirma Venetia à son père d'une voix perçante, Cassie refoula des larmes involontaires.

"Heureux de l'apprendre, j'espère qu'elle voudra bien être mon amie." M. Morandi serra la main de Cassie et la gratifiant d'un sourire reconnaissant avant de sortir sa valise de la voiture, ainsi que deux gros paquets magnifiquement emballés.

"Pour mes adorables filles."

Nina et Venetia prirent les cadeaux en poussant des cris de joie.

Cassie s'éloigna afin de laisser M. Morandi tranquille avec ses filles, qui l'appela, à son grand étonnement.

"Rendez-vous d'ici vingt minutes dans le bureau d'Ottavia en bas ?"

"Certainement," Cassie se demandait de quoi M. Morandi voulait lui parler en privé.

Cassie sentit en entrant que la présence écrasante de Mme Rossi avait enfin déserté les lieux. M. Morandi emballait déjà ses affaires. Il sifflotait une chanson tout en remplissant en carton de dossiers, la pièce élégante était différente, plus conviviale.

"Fermez la porte s'il vous plait."

Cassie s'exécuta en hésitant et s'installa.

"Je vais vendre cette maison le plus rapidement possible. Notre famille va prendre un nouveau départ, dans un endroit exempt de mauvais souvenirs."

Cassie esquissa un signe de tête. Elle ne pouvait s'empêcher de se demander ce qui s'est passé au cours du divorce, comment Mme Rossi était parvenue à tenir les enfants éloignées de leur père.

"Comme vous l'aurez aisément imaginé, le divorce a été extrêmement pénible." M. Morandi lisait dans ses pensées. "Ottavia était devenue extrêmement difficile à vivre. Je savais dès le départ qu'elle était agressive, intransigeante et déterminée. Je l'aimais pour ses qualités, mais je n'avais pas pris l'entière mesure de la nature du personnage. Après la naissance des enfants, son comportement agressif est devenu abusif — surtout à mon égard. Sa farouche intransigeance a atteint des sommets. Elle est devenue violente envers moi verbalement et physiquement, j'ai eu peur qu'elle fasse de même avec les enfants."

"Une situation difficilement vivable," déclara Cassie.

Il semblait perplexe, Cassie constata qu'il regrettait profondément la tournure prise par les évènements.

"C'était insupportable. J'ai fait mon possible pour gérer la situation. Je lui ai proposé de consulter, de suivre une thérapie mais elle ne voulait rien entendre. J'ai fini par m'en aller. La relation était trop toxique. Je souffrais, mon travail en pâtissait. J'espérais pouvoir obtenir la garde des enfants, mais je n'étais pas préparé à ce qui m'attendait."

Cassie se pencha en avant, intriguée.

"C'est-à-dire ?"

"Ottavia a déclenché une véritable offensive juridique. Elle a changé les serrures et le code de la porte, a renvoyé tout le personnel qui me connaissait. La cuisinière, les femmes de chambre, ont toutes été remplacées. Elle a désactivé les caméras de l'entreprise de télésurveillance pour que personne ne puisse surveiller ce qui se passait à l'intérieur. J'étais comme fou. J'ai engagé un détective privé pour voir ce qui se passait, mais il n'a pas pu s'approcher de la maison. À chaque fois, elle appelait la police en affirmant qu'un intrus rôdait dans les parages."

Toutes ces mesures de sécurité prenaient désormais leur sens. La principale préoccupation de Mme Rossi était d'empêcher son mari, ou toute personne travaillant pour son compte, d'entrer.

"J'ai essayé de rejoindre les enfants au centre équestre mais elles ne venaient jamais. J'ai appelé l'école, on m'a dit qu'on ne pouvait pas me donner d'informations car le responsable légal actuel des enfants l'avait interdit."

M. Morandi enfouit sa tête dans ses mains, le souvenir était encore vivace.

"Le procès devait avoir lieu en mars. J'ai tout fait pour avancer la date, mais avec les enfants confiées à leur mère, et sans preuves de maltraitance, c'était impossible. Je doute que j'aurais obtenu la garde exclusive, je sais qu'elle se serait battue pour m'empêcher d'avoir le moindre droit de visite. Je savais qu'elle les maltraitait. Evidemment, comme je n'étais plus là, elles étaient sa cible. J'étais désespéré."

Cassie acquiesça. Tout s'éclairait. Le divorce était clairement le catalyseur ayant entraîné l'aggravation des abus. Elle se demandait si M. Morandi serait parti s'il avait su quelles seraient les conséquences.

M. Morandi la regarda droit dans les yeux, un regard vif et intelligent.

"Je vous suis reconnaissant d'avoir été là pour les filles, et encore plus reconnaissant que l'affaire ne soit pas portée devant les tribunaux." Il la regarda à nouveau d'un air pensif et imagina qu'il contemplait attentivement la croûte sur sa joue et l'hématome, quoi que moins marqué, mais encore visible.

Cassie sentit son ventre se nouer.

"C'est tout naturel," dit-elle d'une petite voix. "Je suis contente d'avoir pu aider les filles. Les choses ont un peu dérapé à plusieurs reprises, je pense que ça aurait pu être pire si je n'avais pas été là."

C'est tout ce qu'elle osa dire.

"Vous savez," poursuivit-il tranquillement, "ça peut vous paraître terrible mais je craignais que nous ne puissions jamais parvenir à un compromis. Pas en l'état. Je craignais que les enfants ne soient des victimes. J'ai souvent pensé, et même espéré, que d'une manière ou d'une autre, son comportement épouvantable entraînerait des conséquences amplement méritées. Qu'elle tomberait sur plus fort qu'elle et recevrait une bonne raclée."

Le silence perdura dans le bureau un certain temps.

Cassie savait exactement ce que M. Morandi insinuait. Il avait été clair comme de l'eau de roche, sans prononcer le mot fatidique. Il savait qu'elle avait fait ce qu'il espérait que quelqu'un fasse. Et il ne lui en voulait pas, pas du tout. Il lui en savait gré, purement et simplement.

Après une longue pause, M. Morandi poursuivit sur un ton différent et plus formel.

"Une infirmière arrive ce soir pour s'occuper de Nonna jusqu'à ce que nous trouvions une maison de retraite où elle recevra les soins et traitements nécessaires," poursuivit-il au bout d'un moment. "Il est certain que vivre ici n'est pas une solution durable ou adaptée pour elle," souligna-t-il avec conviction.

"Cela semble la solution idéale," déclara Cassie, reconnaissante de sa gentillesse à l'égard de la vieille dame.

"A votre tour, maintenant. Je souhaite vous remettre ceci en guise de remerciement."

Il lui remit une enveloppe, Cassie la prit, surprise par l'épaisseur de la liasse de billets.

"Je vous suis plus que reconnaissant," répéta-t-il. "Je sais que vous êtes probablement impatiente de partir, la situation a dû être des plus désagréable."

“Je suis heureuse d’être restée pour les filles,” murmura Cassie, tandis qu’il poursuivait.

“Vous êtes la bienvenue à dîner ce soir avec nous, restez dormir ici plutôt que partir en pleine nuit. Je vous invite chaleureusement à rester. Les filles apprécieront.”

“Merci pour votre proposition. Je reste pour cette nuit.”

M. Morandi sourit. “Nina et Venetia seront contentes. Vous savez, elles m’ont dit, tandis que nous étions dehors, qu’elles étaient impressionnées par votre courage. Qu’elles espéraient un jour être aussi courageuses que vous.”

Cassie était très touchée. Ses actes n’étaient pas du courage. Elle avait l’impression d’agir sous le coup de la terreur, constamment sur le qui-vive, se forçant à agir seulement lorsque les filles couraient un danger. Ce n’était pas du courage — si ?

Réflexion faite, Cassie en vint à la conclusion que le courage consistait à surmonter ses peurs. Elle avait peut-être trouvé le moyen de faire preuve de courage dans cette élégante maison, face à la situation indescriptible à laquelle elle avait été confrontée.

Chapitre Trente-Sept

Cassie régla son réveil pour le lendemain matin. Elle devait quitter cette maison avant que l'infirmière ne se réveille. Elle ne voulait pas avoir à répondre à des questions gênantes à propos de ce que Nonna aurait pu dire pendant la nuit.

Elle avait assez d'euros en poche pour franchir la frontière et s'installer à l'étranger. La Suisse et l'Autriche étaient les pays qui l'attiraient les plus proches. Elle se souvint de ce que Jess avait dit à propos des stations de ski. Il y aurait sûrement la possibilité de se planquer quelque part dans les montagnes enneigés, skier, disposer de toute latitude pour mener sa mission à bien.

Elle descendit son sac et fut surprise de constater que les filles l'attendaient près de la porte, en chemises de nuit.

“On a entendu que tu partais, on est venues te dire au revoir,” déclara Nina.

“Et Papa nous a donné ça,” ajouta Venetia. “C'est une carte avec son adresse e-mail. Il a dit que tu seras toujours la bienvenue et que si tu lui envoies un email il te transfèrera nos lettres, afin qu'on puisse t'écrire lorsque nous serons dans la nouvelle maison.”

Cassie prit la carte de visite des mains de Nina et la rangea soigneusement dans son sac.

“Je vous écrirai, promis. Je ne sais pas encore où aller mais je vous enverrai des photos. Vous allez beaucoup me manquer mais je suis contente que vous viviez avec votre papa.”

Elle serra les filles dans ses bras avant de se diriger vers sa voiture. Elles la regardèrent partir et lui firent signe alors qu'elle démarrait.

Des bribes de rêves presque oubliés lui revinrent en mémoire alors qu'elle conduisait dans les rues sinueuses. Cassie avait mal dormi, son sommeil avait été perturbé par des cauchemars récurrents. Un escalier sans fin lui vint à l'esprit, avec un corps en bas. Mais dans son rêve, ce n'est pas elle qui avait poussé la personne. Mais Jacqui.

Sa sœur, bien vivante, s'était avancée et avait délibérément poussé la personne — une femme — qui avait dévalé cet escalier incroyablement raide, elle l'avait regardé tomber et atterrir en bas. Puis, elle s'était tournée vers Cassie en souriant.

"Nous serons désormais en sécurité dans cette maison," avait-elle décrété.

Fait étrange, ce scénario n'avait rien d'un rêve. Plutôt un souvenir longuement enfoui, qui aurait émergé de l'esprit de Cassie, ça ne lui disait pas grand-chose en dépit de ses efforts.

L'histoire de Jacqui avait été reléguée au fin fond de son esprit suite à l'éclatement de la famille Rossi. Elle n'avait tout simplement plus eu loisir d'y penser. L'esprit désormais au calme, Cassie voyait son inquiétude grandir à chaque kilomètre.

Elle s'était rendue en Italie en espérant trouver Jacqui. Elle était sur le point d'apprendre ce qui était arrivé à sa sœur.

Si elle était morte, Cassie exigerait des détails. Si tel n'était pas le cas, elle voudrait obtenir des informations. Elle n'allait pas se contenter de repartir sans le moindre indice, n'allait certainement pas accepter de se faire rembarrer par une femme qui lui cachait la vérité pour une raison qui la dépassait.

Le soleil se levait, la banlieue céda la place à des champs et des collines, des panneaux indiquaient sa destination.

L'enjeu était énorme, elle avait du mal à réaliser que la réponse était à portée de main. Jacqui était-elle morte ou vivante ? La propriétaire de la boutique avait-elle menti, et si oui, pourquoi ? Comment Cassie découvrirait-elle la vérité, alors que d'autres individus avaient sans doute de bonnes raisons de vouloir lui servir cette version des faits ?

"Je vous en supplie, laissez-moi découvrir ce qui s'est passé," dit-elle à voix haute, espérant que sa supplique l'aiderait en quelque sorte à obtenir le résultat escompté.

Bellagio était aussi pittoresque que Cassie l'avait imaginé. Les photos sur internet ne lui rendaient pas justice. Blottie au creux d'imposantes montagnes, nichée sur les rives bleutées du lac de Côme, la ville était une destination de rêve. Petite et pittoresque, les routes étroites et sinueuses offraient un point de vue changeant, à couper le souffle.

Cassie aurait souhaité être moins nerveuse afin d'apprécier ce paysage de toute beauté.

Elle trouva facilement la boutique Mirabella, au nord de la principale artère commerçante, parmi les bistros, restaurants, cafés, boutiques de vêtements et de souvenirs.

Il était neuf heures du matin, les rues étaient calmes, la plupart des magasins ouvraient tout juste leurs portes.

Cassie se gara à proximité et descendit la rue pavée jusqu'à la boutique. Elle éprouvait un sentiment presque irréel, elle arpentait les mêmes pavés gris que Jacqui, voyait le même paysage, respirait le même air frais. Jacqui avait travaillé et vécu ici. Cassie aimerait savoir si sa sœur avait été heureuse ou pas dans son travail. Les choses avaient-elles mal tourné, au point que Jacqui ait cru qu'elle ne s'en sortirait jamais ? L'espace d'un horrible instant, elle craignit que le stress lié à l'enfance difficile Jacqui n'ait repris le dessus, qu'elle ait choisi d'attenter à ses jours.

Elle redoutait les nouvelles qui l'attendaient dans cette petite ville pittoresque. Elle ignorait si Mirabella avait menti ou pas, et si oui, accepterait-elle de lui dire la vérité. Une fois enfermés dans leur mensonge, Cassie savait que les gens s'accrochaient à leur histoire, celle-ci devenait leur nouvelle réalité. Elle devait accepter qu'elle puisse ne jamais découvrir ce qui était vraiment arrivé à sa sœur ou, pire encore, qu'elle doive accepter les détails insupportables de sa mort.

Cassie s'approcha de l'entrée de la boutique, nerveuse.

Mirabella était ouvert. Le petit magasin regorgeait d'articles spécialisés dans les hauts et robes. Des articles de luxe, Cassie était persuadée que les prix allaient de pair.

Une petite femme aux cheveux gris se tenait derrière le comptoir, elle portait des lunettes à monture dorée, un haut couleur pêche rehaussé de broderies dorées.

"*Buongiorno,*" elle salua Cassie avec un sourire.

Cassie s'approcha, hésitante, la bouche sèche, se demandant si elle parviendrait à s'exprimer.

Sa première tentative se réduisit à un croassement. Son cœur battait fort, comme si elle avait couru sur ces pavés escarpés.

Elle s'éclaircit la gorge et réessaya.

"Seriez-vous par hasard Mirabella, la propriétaire ?"

La femme haussa légèrement les sourcils, Cassie se doutait qu'elle imaginait probablement qu'elle lui ferait part de son mécontentement, ou d'une demande particulière. Une cliente exigeante.

"Elle-même. Que puis-je pour vous ?"

"Ma sœur travaillait ici. Jacqui Vale. J'ai appelé il y a quelques jours pour avoir de ses nouvelles. Vous m'avez dit —"

Cassie s'arrêta, rassemblant tout son courage pour prononcer ces mots horribles.

"Vous m'avez dit qu'elle était morte. Je suis venue parce que j'ai besoin de savoir la vérité. Si c'est vrai, je veux que vous me disiez ce qui s'est passé. Je suis sa famille, j'ai le droit de savoir."

Elle ravala ses larmes devant l'air stupéfait de Mirabella.

Chapitre Trente-Huit

L'espace d'un instant, Mirabella demeura immobile, dans un silence pesant, comme si elle ne s'attendait pas à ce que la sœur de Jacqui entre pour l'interroger.

Elle parut se fermer, Cassie ne pouvait lire son regard indéchiffrable.

"C'est exact, oui. Elle est morte. C'est tout ce que j'ai à vous dire."

"Non !" s'exclama Cassie, plus fort que prévu, elle se lâchait, s'autorisait à hausser le ton, son impolitesse et son mépris vis-à-vis de ses sentiments étaient complètement déplacés. Elle ne laisserait pas la propriétaire de la boutique l'intimider et lui faire croire à sa version après l'horrible expérience qu'elle avait vécue. Pas sans lui donner la preuve qu'elle méritait.

"Je ne me laisserai pas faire," cria Cassie, la femme la dévisageait, effrayée, sur la défensive.

"Vous allez provoquer un esclandre. Sortez, s'il vous plaît," murmura-t-elle.

Elle se retourna, Cassie la vit sur le point d'ouvrir la porte de derrière pour s'échapper. Enfermée à l'abri dans sa réserve, elle allait probablement appeler les vigiles ou la police pour déloger Cassie.

Elle repéra un espace suffisamment grand près du comptoir pour se faufiler. Cassie s'élança vers elle, atteignit la porte un instant plus tard et saisit la poignée en même temps qu'elle.

"Qu'est-ce qui vous prend ?" s'exclama Mirabella d'une voix perçante, elle essaya de la repousser mais était trop secouée pour y parvenir.

Cassie se justifia, le souffle court.

"Je ne compte pas faire usage de la force ni créer de problèmes, je veux de vraies réponses. Je les mérite. Je n'ai pas fait tout ce chemin pour que vous essayiez de fuir en plein conversation !"

Sa voix tremblait d'indignation. Mirabella détourna le regard.

"Vous êtes une étrangère, je ne vous dois pas d'informations."

Plusieurs scénarios traversèrent l'esprit de Cassie alors qu'elle réfléchissait aux paroles de la femme.

Elle cachait quelque chose. Elle faisait délibérément et sciemment obstruction. Cassie ignorait pourquoi et se demandait si Jacqui avait eu de graves problèmes.

"C'est ma sœur," tout en essayant de garder son calme. "Je ne suis pas une étrangère. J'ai fait tout le trajet jusqu'ici pour essayer de la retrouver suite à son appel. Je suis sa famille. Je me fiche de ce qui s'est passé entre elle et vous. Je mérite des réponses, je ne lâcherais pas cette porte tant que je ne les aurais pas obtenues."

Elle vit Mirabella regarder ses doigts serrés. La femme était plus petite et robuste que Cassie, elle ne lâcherait pas prise, s'accrochait avec détermination. À moins de s'enfuir de sa propre boutique, elle n'avait aucun moyen de se débarrasser de Cassie.

Elle soupira avec impatience.

"Vous me faites perdre mon temps, j'ai à faire."

Cassie s'approcha d'elle.

"J'ai tout mon temps, je resterai ici toute la journée, jusqu'à ce que vous me disiez ce qui est arrivé à ma sœur, où elle se trouve, et pourquoi m'avoir annoncé sa mort."

Elle essayait de garder son calme mais entendait l'indignation poindre dans sa voix. Dire un mensonge aussi effroyable était totalement inacceptable.

L'expression de Mirabella changea, Cassie comprit, triomphale, que la propriétaire de la boutique allait capituler, que sa persévérance avait marqué un point.

"Très bien. Je vais vous le dire, mais ensuite je vous demanderai de partir," déclara Mirabella.

"Promis." Cassie baissa la main. Le suspense lui coupait le souffle.

"Jacqui Vale a travaillé ici cet été, période durant laquelle nous sommes le plus occupés. Elle est restée jusqu'à fin novembre, après que je me sois foulé la cheville et aie subi une intervention."

Cassie acquiesça tandis que la propriétaire de la boutique poursuivait.

“C’était une bonne employée, nous sommes devenues amies. Quand elle est partie, elle m’a demandé une faveur, je lui ai dit qu’elle pouvait compter sur moi.”

“A quel sujet ?” demanda Cassie, mais son optimisme s’était évanoui, elle avait comme un pressentiment, quelque chose dans le ton de Mirabella l’inquiétait.

“Elle m’a demandé de ne communiquer aucune information personnelle à quiconque demanderait de ses nouvelles. Elle m’a supplié de dire qu’elle était morte.”

“Mais — pourquoi ?” Cassie avait l’impression d’avoir reçu un coup de poing dans le ventre. “Connaissiez-vous sa vie ? Un ex violent, elle était recherchée ? Je ne suis pas n’importe qui, je suis sa sœur. Elle aurait voulu que vous me le disiez.”

Mirabella secoua la tête, Cassie lut, terrifiée, la pitié sur son visage.

“Je n’en ai aucune idée mais quand elle m’a demandé cette faveur, elle m’a dit ‘si on demande après moi’, surtout s’agissant de sa sœur, Cassandra Vale. Elle ne m’en n’a pas dit plus, ni pourquoi.”

Le silence perdura longuement dans la petite boutique.

Cassie restait là, dévisageant la propriétaire sans un mot. Elle avait l’impression que son univers avait basculé. Elle ne doutait plus désormais de la véracité de ses dires en regardant cette femme droit dans les yeux.

Pourquoi ? Pourquoi Jacqui avait dit une chose pareille, pourquoi avait-elle si peur d’être retrouvée ?

Que s’était-il passé dans sa vie ?

Etait-ce bien Jacqui qui l’avait contactée ?

Cassie réfléchit en essayant d’y voir clair dans les événements qui l’avaient menée à ce dénouement. Bien sûr que c’était Jacqui, forcément, personne d’autre ne l’appellerait d’Europe, elle avait suivi une piste toute tracée menant jusqu’à elle.

Mais elle se retrouvait dans une impasse. Sa sœur disparue pouvait se trouver n’importe où. Elle évitait Cassie.

“Savez-vous où elle est allée ? Auriez-vous une idée ?”

La femme haussa les épaules. “Vers le sud, je crois. Elle devait prendre le train, mais j’ignore où elle comptait aller. Je regrette.”

Elle adressa un petit sourire sympathique à Cassie.

Bouleversée par ces paroles, Cassie contourna le comptoir et sortit du magasin.

Son rêve était brisé, sa sœur partie, elle n'avait plus aucune piste pour la retrouver. Elle devait quitter l'Italie immédiatement au vu des problèmes rencontrés à Milan, quoiqu'il en soit, la vague mention du "sud" — à supposer que l'information soit avérée — englobait un pays entier, immense. Elle pourrait passer toute sa vie à chercher Jacqui dans toutes les villes et tous les villages, sans jamais la retrouver.

Cassie monta en voiture et s'éloigna. Le ciel s'était assombri, il se mit à pleuvoir. Le lac était gris, les collines noyées dans la brume. La ville si pittoresque et accueillante était devenue un lieu sombre et hostile.

Ses essuie-glaces balayèrent le crachin alors qu'elle quittait la ville. Quitter l'Italie pour un autre pays ne ressemblait en rien au début d'une nouvelle aventure. Elle avait l'impression d'abandonner. Elle ne comprenait pas ce qui s'était passé, pourquoi sa sœur avait fait ce choix inexplicable.

Un choix pas fait à la légère, peut-être pour de mauvaises raisons. Toute sa vie, Jacqui avait fait de son mieux pour protéger sa petite sœur des horreurs de ce monde. Cassie se demandait si, pour une raison quelconque, elle essayait encore de faire de même.

Si tel était le cas, Cassie devait la retrouver et la faire changer d'avis, lui expliquer qu'elle était désormais une personne différente. Elle n'avait aucune idée de la manière dont elle allait s'y prendre, mais savait qu'elle devait essayer.

"Je ne t'oublie pas, Jacqui. Je ne t'abandonnerai jamais," dit-elle à haute voix, une voix faible et peu assurée, mais déterminée.

Bientot Disponible !

Le tome 4 de FILLE AU PAIR !

Disponible Maintenant!

LAISSE POUR MORT
(Un Mystère Adèle Sharp — Volume 1)

« Au moment où vous pensiez que la vie ne pouvait pas s'améliorer, Blake Pierce propose un autre chef-d'œuvre de thriller et de mystère ! Ce livre est plein de rebondissements et se termine sur une révélation surprenante. Je le recommande vivement à tout lecteur friand de thrillers très bien ficelés. »

—Livres et critiques de films, Roberto Mattos
(au sujet de *Sans Laisser de Traces*)

LAISSÉ POUR MORT est le premier volume d'une nouvelle série de thrillers du FBI de Blake Pierce, l'auteur à succès de UNE FOIS PARTIE (Volume 1) (en téléchargement gratuit) qui a reçu plus de 1000 critiques à cinq étoiles.

L'agent spécial du FBI Adèle Sharp est une Américaine née d'un père allemand et d'une mère française, dotée de la triple nationalité – un atout inestimable pour arrêter les criminels qui traversent les frontières entre les États-Unis et l'Europe.

Lorsque l'affaire d'un tueur en série ayant sévi dans trois états américains est classée sans suite, Adèle retourne à San Francisco pour retrouver l'homme qu'elle compte épouser. Mais après un rebondissement surprenant, une nouvelle piste fait surface et Adèle est envoyée à Paris pour prendre la tête d'une chasse à l'homme internationale.

Adèle retrouve l'Europe de son enfance, et les rues parisiennes familières, les vieux amis de la DGSI et le père qu'elle avait perdu de vu rallument la flamme du désir de résoudre le meurtre de sa propre mère. Tandis qu'elle traque le tueur diabolique, elle se voit forcée d'entrer dans les méandres de son esprit psychotique pour savoir où il frappera ensuite – et sauver la prochaine victime avant qu'il ne soit trop tard.

Une série mystère pleine d'action, d'intrigues internationales et de suspense captivant, LAISSÉ POUR MORT vous fera tourner les pages jusqu'aux heures tardives de la nuit.

Les volumes 2 et 3 de la série – CONDAMNÉ À FUIR et CONDAMNÉ À SE CACHER – sont également disponibles en pré-command !

LAISSE POUR MORT
(Un Mystère Adèle Sharp — Volume 1)

Printed by Amazon Italia Logistica S.r.l.
Torrazza Piemonte (TO), Italy

30807350R00153